「十四五」安徽省重点出版物规划项目

萬繩楠全集

莊葦峰 敬題

南朝宫闱秘史

万绳楠◎著

安徽师范大学出版社
ANHUI NORMAL UNIVERSITY PRESS

·芜湖·

图书在版编目（CIP）数据

南朝宫闱秘史 / 万绳楠著. — 芜湖：安徽师范大学出版社，2023.10（2024.6重印）
（万绳楠全集）
ISBN 978-7-5676-6281-0

Ⅰ.①南… Ⅱ.①万… Ⅲ.①长篇历史小说—中国—当代 Ⅳ.①I247.5

中国国家版本馆CIP数据核字（2023）第178377号

安徽省高峰学科安徽师范大学中国史建设项目

南朝宫闱秘史

万绳楠◎著

NANCHAO GONGWEI MISHI

封面题字：庄华峰　　　　　　　策划编辑：孙新文
责任编辑：蒋　璐　　　　　　　责任校对：汪碧颖
装帧设计：王晴晴　汤彬彬　　　责任印制：桑国磊
出版发行：安徽师范大学出版社
　　　　　芜湖市北京中路2号安徽师范大学赭山校区　　　邮政编码：241000
网　　址：http://www.ahnupress.com/
发 行 部：0553-3883578　　　5910327　　　5910310（传真）
印　　刷：江苏凤凰数码印务有限公司
版　　次：2023年10月第1版
印　　次：2024年6月第2次印刷
规　　格：700 mm×1000 mm　　1/16
印　　张：18.25　　　　插页：4
字　　数：286千字
书　　号：ISBN 978-7-5676-6281-0
定　　价：155.00元

凡发现图书有质量问题，请与我社联系（联系电话：0553-5910315）

万绳楠先生

（1923—1996）

序　言

　　曹操诗，古往今来，没有人为之编年。说实在的话，难度较大。然而，如果不知道曹操写的二十首诗的写作年代，就会对曹操的思想看不清楚。人们常说曹操"性不信天命之事"，在济南禁断淫祀，是一个唯物主义的思想家，可是却为他的游仙诗与诗中所表现追求仙道与神药的思想所困惑。人们常说曹操的游仙诗，是我国古典诗歌中游仙诗之祖，可是却为他不信天命的思想与禁断淫祀的行为所困惑。人们常说曹操的诗歌是现实主义的，但是注释起来，又变成理想主义的了。因此亟待为曹操诗作出笺证，进行编年。

万绳楠先生手迹之一

　　大家都承认建安文学所表现出来的"建安风力"或风骨，标志着我国"文艺复兴"时代的到临，而曹操是建安风力的开创者，或如鲁迅先生所说，是"改造文章的祖师"。但是如果分开来，认为曹操诗是：理想的诗写理想，现实的诗写现实，游仙的诗写游仙，那就大大地降低了曹操诗的价值，这样的诗，无论如何也不能开创建安一代文学的风力；这样的诗人，无论如何也不能成为改造文章的祖师。

　　曹操诗的价值之高，就在于能把理想主义、浪漫主义与现实主义作高度的结合。有些诗，看起来是理想主义的，其实那种理想完全建立在现实的基础之上。如《对酒》写的，看来是纯理想主义的东西，其实却是当时的政局在陈蕃、窦武上台后，突现清明的反映。他心目中

万绳楠先生手迹之二

的"太平时"，是当时千家万姓心目中的太平时。非他一人闭门造车，突发奇想。有些诗看来神仙思想很浓，其实是浪漫主义的，而这种浪漫主义往往又与现实主义结合在一起。他一直都没有被仙道思想所俘虏，且叹惜过"痛哉世人"，见欺神仙。他的游仙诗都不是坐在家里想出，而是到过、看过被称为有仙迹之地，生出连想，才格笔赋诗，诗中必有他当时的感情与志趣。如《陌君山》、《华阴山》以及"歌以言志"的《愿登泰华山》、《晨上散关山》，都是这样的作品。还有一些诗，在历史上便是一个谜，没有人解释清楚。如《短歌行·对酒当歌》。

　　陈寅恪先生常说文与史应当结合起来考察，才能把文章的内容、历史的事实弄清楚。本稿即是采用以史证文和以文证史的方法，阐述曹

万绳楠先生手迹之三

《万绳楠全集》整理工作委员会

治学贵在求真创新

——写在《万绳楠全集》出版之际

卜宪群

2023年是我的老师万绳楠先生诞辰一百周年，母校安徽师范大学历史学院组织整理的《万绳楠全集》（简称《全集》）也即将由安徽师范大学出版社出版。《全集》十卷，近300万字，比较系统地收录了万绳楠先生一生的学术论著。2023年初，负责这项工作的刘道胜院长给我打电话，约我给《全集》写个序。论在先生门下的资历、年龄和学问，我都深感不足以承担这个重任。后与同届师姐陈力通电话，她也认为我应该来写写万先生，因为师兄师姐们大都已经退休，寻找资料不方便，有的则联系不上，而我尚在科研岗位上，对各方面的情况熟悉一些。鉴于此，我也不再推脱了。当然也有另外一层因素，我从安徽师范大学硕士毕业后，学术研究的范围大体不出秦汉魏晋南北朝，随着年龄和阅历的增长，我对先生学问的敬仰之情益发浓厚，对先生在人生理想信念上的追求、在学术上的追求也理解得更通透一些。因此，我便不揣浅陋，以"治学贵在求真创新"为题，谈一点对先生史学研究思想与成就的粗浅看法。

一、治学信奉马克思主义

万绳楠先生是当代著名的魏晋南北朝史学家，在20世纪后半期的魏晋南北朝史学界和中国古代史学界有较大影响。但由于种种原因，关于他的生平事迹、学术经历，大家知道的很有限，对他的学术思想研究得也很不够。我认为，他是一位信奉马克思主义的史学家，这里谈几点看法。

万绳楠先生是一位坚定不移跟党走的史学家。先生 1923 年 11 月 22 日出生于江西南昌县。1929 年 9 月至 1935 年 7 月在南昌市滕王阁小学学习，1935 年 9 月至 1939 年在南昌第二中学学习，1940 年至 1942 年 7 月在吉安市第十三中学学习，1942 年 9 月至 1946 年 7 月在昆明西南联合大学历史系学习，1946 年 9 月至 1949 年 3 月在北平清华大学历史研究所学习。在那个风雨如晦的时代，先生不仅饱受社会动荡、外族入侵的苦难，也历经了从小丧失双亲的痛苦。艰苦岁月培育了先生坚强的品格，也培养了他勤奋刻苦、依靠自己努力改变命运的顽强毅力，这是他能够考取西南联大历史系（同时还考取了交通大学电机系和浙江大学土木工程系），后又考取清华大学历史研究所的原因所在。随着解放战争的节节胜利，先生投笔从戎，加入解放军，先是在位于河北正定的华北大学学习（1949 年 3 月至 1949 年 6 月），后在解放军南下工作团二分团十四中队（1949 年 6 月至 1949 年 8 月）、第十五兵团政治部民运工作队（1949 年 8 月至 1950 年）、第四十一军政治部宣传部（1950 年至 1953 年）、中南军区文化速成学校与文化师范学校（1953 年至 1956 年）、解放军军委文化师范学校（1956 年至 1958 年）、北京市第五中学（1958 年至 1960 年）工作。1960 年，先生从北京来到安徽，先后在安徽大学历史系（1960 年至 1964 年）、合肥师范学院历史系（1964 年至 1973 年）、安徽师范大学历史系（1973 年至 1996 年）工作。[①]从 20 世纪 40 年代末到 60 年代，先生转换这么多的工作岗位，在当时的环境下，岗位转换显然不完全是出自他自己的挑选，而是服从组织需要的结果。作为一名知识分子，万先生的一生是比较坎坷的，特别是"文革"期间，几乎九死一生。由于他在西南联大时是吴晗教过的学生，后又参加过吴晗主编的《中国历史小丛书》的写作，"文革"初期被作为"三家村"在安徽的代表进行批判，下放基层接受教育改造，直到"文革"结束后，先生才彻底平反回到教学科研岗位。虽然经历了常人难以忍受的痛苦，但丝毫没

---

① 以上先生的学习工作经历均根据安徽师范大学档案馆提供的 1988 年由其本人填写的"干部履历表"编写。

有动摇先生对党的信念、对教育工作的热爱。在1988年保存的"干部履历表"中，有一份先生亲笔书写的"本人总结"，其中写道："自党的十一届三中全会以来，国家生机蓬勃，四化速度加快，人的精神振奋。我决心把'文革'中失去的时间补上来，为四化多做一些工作，因此不辞教学任务重，科研项目多。当党要我同时担任低年级基础课、高年级选修课并招收指导研究生的时候，我愉快地接受下来。在教学和科研上，我永远是年轻的。任务多且重，是党对我的信任，是我有生之年价值之所在。"文中满满的正能量，哪能看得出这是出自一位曾经饱受文革之苦的人之手呢！对党的热爱是万先生的真诚信念，加入党组织是他一生的追求。1984年12月，万先生被接受为中国共产党党员，实现了他多年来的梦想。在"本人总结"中他写道："1984.12，我实现了自己多年来的梦想，被接受为光荣的中国共产党党员。当此改革之年、充满希望之年，我愿本着共产党员奋斗不息的精神，为教育改革更好地培养青年一代，为发展马克思主义的史学，分秒必争。"那时我在系里读研究生，也幸运地参加了先生入党的支部大会，我清楚记得会上先生是含着热泪说出这段话的。政治上的执着追求是万先生工作上异常勤奋的重要原因，体现了一位知识分子对党的真诚热爱。1996年10月3日，安徽师范大学在先生逝世的"讣告"中写道："万绳楠同志早年投身革命，拥护中国共产党的领导，热爱社会主义祖国，为革命和党的教育事业献出了毕生精力。"这个评价完全符合先生一生的实际。

万先生是一位善于运用唯物史观观察分析历史的史学家。新中国成立前，先生分别求学于西南联大历史系和清华大学历史研究所，那时的大学，马克思主义理论是进不了课堂的。我猜想，他系统学习并接受马克思主义理论应当是他进入革命队伍以后的事。从那时开始，先生的研究就彰显出以马克思主义唯物史观为指导的鲜明色彩。

一是坚持人民是推动历史前进的群众史观。人民群众是历史的创造者，是推动历史前进的动力，这是唯物史观的一条基本原理。评价历代统治阶级的统治政策是否具有进步意义，主要是看这些政策是否能够顺应时代和人民的要求，先生的研究贯穿着这一指导思想。根据"干部履历表"中的《万绳楠著述编年》（据字迹判断应当是先生自己所写），新中国成立后先生发表的第一篇论文是1956年的《关于曹操在历史上的地位问题》。这篇文章否定了历来将曹操作为"一个反面典型"的历史观，从曹操对中国古代经济文化发展所起的积极作用上，得出了"他对社会发展所起的促进作用比他所起的破坏作用是要大的，他在历史上的地位是应该肯定的"①观点。这篇短短五千多字的文章，有8处提到"人民"二字（不计算注释），强调曹操的政策符合人民的愿望、解放了人民的思想。这是非常有说服力的看法。关于曹操，先生还写了一系列文章，秉持的都是曹操顺应了历史发展潮流的观点。在《论诸葛亮的"治实"精神》一文中，先生充分肯定了诸葛亮治蜀的政策"符合黄巾起义以来客观存在的要求"②，这个"客观存在的要求"当然就是人民的希望与时代的要求，诸葛亮死后"黎庶追思"，就是人民对他的怀念。在《魏晋南北朝史论稿》中，先生认为淝水之战前东晋"镇之以静"的政策"为宽众息役，发展生产，稳定江东社会经济形势，开拓了一条道路"③，这个看法一反过去认为东晋政府只是门阀士族利益代表的观点。需要看到的是，虽然先生充分肯定曹操、诸葛亮、王导等人的历史作用，但他认为他们只是统治阶级的代表，真正发展生产、推动历史前进的还是广大劳动人民群众。这种从历史进步的群众史观出发分析历史的立场，在先生的论著中随处可以看到。

二是坚持阶级分析方法。阶级分析是观察历史非常重要的一种方法，唯物史观与阶级分析相结合，是把握一定时期社会经济关系和政治关系变动的钥匙。万先生的论著中，始终秉持这一原则，《曹魏政治派别的分野及其升降》就是一篇具有代表性的作品。此文不仅首次揭示了曹操手下存在着汝颍、谯沛两大政治集团的事实，而且揭示了这两大集团的历史渊源

① 万绳楠：《关于曹操在历史上的地位问题》，《新史学通讯》1956年第6期。

② 万绳楠：《论诸葛亮的"治实"精神》，《安徽师大学报（哲学社会科学版）》1978年第3期。

③ 万绳楠：《魏晋南北朝史论稿》，安徽教育出版社，1983年，第162页。

和经济基础的不同，指出汝颖集团可溯源于后汉的党锢之祸，而"党锢人物都是后汉形成起来的大田庄主或田庄主的子弟"①，他们是世族地主势力的代表，谯沛集团则代表了庶族地主的利益，他们在镇压黄巾起义的过程中联合起来，但政治集团上的分野又使他们最终分道扬镳。经济关系是阶级关系的基础，汝颖集团在斗争中战胜谯沛集团，是"封建大土地所有制的胜利，屯田制的失败。这是当时历史发展的必然结果"②，先生将两大集团的政治升降和汉魏政治权力的转移最终归结为经济关系的变动，并视为历史发展的必然，是阶级阶层分析方法的科学运用，有很强的说服力。阶级往往是由等级构成的，等级研究是阶级研究的重要内容。在《南朝的阶级分化问题》一文中，先生对南朝士族和寒门中出现的等级分化做了精辟的分析，认为士族的衰落与寒门的兴起体现的是历史进步③，这使我们对南朝出现的诸多关于士族贫富升降的历史现象有了科学认识。经济基础决定上层建筑是唯物史观的基本观点，也是阶级分析方法的基本出发点。在《从南北朝社会经济与政治的差异看南北门阀》一文中，先生提出北方重农、南方重商，经济基础不同，政治形态也不同。"南方士族既然立脚于家庭与商业之上，聚居于都邑，其社会经济基础自然不及北方士族雄厚。这种士族及由此而形成的士族制度，容易腐朽，经不起风浪。"④这就使我们对为什么南朝士族较北朝士族分化衰落得要快找到了一个答案。阶级分析方法是一把利器，但万先生并不盲目运用阶级分析，即使在十分重视阶级斗争的年代，也能够坚持实事求是的精神。在《魏末北镇暴动是阶级斗争还是统治阶级内部的斗争》一文中，先生对北镇暴动即六镇起兵的性质提出了不同看法。先生坚持阶级观点与历史主义相统一的原则，认为暴动由豪强这一阶级发动并左右，不是人民起义，只能是统治阶级内部

① 万绳楠：《曹魏政治派别的分野及其升降》，《历史教学》1964年第1期。

② 万绳楠：《曹魏政治派别的分野及其升降》，《历史教学》1964年第1期。

③ 万绳楠：《南朝的阶级分化问题》，《安徽师大学报（哲学社会科学版）》1983年第2期。

④ 万绳楠：《从南北朝社会经济与政治的差异看南北门阀》，《安徽大学学报》1963年第1期。

的斗争。①在《五斗米道与孙恩起兵》一文中，先生本着这一原则，同样否定其起兵是农民起义的性质。先生还专门写了《什么是农民起义？什么人才可以称为农民起义军的领袖？——评〈简明中国通史〉关于农民起义问题的论述》，借对吕振羽《简明中国通史》中关于农民起义问题的评价，系统阐释了他对历史上农民起义问题的看法。

三是坚持辩证唯物主义的联系观。辩证唯物主义重视事物之间的普遍联系，用辩证的、联系的观点把握事物的前后关系、局部与整体的关系，把一定的历史现象放到一定的历史环境之中去考察。万先生在《研究问题要注意事物之间的联系》一文中指出："对于历史上的任何一个问题，都不能作孤立、静止的研究，必须充分掌握资料，注意事物之间的联系。"②先生例举了陈寅恪将华佗的记载与佛经故事联系起来看的事例，指出"他（指陈寅恪）不只是根据我国的史籍，孤立地研究华佗，而是比较中印记载、语音影响，在一个大系统中进行全面研究"③，先生用此来强调联系的方法在史学研究中的重要性。他又例举了自己用联系的方法对曹操《短歌行·对酒》一诗解读的事例，指出"曹操的《短歌行·对酒》是建安元年在许都接待宾客时，主人与宾客在宴会上的酬唱之辞，并非曹操一人所写"④。纵览先生的研究，辩证联系的方法始终贯穿其中，正是这种辩证联系观，使先生能够在同一事物之间、众多事物之间或不同事物之间找出其中的联系，每每使他的文章能够发前人之所未发，给人耳目一新之感。

除了上述之外，唯物史观的社会形态学说在先生的论著中也十分突出。他注重奴隶社会和封建社会不同社会形态下的政治经济文化制度特点研究，秉持封建地主土地所有制说，肯定魏晋南北朝时期各民族政权封建化的历史进步意义，强调政治集团与阶级关系演变背后的经济因素，都是坚持社会形态学说的典型表现。从以上这些可以看到，先生虽然毕业于新

---

① 万绳楠：《魏末北镇暴动是阶级斗争还是统治阶级内部的斗争》，《史学月刊》1964年第9期。

② 万绳楠：《研究问题要注意事物之间的联系》，《文史哲》1987年第1期。

③ 万绳楠：《研究问题要注意事物之间的联系》，《文史哲》1987年第1期。

④ 万绳楠：《研究问题要注意事物之间的联系》，《文史哲》1987年第1期。

中国成立前的大学，但新中国成立后他学习马克思主义，坚持马克思主义，运用马克思主义，完全可以说他毕生追求马克思主义，是一位新中国培养起来的马克思主义史学家。

二、广博的治学领域与突出成就

万绳楠先生的治学领域很广博，涉及魏晋南北朝史研究、宋史研究和区域经济史研究等，尤以魏晋南北朝史研究见长。

（一）魏晋南北朝史多领域的突出成就

20世纪中国古代史在通史、断代史、专门史等各研究领域都取得了很大成绩，其中在断代史研究上，魏晋南北朝史所取得的成绩尤为突出。从20世纪初开始，人们逐步改变了对中国历史上分裂时期的历史或所谓"乱世"历史的一些不全面认识，运用新的历史理论与方法，开启了魏晋南北朝历史的新探索。曹文柱、李传军在《二十世纪魏晋南北朝史研究》一文中，将20世纪中国魏晋南北朝史研究以1949年为限划分为前后两个时期。前一个时期可分为1901—1929年和1930—1949年两个阶段。后一个时期可分为1949—1966年、1966—1978年和1978—2000年三个阶段。[①]万先生在魏晋南北朝史研究上，基本上完整经历了后一个时期的"三个阶段"。厚实的史学功底，敏锐的洞察力，勤奋的治学精神，长期的不懈探索，使他在魏晋南北朝史多个领域取得了十分突出的成就，他所思考的许多问题，在当时也明显具有学术前沿的性质。这里我选取若干领域做一简要介绍。

政治史领域深耕细耘。万先生继承了中国史学向来重视政治史研究的传统特点，又得20世纪上半叶以来中国实证史学派的方法精华，以唯物史观为指导，在魏晋南北朝政治史研究领域取得了突出成就，这是他一生学

---

① 曹文柱、李传军：《二十世纪魏晋南北朝史研究》，《历史研究》2002年第5期。

术成就的主要代表。首先，关于曹操和曹魏政治派别的研究。历史上对曹操的评判大体不离正统史观，史家、政治家根据各自的需要取舍，毁誉参半，缺乏科学的指导。受宋元以后戏曲小说的影响，在普通民众中曹操更成为一个反面典型。先生在《关于曹操在历史上的地位问题》一文中，从汉末黄河流域经济衰败的客观历史出发，认为曹操的屯田、抑制豪强兼并、减轻田租、提倡节俭等经济措施具有积极进步的意义。[①]先生又从曹操在思想文化上的贡献，肯定了他破除汉代以来儒家思想束缚的作用和倡导现实主义文风的意义。因此，先生认为"从曹操总的方面来衡量，曹操在历史上的地位是应该肯定的"[②]。这是新中国成立后率先对曹操历史地位提出肯定的史学家。先生对曹操的研究深入细致，《廓清曹操少年时代的迷雾》一文十分精彩，将曹操少年时代的事迹考证揭示出来，有力说明了曹操少年时品行不好却又能举孝廉入仕的原因，也说明了后来曹操政治思想与政治行为与他少年时的经历有十分紧密的关系。[③]在《曹魏政治派别的分野及其升降》一文中，先生对曹魏内部政治集团的精湛划分及其阶级基础的深刻揭示，可以说是为解剖曹魏政治演变和门阀政治的形成提供了一把崭新的钥匙。[④]其次，关于蜀、吴政治和两晋南北朝政治的研究。在《论诸葛亮的"治实"精神》一文中，先生将诸葛亮治蜀的精神归纳为"治实"，并从哲学、政治军事、自然科学三个方面对诸葛亮的治实精神进行了深入阐释。[⑤]这篇文章发表在"文革"结束后不久，澄清了在诸葛亮问题上被"四人帮"搞乱了的是非，并对诸葛亮这个历史人物，力求作出合乎科学的解释。在《魏晋南北朝史论稿》一书中，先生对孙吴立国江东问题做出了深入考察。先生指出，孙吴政权是靠江东名宗大族的支持建立

① 万绳楠：《关于曹操在历史上的地位问题》，《新史学通讯》1956年第6期。

② 万绳楠：《关于曹操在历史上的地位问题》，《新史学通讯》1956年第6期。

③ 万绳楠：《廓清曹操少年时代的迷雾》，《安徽师大学报（哲学社会科学版）》1988年第2期。

④ 万绳楠：《曹魏政治派别的分野及其升降》，《历史教学》1964年第1期。

⑤ 万绳楠：《论诸葛亮的"治实"精神》，《安徽师大学报（哲学社会科学版）》1978年第3期。

起来的，论孙吴的治国之道，必须先明江东经济的发展与大族的产生。孙吴的"限江自保""施德缓刑"以及"外仗顾、陆、朱、张，内近胡综、薛综"等治国方针与政策，是孙吴复客制、世袭领兵制、屯田制等重大政策形成的阶级基础和社会基础。①这是史学界较早全面对孙吴政权立国基础的政治考察，对我们理解孙吴政治与魏、蜀政治的区别有重要启示。在《东晋的镇之以静政策和淝水之战的胜利》一文中，先生将东晋前期的政治总结为"镇之以静"，并在王导、桓温、谢安时期一以贯之，认为这是东晋之所以取得淝水之战胜利的原因。②这个观点一改东晋政权只是偏安江南的旧识，推进了东晋政治史研究的深化。历史的必然性与人的主观能动性是相辅相成的。在《从陈、齐、周三方关系的演变看隋的统一》一文中，先生对为什么由继承北周的隋朝来统一，而不由北齐或者陈朝来统一做了细密周到的分析，指出"可知统一之所以由北不由南，而北又不由北齐而由北周及其继承者隋朝，是因为本来要与北齐结好的南朝，却偏偏走上了联周反齐之路"③。这一观点较以往只重视隋文帝在统一中的作用的观点更加全面。先生的政治史研究不限于魏晋南北朝，如《论隋炀帝》《武则天与进士新阶层》等文章，在隋唐政治史研究上都有新见解。

　　经济史领域开拓创新。20世纪魏晋南北朝经济史研究主要集中在社会性质问题、土地制度问题、赋税制度问题、户籍制度问题、部门经济与区域经济等问题上。万先生在上述领域中大都有创新性的研究。关于土地制度问题，先生在《魏晋南北朝史论稿》中对曹魏小块土地所有制、屯田制、田庄制三种土地所有制形式进行了比较，认为曹魏以保护自由农为主体的小块土地所有制为主体，但又能使三种土地所有制在一定时期内并存，发挥各自的作用，使汉末受到严重破坏的生产力，得以复苏。④这是曹操在经济政策上强于其他军阀之处所在。田庄经济是魏晋南北朝经济的

① 万绳楠：《魏晋南北朝史论稿》，安徽教育出版社，1983年，第62—71页。

② 万绳楠：《东晋的镇之以静政策和淝水之战的胜利》，《江淮论坛》1980年第4期。

③ 万绳楠：《从陈、齐、周三方关系的演变看隋的统一》，《安徽师大学报（哲学社会科学版）》1985年第4期。

④ 万绳楠：《魏晋南北朝史论稿》，安徽教育出版社，1983年，第26—35页。

重要组成部分，先生在很多论著中都谈到这个问题，比如上述曹魏三种土地所有制比较中，就谈到了曹魏时期的田庄"无疑起着组织生产的作用，有一定的活力，不失为当时一支重要的、仍占主导地位的生产力量"①。田庄经济不是一成不变的，随着时代变化，田庄经济也在发生变化，先生正是用这种发展变化的观点看待田庄经济，并分别写出了《南朝时代江南的田庄制度》和《南朝田庄制度的变革》二文。在前文中，先生对南朝江南田庄兴起的历史背景和南朝江南田庄的特点进行了仔细分析，得出了南朝时代江南的田庄制度，是随着江南的开发与庶族地主、商人的兴起而发展起来的，是建立在家族而非宗族地主对佃客、奴隶的剥削与压迫的基础之上的重要结论。②在后文中，先生指出，南朝的田庄主土地占有形态，和唐朝是一个类型，和汉、魏已自不同。唐朝的庄园制度源自南朝。南朝田庄制度的变革，是中古土地制度的一个重大变化。先生在文中还对南朝大家族（宗族组织）的破坏、田庄中部曲组织的消亡、剥削方式的变化进行了详细论证。③先生的系列研究将南朝江南田庄与之前及同时代其他政权下的田庄制度清楚地区分开来，使我们看到了田庄经济在不同时期的发展变化和历史影响。魏晋南北朝是一个人口大流动大迁徙的时期，人口流动所带来的行政区划变化以及户籍制度的新形态，是影响魏晋南北朝社会经济发展的重要问题。侨郡县是东晋南朝时期安置迁徙流动人口的一项行政措施，它是一个政治问题，更是一个经济问题。在《晋、宋时期安徽侨郡县考》和《江东侨郡县的建立与经济的开发》二文中，先生分别对安徽境内和江东地区的侨郡县进行了详细考证，前文首次对晋、宋时期安徽境内的侨郡县状况，以及北方流民进入安徽和安徽本部人向南流动的大致情况进行了系统梳理④，后文则对江东侨郡县的分布特点以及江东政权对侨

① 万绳楠：《魏晋南北朝史论稿》，安徽教育出版社，1983年，第35页。

② 万绳楠：《南朝时代江南的田庄制度》，《历史教学》1965年第11期。

③ 万绳楠：《南朝田庄制度的变革》，《安徽师大学报（哲学社会科学版）》1980年第2期。

④ 万绳楠：《晋、宋时期安徽侨郡县考》，《安徽师大学报（哲学社会科学版）》1982年第2期。

民的政策进行了全面分析①。侨郡县的设置不仅在政治上稳定了因战乱而造成的流动人口，更重要的是推动了安徽特别是皖南和江东地区的经济开发与文化发展。江东地区尤其是沿江地区经济的开发，与江东政权对待流人的政策不可分。正如先生所指出的那样："论江南经济开发的文章，我所见到的颇为不少，惜乎语焉不详，且不中肯綮，故立论如上。"②从侨郡县的设置及其政策看安徽和江东地区经济开发是一个新的视角，先生的研究走在了当时经济史研究的前列。户籍向来是经济史研究的重要内容，魏晋南北朝的户籍问题因人口迁徙和侨郡县的设置尤其显得复杂化，文献上出现的"白籍""黄籍"究竟何指，"土断"与黄、白籍究竟什么关系，古今史家莫衷一是。先生在《论黄白籍、土断及其有关问题》《江东侨郡县的建立与经济的开发》等文中，对这些问题做了细密考证。先生指出："黄籍是两晋南朝包括士族和庶民在内的编户齐家的统一的户籍。士族的黄籍，注有位宦高卑，庶民无之。士族可凭黄籍上的爵位证明为士族，免去徭役。庶民已在官役的，可以在黄籍上注明何人。白籍则是在特定时期产生的、有特定含义的户籍。它出现在东晋初，为自拔南奔的侨人所持有。他们大都住在侨郡县中。之所以谓之为白籍，是因为夹注有北方原地的籍贯，好作将来回到北方入籍的凭证。持白籍的不交税，不服役。"③由于人口不断南迁给东晋政府带来严重的社会经济问题，因而有了咸和二年（327）土断。这次土断中整理出来的黄籍，称为《晋籍》。它是南方土著人民和以土著为断的北方侨人的统一的户籍，此籍一直沿用到宋元嘉二十七年（450）。咸康、兴宁、义熙年间的阅实编户与依界土断，是咸和二年（327）土断的整顿与补充。侨人一经土断，白籍即换成黄籍。南齐大力进行土断，罢除侨邦，是白籍行将消亡的反映。其最后消亡，可以梁天监元年（502）罢除最后一个侨邦南徐州为标志。此后所谓土断，是土断杂居

---

① 万绳楠：《江东侨郡县的建立与经济的开发》，《中国史研究》1992年第3期。

② 万绳楠：《江东侨郡县的建立与经济的开发》，《中国史研究》1992年第3期。

③ 万绳楠：《论黄白籍、土断及其有关问题》，载《魏晋南北朝史研究》，四川社会科学院出版社，1986年，第286页。

流寓的人户。①先生的这些观点，厘清了复杂多变的东晋南朝政权下户籍变化的线索，辨清了史书上模糊不清的土断、白籍、黄籍等概念，为经济史研究提供了基本的史实基础，可以说是一个重大贡献。先生在经济史上的研究还有西晋的经济制度、北魏的均田制和地主土地所有制以及江南经济开发等诸多问题，彰显出他在经济史研究上的深厚功力。需要指出的是，先生的经济史研究坚持以唯物史观为指导，将地主土地所有制作为观察分析魏晋南北朝经济史的基本出发点，并将经济变化与政治变化相联系，使他的经济史研究充满了时代感。

思想文化史领域视野宽阔。与两汉相比，魏晋南北朝思想文化突破了经学独尊的束缚，呈现出多元化的趋势，域外文化与华夏文明交往交流，开启了文化交融的新时期。20世纪后半期，特别是改革开放以后，魏晋南北朝思想文化史研究呈现出繁盛局面。其中，万先生以其宽阔的学术视野，在魏晋南北朝思想文化史领域独树一帜，取得了突出成就，其研究涉及政治文化、哲学思想、宗教思想、史学思想、艺术与科技、少数民族文化等诸多领域，特别是《魏晋南北朝文化史》一书，是他关于魏晋南北朝思想文化史研究的系统思考。这里我选取若干角度做一介绍。首先，关于文化史研究的理论思考和魏晋南北朝思想文化的整体史观。早在20世纪90年代初，先生在《对文化史研究的思考》一文中就对文化史的概念与研究对象做过界定，指出："现在文化与文明两个概念常被混淆。按照摩尔根所说人类自野蛮时代进入文明时代，以文字的发明为标志，而文字的发明又是文化的开端。可知文化者，乃用文字写下来的各科知识也。"②但是先生认为，文化史又不仅只是各科知识史、有关制度史，而且要把各科知识所达到的深度及所反映的文明程度揭示出来。易言之，即要揭示出黑格尔所说的"时代精神"。③后来他又指出："因此，凡属文化知识领域中的问

---

① 万绳楠：《论黄白籍、土断及其有关问题》，载《魏晋南北朝史研究》，四川社会科学院出版社，1986年。

② 万绳楠：《对文化史研究的思考》，《文史哲》1993年第3期。

③ 万绳楠：《对文化史研究的思考》，《文史哲》1993年第3期。

题，都应当是文化史所应讨论的问题。如果缺了一个部门或项目，那就不是一部全面的文化史，就无从窥探某个时期或时代文化的全貌、相互作用、发展停滞或萎缩的总原因与具体原因。"①文化史绝不是儒术史，也绝不是哲学史。文学、史学、艺术、自然科学、各派经济思想、政治思想、社会思想、各族文化状况、文化交流……无一不在文化史探讨的范围中。从这个角度出发，先生把职官制度、选举制度、学校制度、哲学思想、政治思想、经济思想、社会组织与社会风俗、文学、艺术、史学、自然科学、道教、佛教以及各族文化状况、中外文化交流等内容，都纳入了他考察的范围，形成了他以制度文化和精神文化为主体的文化史观。关于魏晋南北朝思想文化的历史地位，先生认为，魏晋南北朝时代是各科文化蓬勃发展的时代，把汉朝远远抛在后头。现在已经没有人相信甚么"黑暗时代"的陈旧说法。先生还具体指出了这个时期文化长足发展的原因是专制主义的削弱、儒术独尊地位的跌落、官营王有制度的失败、大家族的解体和个性的解放。其次，深入挖掘时代的思想文化精华。在立足魏晋南北朝思想文化整体史观的基础上，先生对这一时期思想文化及其流派和代表人物等很多问题都有自己深刻独到的见解，是他史学思想极具闪光的一面。在《嵇康新论》一文中，先生将嵇康的思想从所谓"竹林七贤"中其他人的思想分离开来，高度赞扬了嵇康反对封建儒学，富有民主精华的进步思想。②在《略谈玄学的产生、派别与影响》一文和《魏晋南北朝史论稿》第五章第二节，以及《魏晋南北朝文化史》第三章中，先生对魏正始年间何晏、王弼创立的玄学及其意义和派别分野进行了开创性研究。他指出："玄学并非消极的东西。它好比一颗灿烂的明星，进入魏晋时代的思想界天空，放出了奇光异彩。"③但是正始之音并不是只有一种声音，何晏标榜无为，把无和有对立起来，是二元的；王弼标榜无为，把无当本体，把有当派生的东西，是一元的，因此何晏与王弼是玄学内部两种不同的声音。究其原因，

---

① 万绳楠：《魏晋南北朝文化史·序言》，黄山书社，1989年，第1页。

② 万绳楠：《嵇康新论》，《江淮论坛》1979年第1期。

③ 万绳楠：《略谈玄学的产生、派别与影响》，《孔子研究》1994年第3期。

是他们各自代表了不同政治集团的思想，是当时曹魏政治上两大派别斗争的反映。先生将玄学研究与政治派别分野结合起来分析，是一卓识。尽管玄学在这一时期高调登场，但先生认为魏晋南北朝时期的主流思想仍然是儒学而不是玄学①，先生在20世纪50年代得出的这个结论，在后来的魏晋南北朝思想史研究中应该是得到了大多数人的认同。在思想文化史研究中，先生始终高举唯物史观大旗，高扬唯物论思想的积极意义，批判唯心论的消极作用，特别是在对君主专制的批判上毫不留情，是他思想文化史研究上极富战斗性的一面。在宗教思想研究上，先生多有发明。在《"太平道"与"五斗米道"》一文中，先生对《太平经》的性质及其与黄巾起义的关系做了细致辨析，认为它们之间既有联系更有本质区别，不能把《太平经》与作为"异教"的"太平道"混为一谈，而五斗米道从一开始，就是地主阶级的宗教，是地主阶级用来剥削、压迫与愚弄农民的宗教组织，教义上没有任何积极的东西，只有消极的影响。②先生的这个思想产生在20世纪60年代初，那个时期对阶级斗争和农民起义高度重视，能够用这样冷静客观的态度对待太平道和五斗米道，是十分可贵的求真精神。先生对道教的研究并不限于这些局部，而是从整体上对魏晋南北朝时期道教的产生与发展做了系统梳理，新意迭出。③在佛教研究上，先生不仅对佛教传入中国的过程及其地位的确立有细致考证，而且提出了佛教"异端"思想产生的背景与斗争这一重要问题，明确指出"中国的佛教异端，是在南北朝时代，在北方形成的"，其原因乃是北朝佛教的僵化所致。④从思想文化史的视角出发，先生还对魏晋南北朝时期的史学、艺术、文学、风俗、科技以及社会生活与文化交流等诸多内容也有精湛研究，这里不再一一介绍。

---

① 万绳楠：《魏晋南北朝时代的思想主流是什么》，《史学月刊》1957年第8期。

② 万绳楠：《"太平道"与"五斗米道"》，《历史教学》1964年第6期。

③ 参见万绳楠：《魏晋南北朝文化史》第十二章"我国道教的产生与发展"，黄山书社，1989年，第298—325页。

④ 参见万绳楠：《魏晋南北朝史论稿》第十五章"论佛教在南北朝时期的传播"，安徽教育出版社，1983年，第330—350页；万绳楠：《魏晋南北朝文化史》第十三章"佛教的勃兴与弥勒异端的产生"，黄山书社，1989年，第326—348页。

（二）宋史研究的倾力奉献

万先生是一个学术旨趣十分广泛的学者，他不仅在魏晋南北朝史领域取得了突出成就，在宋史领域也收获不菲，为宋史研究做出了一定的贡献。先生在宋史领域的贡献主要体现在《文天祥传》和《关于南宋初年的抗金斗争》《关于王安石变法的几点商榷》《宋江打方腊是难以否定的》《诗史奇观——文天祥〈集杜诗〉》等系列文章上，这里重点介绍《文天祥传》。文天祥是南宋后期民族矛盾尖锐时期产生的一位民族英雄，他去世后，事迹广为流传，自古就有不少人为他立传。但如同先生所说的那样，所有的文天祥传都有两个基本缺陷，一是从忠君立论，二是但述事实经过，而又偏重起兵勤王以后的经历。新中国成立以后关于宋代民族英雄的研究明显又偏重于岳飞，对文天祥的研究稍显不足。先生的《文天祥传》就是在这样的背景下从史学传记的角度写作而成的。该传用近30万字、十章（另附事迹编年）的篇幅，详述了文天祥的生平事迹、爱国思想、文学成就、事迹流传等重大问题，首次全面揭示了文天祥的一生经历，考证了很多模糊不清的史事，并对与之有关的宋元历史进行了评论，是传、论、考相结合的典范。《文天祥传》发明甚多。首先，廓清了文天祥籍贯和生平事迹问题。通过详细辩证，先生认为文天祥的籍贯应该是吉州庐陵县富川镇，而不是以往所认为的富田，宋时只有富川而无富田，富田替代富川是元朝以后的事。宋代富川是镇，地位与乡相等，不属于淳化乡，亦不属于顺化乡，将富田归属于淳化乡，是清朝以后的事。[①]籍贯问题虽然很具体，但是研究文天祥必不可少的基本问题。先生还对文天祥中状元时的年龄、某些重要作品的写作年代等问题进行了考证，为进一步研究文天祥奠定了扎实基础。其次，深入挖掘了文天祥的爱国思想。先生认为，文天祥不仅是一个爱国者，而且是一个政治家、思想家，他的爱国思想不是古已有之，而有他的特殊点，这个特殊点就是他的哲学思想和政治

---

① 万绳楠：《文天祥传》，河南人民出版社，1985年，第1—7页。

表现。先生指出："七百年来，都以为文天祥爱国是受儒家思想乃至理学熏陶的结果。殊不知他的爱国思想扎根于他的生气勃勃的唯物思想中，具有强烈的反理学意义。"①与宋代死守祖宗之法不同，文天祥的哲学思想根植于《易》学的唯物辩证思想，特别是他强调自强不息精神对个人和国家的重要意义，正是他一生爱国不息、斗争不息、改革不息的哲学基础。②这个看法虽不无可商榷之处，但却在一定程度上揭示了文天祥为什么能够在社会危机和民族危机深重的南宋后期，坚决为国奋斗不息直至献出生命的根源所在。先生认为，文天祥爱国思想在政治上的表现不只是抗元，更重要的方面"是他不仅要求改革，而且要求改革不息；不仅要求改革宋太祖、太宗制定下来的祖宗之法，而且要求一直改下去，直到实现天下为公"③。先生还具体指出了文天祥主张改革不息"三个具体的、带根本性的问题"④，即地方问题、三省六部问题和用人问题。文天祥的改革思想虽然"近于空想"，不可能在当时的南宋实现，但"应当承认它在我国政治思想发展史上所具有的划时代的意义和里程碑的地位"⑤。改革不息论是文天祥政治思想中也是爱国思想中最本质的东西，也是最重要的内容。不改革便不能抗元，爱国首先就应要求改革。这是我们研究他在抗元中所表现出来的爱国思想时，必须理解的东西。文天祥的抗元是与他"法天不息"的唯物主义思想联系在一起，而非与儒家的忠孝仁义相联系，是为了"生民"的利益，而非与地主阶级、赵家王朝的利益相联系。⑥这些看法都极大丰富了我们对文天祥爱国思想内涵的认识。第三，对宋元之际历史变化的深刻洞察。既往研究文天祥较少考虑宋元之际历史变化的必然性和偶

---

① 万绳楠：《文天祥传》，河南人民出版社，1985年，第266页。

② 参见万绳楠：《文天祥传》第八章第一节"文天祥爱国思想的哲学基础"，河南人民出版社，1985年，第266—275页。

③ 万绳楠：《文天祥传》，河南人民出版社，1985年，第275页。

④ 万绳楠：《文天祥传》，河南人民出版社，1985年，第277页。

⑤ 万绳楠：《文天祥传》，河南人民出版社，1985年，第282页。

⑥ 参见万绳楠：《文天祥传》第八章第三节"文天祥爱国思想在抗元方面的表现"，河南人民出版社，1985年，第282—289页。

然性问题。先生指出，文天祥生活在南宋内忧外患十分深重的年代，"但这个时代并非南宋注定要灭亡、元朝必定要统治全中国的时代，而是黑暗中有光明。这光明就是：只要南宋改革导致社会危机和民族危机的守内虚外之法，就不会是元兵南进，而是宋旗北指"①。但南宋政权并不采纳文天祥的主张，一再错过历史给予的机遇，抱住祖宗之法不放，致使拥有军队七十多万，经济力量远胜于蒙古，且有文天祥这样贤才的南宋，不断屈膝投降，根本原因就是以皇帝为首的最高统治集团的守内虚外的国策，"这个国策培育出来的最高统治集团，对外以妥协投降，对内以镇压人民、削弱地方、排斥贤才、反对任何改革为特征。这个国策不变，统治集团也就不会倒；统治集团不倒，这个国策也就不会变"②。南宋不是必然灭亡，元朝不是必然胜利，文天祥不是愚忠献身。先生对宋元之际历史的深刻洞察，使我们对文天祥抗元斗争直至献出生命的历史意义有了比以往更加深入的认识。第四，确立了文天祥在中国文学史上的地位。先生在传中用一章四节的篇幅论述了文天祥在文学上的成就，指出"文天祥在文学上的成就，比之唐、宋各大名家，毫无逊色"③。文天祥一改南宋文体、诗体破碎、卑弱，朱熹以后鬼头神面之论，"不赞成有意为诗""主张动乎情性"，提出了"自鸣与共鸣之说"，先生认为与自鸣相结合的共鸣论，"是文天祥对文学理论尤其是现实主义文学理论的一大贡献"④。先生还对文天祥的诗歌进行了分期，对其不同时期诗歌的内容与特点进行了细致分析，深刻揭示了文天祥作为"现实主义文学巨匠"，其诗歌具有"振起过一代文风""是我国文学宝库中的无上珍品"的历史地位。⑤先生一生的学术重点不是宋史，但从《文天祥传》中可以看到他不仅对文天祥有深入研究，也对宋代政治史、思想史和文化史有独到的见解。

---

① 万绳楠：《文天祥传》，河南人民出版社，1985年，第18页。
② 万绳楠：《文天祥传》，河南人民出版社，1985年，第97页。
③ 万绳楠：《文天祥传》，河南人民出版社，1985年，第290页。
④ 万绳楠：《文天祥传》，河南人民出版社，1985年，第291—293页。
⑤ 参见万绳楠：《文天祥传》第九章"文天祥在文学上的成就"，河南人民出版社，1985年，第290—336页。

（三）区域经济史研究的开辟

有学者指出："区域经济的研究是80年代以来学者们着意很多的课题，取得的成就相当可观。"[1]但万先生从20世纪60年代开始就十分关注魏晋南北朝区域经济史的研究，从60年代到90年代，他撰写了《六朝时代江南的开发问题》《南朝时代江南的田庄制度》《南朝田庄制度的变革》《江东侨郡县的建立与经济开发》等一系列论文，对长江中下游区域经济史就有了深入研究。在此基础上，1997年，万先生等著的《中国长江流域开发史》一书出版，该书是原国家教委"八五"社会科学重点科研项目的结项成果，也是国家"九五"重点规划图书。全书用八章50万字的篇幅，从历史纵向角度，全面考察了从石器时代到明清时期长江流域开发的整体历程，是我国第一部全面论述长江流域社会经济与文明发展进程的著作。该书首次对长江流域各历史时期的经济开发与文明发展历程做了系统总结。例如关于石器时代的长江流域，该书指出，与黄河流域一样，长江流域也有它自己的石器时代与人类。论文化并不比黄河流域有任何逊色。该书用丰富的考古资料论证了旧石器时代的长江流域是人类起源的重要地区、新石器时代晚期的良渚文化是长江流域跨入文明门槛的前夜。从青铜器的制作和江西清江吴城出土的刻划文字符号看，"炎帝神农氏时期，南方长江流域当已进入文明时代。其文明程度不会下于轩辕氏所代表的北方文明"[2]，甚至"南方长江流域当比北方更早地进入文明时代"[3]。关于列国时期的长江流域，该书认为这是一个经济、文化突飞猛进的发展时期，楚、吴、越、巴、蜀等国农、工、商业综合发展，但秦的征服，则使整个长江流域的开发，遇到了一次大顿挫。关于秦汉时期的长江流域，该书使用了"曲折性"三个字来概括。秦的落后政策，将长江流域的开发拉向后退，开发无闻。汉初政策调整，长江流域的开发也在继续抬头。两汉长江

① 曹文柱、李传军：《二十世纪魏晋南北朝史研究》，《历史研究》2002年第5期。

② 万绳楠、庄华峰、陈梁舟：《中国长江流域开发史》，黄山书社，1997年，第25页。

③ 万绳楠、庄华峰、陈梁舟：《中国长江流域开发史》，黄山书社，1997年，第23页。

流域开发虽在继续，但又不断受到"虎狼之政"的破坏，是"曲折性"的反映。关于魏晋南北朝时期的长江流域，该书用"迅速发展与几度猝然跌落"来概括。吴、魏、蜀时期长江流域的交通运输业、城市与商业、农业发展迅速，西晋由于政治原因，长江流域开发陷于停滞状态。东晋"镇之以静"的政策，以及侨郡县的设置与对待流人的政策，促进了江东社会经济的发展，江南腹地及沿海地区得到开发。南北朝末年至隋，由于侯景之乱和隋的政策原因，长江流域开发又陷于停顿。关于唐五代时期的长江流域，该书用"继续发展与经济中心的逐渐南移"来概括。唐继承了南北朝以来的重要经济制度和隋朝留下的大运河，长江流域整体经济结构与发展水平上了新台阶，天宝以后，经济重心南移。五代十国，长江流域有八国，仍可见到长江流域农、工、商业在唐朝开发的基础上进一步深入发展。关于宋元时期的长江流域，该书认为两宋长江流域又获得了进一步的开发，农业、手工业、交通运输业、商业与城市都有了新的发展，经济形态呈现出新变化，四大发明是在长江流域完成的。但由于两宋在政治上都执行"守内虚外"的政策，这种开发仍旧受到限制。到蒙古入主中原，甚至一度逆转。关于明清时期的长江流域，该书用"经济开发的新发展"和"艰难曲折性"来概括。由于统治政策的调整，明清时期长江流域社会经济有了长足发展，生产力水平的提高，资本主义生产关系的萌芽已在明中后期，出现于长江中下游地区商品经济极为发达的苏、杭一带，并逐渐扩展至其他地区。这是一个新现象。清前期，我国资本主义萌芽继续缓慢发展，在整个长江流域显现得更为突出。然而，由于种种历史条件未能具备，中国资本主义的胎儿始终没有冲出孕育了它的封建社会的母体，滋长壮大，这不能不是中国历史发展进程中的一个极大的令人深以为憾的曲折和不幸。纵览该书，其特点非常鲜明：一是十分重视我国历史上统治阶级的政策与经济发展的关系，将经济发展与政治环境相联系，深刻阐明了上层建筑对经济基础的反作用；二是十分重视经济发展与科技文化发展的关系，该书几乎在论述每个时代经济开发之后，都要论述该时期科技文化发展的状况，可以说该书也是一部长江流域科技文化发展史。总之，通过该书，我们不仅可以认识到长江流域文明发展史在中华文明发展史上的重要地位，把握长江流域经济开发的历史经验教训，也能为今天长江流域的开发提供历史借鉴。

以上总结虽远远不能涵盖先生的全部学术成就，但从中也可以窥见先生广博的学术视野、深刻的问题意识和极具前沿性的探索精神。

三、丰厚的治学思想遗产

万绳楠先生用其一生的心血，给我们留下了300余万字的史学论著，这是一笔宝贵的史学遗产。据我目力所及，对先生史学成就评价、总结和研究的文章目前有周一良《评介三部魏晋南北朝史著作》[①]，朱瑞熙《宋人传记的佳作——评〈文天祥传〉》[②]，彦雨《一部反映出时代精神的新文化史——评万绳楠教授的〈魏晋南北朝文化史〉》[③]，汪姝婕《简评〈中国长江流域开发史〉》[④]，卫丛姗《万绳楠史学成就研究》[⑤]等，这些文章从不同侧面对先生的史学成就进行了评述和研究。还有不少学者和先生的学术观点进行商榷。[⑥]无论是评述还是商榷先生的论著，也无论是赞

---

① 周一良：《评介三部魏晋南北朝史著作》，《北京大学学报(哲学社会科学版)》1985年第2期。

② 朱瑞熙：《宋人传记的佳作——评〈文天祥传〉》，《中州学刊》1986年第3期。

③ 彦雨：《一部反映出时代精神的新文化史——评万绳楠教授的〈魏晋南北朝文化史〉》，《安徽史学》1991年第1期。

④ 汪姝婕：《简评〈中国长江流域开发史〉》，《光明日报》1999年8月13日。

⑤ 卫丛姗：《万绳楠史学成就研究》，鲁东大学硕士学位论文，见"中国知网"，2021年。

⑥ 如曹永年、周增义：《论隋炀帝的"功"与"过"——兼与万绳楠先生商榷》，《史学月刊》1959年第12期；魏福昌：《隋炀帝是不折不扣的暴君——与万绳楠同志商榷》，《史学月刊》1959年第12期；孙醒：《试论文天祥的哲学思想——兼与万绳楠同志商榷》，《河南大学学报(哲学社会科学版)》1989年第1期；王琳祥：《赤壁战地辨析——与万绳楠先生商榷》，《安徽师大学报(哲学社会科学版)》1992年第4期；高华平：《也谈陈寅恪先生"以诗证史、以史说诗"的治学方法——兼与万绳楠先生商榷》，《华中师范大学学报(哲社版)》1992年第6期；张旭华：《梁代无中正说辨析——与万绳楠先生商榷》，《许昌师范学院学报》1993年第3期；等等。

同或不赞同先生的观点，都说明先生的论著产生了十分广泛的学术影响。先生取得的这些学术成就与他的治学思想是不可分割的，在前人研究的基础上，我对先生的治学思想谈三点感想。

（一）吸收三种史学的精华

观察万先生治学方法，明显可以看到三种史学思想对他的影响。首先是受我国传统史学求真致用思想的影响。"多闻阙疑，慎言其余"①，"故疑则传疑，盖其慎也"②。我国传统史学倡导严谨求实的治学态度，在追求史实真相上不遗余力，从不随意揣测，历代史学秉笔直书精神和发达的考据学，就是这种求真思想的具体体现。求真是对事物本来面貌的揭示，对史学研究而言，全面掌握史料是求真的基础。先生十分强调在史学研究上要打好基础，在读书上下功夫。先生指出："说基础知识浅，容易学，这表现出对基础知识缺乏了解。一般来说，基础知识包括三个方面，一是基本理论知识，二是基本专业知识，三是基本技能或基本治学能力。三者缺一，都不能说基础好。"③打好基础的关键是读书，先生说："历史上凡是维护真理的人，没有一个不苦功读书。"④读书要有一定的方法，先生总结出古人读书的方法，指出："批点、注释和校补，是古人成功的读书方法。"每一种方法都有其独特的价值和作用，"我们总是说要读几本基础书，同时要多读其他书，但总是苦于不知怎么读，怎么掌握，如果能分别或同时采用以上三法，我觉得不管哪一类的书，都可读深读透"⑤。仅仅读书还不行，还要做卡片，"卡片一万张，学问涨一丈"是先生的一句名言，就是强调知识积累的重要意义。仅仅有卡片也不行，还要思考，先生说："读书最怕思之不深，览之不博，不然，是会出错误的。"⑥刻苦读书

① 何晏注，邢昺疏：《论语注疏》卷二《为政》，北京大学出版社，2000年，第22页。

② ［汉］司马迁：《史记》卷十三《三代世表》，中华书局，1982年，第488页。

③ 万绳楠：《基础容易打吗?》，《安徽日报》1962年1月5日。

④ 万绳楠：《"百家争鸣"三题》，《安徽日报》1961年9月27日。

⑤ 万绳楠：《批点、注释和校补》，《安徽日报》1961年11月17日。

⑥ 万绳楠：《白门新考》，《南京史志》1992年第2期。

勤于思考，使先生的论著在很多方面能够发前人之所未发，读过他的论著的人应当感受到，他的许多真知灼见，就是在广博的知识积累和勤奋思考之上而产生的。致用是我国传统史学的又一大特色，是我国传统史家治史的重要追求。我国传统史学的致用思想体现在为现实政治提供借鉴，为社会教化提供是非善恶标准，为文化自信提供精神向导等方面。我国史学的这一优秀传统同样深刻体现在先生身上，他的群众史观思想，就是反映了他的历史研究是为中国共产党领导下的新中国人民服务的。他用唯物史观的基本原理来分析历史人物、历史思潮、历史事件、历史变迁，不仅为史学界，也为社会大众提供了评判历史是非功过的马克思主义观点。他书写的魏晋南北朝政治史、经济史、思想史、文化史、民族史，以及宋史和长江流域开发史等等，为增强文化自信和对中华文明的统一性与多样性认识提供了丰富的精神源泉。其次是受近代实证史学思想的影响。近代实证史学（过去也经常称为近代资产阶级史学）是在吸收传统史学的精华和近代西方史学理论方法基础上产生的，它突破了传统史学方法和视野的局限，开创了中国历史研究的新局面。作为近代实证史学的重要代表人物陈寅恪先生的学生，先生的史学研究明显受到陈寅恪的影响。陈寅恪先生精于史实考证，学术视野宽阔，注重从地域、集团、阶级、文化出发分析历史，"还很重视历史现象的前因后果和历史发展的基本线索，往往能提出一些独到的见解"[①]。先生还将他于1947年至1949年在清华大学历史研究所听陈寅恪先生的讲课笔记整理出来，出版了《陈寅恪魏晋南北朝史讲演录》一书，极大丰富了陈寅恪先生关于魏晋南北朝史研究的系统理论观点，弥补了陈寅恪先生史学思想研究资料缺乏的重大缺憾，这是先生的又一重大史学贡献。先生在史学研究中，明显使用了地域、集团、文化、阶级等理论方法分析魏晋南北朝史中的许多历史问题，如论曹魏时期的政治派别划分及其阶级基础、正始之音与集团斗争、孙吴立国的阶级基础等，都充分运用了这些方法。以诗证史、以史说诗是陈寅恪扩展史料、开拓史学新领

---

① 林甘泉：《20世纪的中国历史学》，载《林甘泉文集》，上海辞书出版社，2005年，第353页。

域的重要方法，先生受其影响不仅对魏晋南北朝文学研究情有独钟，而且经常将这一时期的政治经济状况与诗歌产生的背景相联系，对相关问题进行研究，如《木兰诗》和《孔雀东南飞》的写作时间及故事发生背景，以及运用诗歌中描写的景色来论证江南的开发等等。先生还撰写了《曹操诗赋编年笺证》一书，是他继承老师诗史互证传统并运用于史学实践的最好说明。第三是全面接受马克思主义唯物史观。我认为，传统史学和近代实证史学对万先生的史学思想影响虽然很大，但也只限于方法论层面，决定先生史学研究的根本指导思想还是唯物史观，唯物史观的社会形态理论、群众史观、阶级分析方法、辩证联系的方法，我在前述"治学信奉马克思主义"一节中已经有过分析，这里再做一点补充。在《陈寅恪魏晋南北朝史讲演录》的"前言"中，万先生认为，阶级分析和集团分析（实际上也是阶级分析）方法"贯穿在陈老师的全部讲述之中"，并提出了"陈老师不仅是我国近代资产阶级史学的开创者和奠基人，而且是从资产阶级史学过渡到马克思主义史学的桥梁"的观点。①那么先生的阶级分析方法与陈寅恪的阶级分析方法是什么关系呢？我以为先生秉承的是唯物史观的阶级分析方法，与陈寅恪先生的阶级分析有区别。陈寅恪先生在讲述中确实使用了"社会阶级"这个概念来分析魏晋南朝社会的变化，但是很明显，陈寅恪先生使用的"社会阶级"或指文化（主要指儒家文化）背景不同的"豪族"与"寒族"，或指"高门"与"寒门"（士族与庶族），它与唯物史观以一定生产体系中所处的地位不同、对生产资料的占有关系不同、在社会劳动组织中所起作用的不同来划分阶级的标准是不一样的。纵观万先生的研究，他使用的阶级分析方法显然是唯物史观的阶级分析法而不是前者。我的看法是否符合万先生的原意已不可求证，但我想学术界可以研究。

---

① 参见万绳楠整理：《陈寅恪魏晋南北朝史讲演录·前言》，黄山书社，1987年，第2页。

（二）秉持创新思考的精神

治学贵在创新。万先生学术研究的一个突出特点就是始终秉持创新思考的精神，从不人云亦云。在《魏晋南北朝史论稿》的"前言"中他讲到该书的三个宗旨：一是努力运用马克思主义的立场、观点、方法，研究这段历史，力求得到一个接近科学的解释。二是对这段历史中尚未解决的问题，进行探讨。三是各章各节概以论为主，提出个人的看法，力求言之有理、有据。不重复众所熟知的东西，不作如同教材一类的叙述，并保持一个较为完整的系统，以窥全豹，故也不同于论集。这也可以说是体例上的一个"创新"吧。①可见先生的这部书，除了理论上他使用了"运用"一词之外，其他都是在追求"个人的看法""不重复众所熟知的东西"，甚至书稿的体例也试图"创新"。在《魏晋南北朝文化史》的"序言"中他说道："不因袭，重新思考，在科学的基础上，写出一个综合性的、能反映出时代精神的新文化史，是我写这本书时，对自己所作的要求。"②创新需要一定的方法，先生一生谈治学方法的文章不多，《史学方法新思考》是其中少有的一篇，此文虽然极短，但却是他总结治学方法的一个缩影："要推动历史学向前发展，我感到历史研究的方法，似亦有重新考虑的必要。我深感我们的史学工作者虽然研究各有重点，但无妨去涉猎中外古今的历史；虽然以研究政治经济史为方向，但无妨去学一点文学史、宗教史、思想史。有时候一个问题的解决，有待于运用经、政、文三结合或文、史两结合的方法，以求互相发明。研究问题，列宁是主张全面占有材料，掌握一切媒介的。这确是一个好方法。"③有专攻、通古今、跨学科、求关联、文史结合、相互发明与全面占有材料，正是先生治学的基本方法。读过先生论著的人都可以感受到，他的论著从标题到文风都有自己的特点，从标题上看，每级标题的问题意识都极强，从具体问题入手，抽丝

---

① 参见万绳楠：《魏晋南北朝史论稿·前言》，安徽教育出版社，1983年，第1页。
② 万绳楠：《魏晋南北朝文化史·序言》，黄山书社，1989年，第3页。
③ 万绳楠：《史学方法新思考》，《社会科学家》1989年第4期。

剥茧，层层深入；从文风看，语言洗练干净，抓住问题直奔主题，不绕弯子。这种治学精神，使先生的论著以解决历史问题作为基本出发点，以深厚的史学素养和理论素养洞察历史变化，在众多领域取得了很多创新性认识。限于篇幅，我不再一一例举。

（三）充满时代进步的气息

如何处理历史与现实的关系是古往今来史学家都要面临的问题，往往也要对他们的史学研究产生一定的影响。万先生是一位经历了民国时期、新中国建立直至改革开放后的史学家，长期活跃在新中国的史坛和教坛上。在近50年的革命、教学和研究生涯里，他坚持马克思主义立场，立足现实，以辩证唯物主义和历史唯物主义的观点观察分析历史，使他的研究充满着时代进步的气息。首先，对封建君主专制制度的深刻批判。新中国的建立推翻了压在中国人民头上的帝国主义、封建主义、官僚资本主义三座大山，但影响中国两千多年的封建主义思想在人们的脑海中并不容易消除，对封建主义特别是其总代表君主专制制度的批判，是史学界的重要任务。先生的史学论著中，对封建专制制度的揭示和批判是深刻无情的。在《嵇康新论》一文中，先生指出君主专制制度的最大特点就是"宰割天下，以奉其私"，嵇康主张"以天下为公"，反对"割天下以自私"，抨击君权，把这当作是一切祸害的总根，具有民主进步意义的色彩。①君主专制还是一切政治动荡的总根源，先生运用马克思主义观点阐释了中国古代君权产生的政治和经济基础，指出我国君主专制制度是建立在自由农的小块土地所有制和地主的土地所有制基础之上的。这个基础很牢固。但君主专制又表现为个人和"行政权力支配社会"。"当皇帝和封建官僚机构是强有力的时候，或者说个人和行政权力能够真正支配社会的时候，国家尚能保持稳定或苟安；但当皇帝昏庸，官僚机构又转动不灵的时候，那就必然要变乱丛生。"②西晋的八王之乱不是分封制度造成的，其内在的或最后的原因，

---

① 参见万绳楠:《嵇康新论》,《江淮论坛》1979年第1期。

② 万绳楠:《魏晋南北朝史论稿》,安徽教育出版社,1983年,第121页。

应当从君主专制制度本身去找。①这一论断改变了过去只从分封角度去看八王之乱的窠臼，令人耳目一新。除了嵇康外，先生还高度肯定了魏晋南北朝时期鲍敬言、陶潜反君主专制的思想。先生指出，产生于两晋之交的鲍敬言的无君无司论，是世界上最早的无政府主义论，鲍敬言看出了"有君"是一切祸害的总根源，看清了"君权神授"的谎言，要求把皇帝连同国家机器一起废掉。君主专制是封建政治制度的骨髓，在我国中古时代，产生这样一种有君有司为害，无君无司为利的思想，无疑是封建长夜中出现的一颗明星。先生认为，陶潜所理想的世界，是一个无君长，无官吏的世界。②"《桃花源诗并记》表现的陶潜思想，可用一言以蔽之——反对君主专制主义及其所维护的封建制度。"③其次，对儒家专制思想的尖锐批判。自汉武帝独尊儒术，以纲常思想为核心的封建儒学与天、神相结合，严重束缚了人们的思想。基于这一认识，先生在其论著中对儒家思想阻碍历史的进步予以深刻揭露，对历史上批判儒家思想、突破儒家思想束缚的种种行为给予高度评价。在评价汉代选举制度中的重"德"因素时，先生指出："而所谓德，是和神学结合在一起的、标榜王道三纲来源于天的儒学。这种儒学，是统治阶级加在人们思想上的桎梏，是图抹在选举制度上的神光。"④君为臣纲是儒学理论的核心，是封建专制主义的灵魂。先生高度赞赏嵇康，也正是从他猛烈地反对儒教、在反对"割天下以自私"的斗争中，形成了他"以天下为公"的带有民主性的政治思想角度出发的。先生在《对文化史研究的思考》一文中认为，魏晋南北朝时代是各科文化蓬勃发展的时代，把汉朝远远抛在后头，其中的重要原因就是这个时期专制主义的削弱和儒学独尊地位的跌落。⑤在《魏晋南北朝文化史》"序言"中

---

① 参见万绳楠：《魏晋南北朝史论稿》第六章第四节"八王之乱"，安徽教育出版社，1983年，第119—123页。

② 参见万绳楠：《魏晋南北朝文化史》第三章第三节"反对封建君主专制主义的思想闪光（嵇康、鲍敬言与陶潜）"，黄山书社，1989年，第81—88页。

③ 万绳楠：《魏晋南北朝文化史》，黄山书社，1989年，第87页。

④ 万绳楠：《魏晋南北朝史论稿》，安徽教育出版社，1983年，第23页。

⑤ 万绳楠：《对文化史研究的思考》，《文史哲》1993年第3期。

先生更明确指出：孔孟之道"并不能代表我国的文化传统。不但不能代表，儒家的三纲五常之教一旦被突破，我国文化便将以澎湃之势向前发展。在文化领域，无疑始终存在着以儒术为代表的封建专制文化与进步的、民主的、科学的文化的斗争"①。先生对儒家思想的批判是要区别古代文化遗产中民主性和革命性的东西，是要剔除其封建性的糟粕，吸收其民主性的精华，是要肃清"四人帮"的流毒，扫除两千多年来地主阶级所散布的封建儒学思想的影响，这正是先生史学思想与时代同呼吸的精神所在。需要看到的是，先生所批判的是儒学中的三纲五常、君权神授等腐朽糟粕，并不是一股脑否定儒学的文化价值。比如先生高度肯定各少数民族政权崇尚儒学、学习传播儒家文化的历史价值，如后秦姚兴大力提倡儒学和佛教"对封建文化和佛教文化的传播，是起了作用的。而这却是一个羌人做出的贡献"②。第三，始终站在人民的立场。万先生批判君主专制和儒学中的封建糟粕，目的都是为了人民，这是他群众史观在历史研究中的具体表现。对一种思想、一种政策、一种制度，一个人物、一个集团的评价，就是要看是否有利于人民，有利于历史的进步。先生指出，东汉的外戚尤其是宦官的统治，给人民带来了巨大的灾难，曹操维护和发展小块土地所有制的政策就是有利于人民的，曹操统一北方是有利于人民的，孙吴对待山越的政策是不利于人民的，是应当否定的，西晋士族地主的腐朽统治和军阀混战是人民大流亡的根本原因，各族人民是推动民族融合的力量，氐族人民对祖国历史发展作出了成绩，《孔雀东南飞》充分体现了我国人民运用文学形式反对封建压迫的优良传统，《吴歌》《西曲歌》形象地反映出劳动人民的情操，孝文帝推行汉化政策使黄河流域的人民生活比较安定，凡此等等，在先生的论著中随处可见，是先生一切皆以人民群众为中心的历史观的生动体现。

先生离开我们近三十年了，今天的魏晋南北朝史研究较三十年前无论在史料的扩展、理论方法的更新、研究视角的转化等方面都发生了很大变

---

① 万绳楠：《魏晋南北朝文化史·序言》，黄山书社，1989年，第2页。

② 万绳楠：《魏晋南北朝史论稿》，安徽教育出版社，1983年，第181页。

化，但是我想，以唯物史观作为历史研究的指导思想没有变，实事求是的史学方法没有变，史学为人民服务的经世致用精神没有变。《全集》是先生给我们留下的丰富史学遗产，它一定会、也能够会为新时代中国史学"三大体系"的构建发挥重要作用，也一定会深深慰藉先生的在天之灵。最后，作为先生的学生，我代表各位师姐师兄师弟，向安徽师范大学历史学院表示深深敬意！向安徽师范大学出版社表示深深谢意！向所有为《全集》出版付出辛勤劳动的各位同志及万先生的亲属、向长期以来关心万绳楠先生的各位同志表示衷心的感谢！

（作者系中国社会科学院古代史研究所所长、研究员）

万绳楠先生的学术成就与治学特色

庄华峰

2023年11月是我国著名历史学家万绳楠先生诞辰一百周年，回忆跟随先生攻读历史学硕士学位、有幸忝列门墙至今已有36个年头，翻阅案头珍藏先生的几部经典著作，顿时百感交集。在感慨先生的论著论证严谨、考述精致、新见迭出之余，也感觉学界对于先生学术成就、治学精神和治学方法的研究尚属滞后，至今鲜见有这方面的成果问世。鉴于此，笔者谨就自己所知，对先生的治学道路、学术成就及其治学特色作一论述，以期对后学有所启迪，同时也借此表达我对先生的崇敬和缅怀之情。

一、风雨兼程：万绳楠先生的治学道路

了解万绳楠先生的人都知道，他的一生充满坎坷，尤其是其前半生苦难总是与他如影相随。先生是江西南昌人，1923年11月出生于一个国文教员家庭，兄弟姐妹4人，4岁时母亲离世，12岁时父亲又撒手人寰。两个哥哥在抗日战争初期当了兵，妹妹也迫于生活压力给人家当了童养媳。先生自己则几乎沦为孤儿。悲凄的家庭命运铸就了先生坚毅的品格，正是这种优良的品格使先生在数十年的风雨历程中踔厉奋发，勇毅前行。

先生天资聪颖，七八岁就开始读《论语》《孟子》《中庸》等书，进入小学、中学后，又广泛阅读其他一些经、史、子、集方面的典籍。还阅读

了包括《诗经》《左传》《庄子》《楚辞》等在内的古典文学作品。先生读书有两个习惯，对于一般图书泛泛浏览即可，而对于重要书籍或文章则反复精读，甚至将其背诵下来，由此锻炼出超强的记忆力。他给学生授课，常常征引大量史料来论证自己的观点，他对史籍十分熟悉，往往达到了信手拈来、如数家珍的程度。他说，这都得益于平时的知识积累。他常跟自己的研究生说，他做学问的一条重要经验是"熟读深思"。他说："旧书不厌百回读，熟读深思子自知。"对于一些重要的书，必须反复阅读，最好能把书中精要的部分背诵下来，使其成为自己的东西，这样，在思考问题时，就能够信手拈来，运用自如。

先生在少年时代所经受的这些训练，为其以后的学术研究奠定了扎实的基础。他不止一次这样谆谆告诫学生说："基础材料如果没有弄清楚，就及早微言大义，肯定不会得出科学的结论。"所以他一直主张做学问要从基础工作做起，要靠日积月累，而积累知识的一种有效途径就是要善于做读书卡片。他曾说："卡片一万张，学问涨一丈。"

由于先生基础扎实，加之学习勤奋，他成为学校的尖子生。读初中时，先生因成绩优异被南昌二中将其姓名刻入石碑；高中时，先生的论文获得过政府奖励，被全班同学传读。1942年，由于成绩优异，先生同时被西南联大历史系、交通大学电机系和浙江大学土木工程系录取。由于家庭经济拮据，先生上了三所学校中助学金较为丰厚的西南联大历史系读书。西南联大，这所"抗战"时由清华大学、北京大学和南开大学合并的集北国学者精英的特殊高校，对先生有着极大的吸引力。先生没有想到，他将在这里与吴晗、陈寅恪这两位著名历史学家相遇、相知，更不会想到他们俩为自己种下一生的因果。在本科学习阶段，先生过人的禀赋和治史才华博得陈寅恪的赏识。四年后，先生如愿考取清华大学历史研究所研究生，师从陈寅恪先生治魏晋南北朝史和隋唐史。陈寅恪被后世称为"教授中的教授"，有幸成为陈寅恪先生的关门弟子，对于当时还是一个青葱小伙的先生而言是一件多么幸运的事情。三年的研究生学习，先生打下了坚实的基础，特别是陈寅恪先生的治学方法和治学精神对先生产生了极大影响。

先生曾在其整理的《陈寅恪魏晋南北朝史讲演录》一书"前言"中说：

> 陈老师（按：指陈寅恪）的学问博大精深，兼解十余种语言文字，为国内外所熟知，无待我来讲。我当年感觉最深的是，陈老师治学，能将文、史、哲、古今、中外结合起来研究，互相发明，因而能不断提出新问题，新见解，新发现。而每一个新见解，新发现，都有众多的史料作根据，科学性、说服力很强。因此，陈老师能不断地把史学推向前进。那时我便想如果能把陈老师这种治学方法学到手上，也是得益不浅的，更不消说学问了。①

在课堂上，先生也曾对研究生如是说："我的老师陈寅恪先生有'三不讲'，就是书上有的不讲，别人讲过的不讲，自己讲过的不讲。我想这里的'三不讲'，是不讲而讲，不重复既有，发前人所未发，成自家独创之言。老师的'三不讲'是我的座右铭，无论是讲课还是搞研究，我都力求有新的东西呈现。"可见，对于老师的治学方法，先生是拳拳服膺，并身体力行的。

1948年12月上旬，东北野战军包围了平津一线国民党的50万大军，12月15日，清华园一带已解放。先生受"学运"思潮影响很深，这时，他和无数要求进步的学生一起，穿上军装参加了东北野战军。一向持"独立自由精神"思想的陈寅恪了解到先生这一举动后，大为恼怒，要不是师母唐篑的再三劝说，险些与先生断绝师生关系。我想，先生并非要忤逆老师的尊严，他的所作所为，实质上是在诠释着"我爱我师，我更爱真理"的深刻内涵。

1960年，先生从北京来到安徽，先后执教于安徽大学、合肥师范学院历史系。自此，先生一边给学生讲课，一边研究魏晋南北朝史，每有心得，写成文章，在报刊上发表。此时，先生已在史学界崭露头角。这段时

---

① 万绳楠整理：《陈寅恪魏晋南北朝史讲演录·前言》，黄山书社，1987年，第1页。

间里，他发表了《关于曹操在历史上的地位问题》（《新史学通讯》1956年第6期）、《关于南宋初年的抗金斗争》（《新史学通讯》1956年第9期）、《魏晋南北朝时代的思想主流是什么》（《史学月刊》1957年第8期）、《论隋炀帝》（《史学月刊》1959年第9期）等文章。这些文章多发前人之所未发，彰显出很高的学术造诣和敏锐的学术眼光。如1959年初，学术界曾经掀起过一场为曹操翻案的运动，郭沫若、翦伯赞等历史学家纷纷撰文替曹操翻案。而先生早在1956年就发表了《关于曹操在历史上的地位问题》一文，对曹操在历史上的地位予以肯定，认为他对我国历史所起的推动作用比破坏作用要大。用今天的眼光看先生的观点几乎是"常识"，但在当时确属"惊世骇俗"的见解。先生的观点在史学界引起很大的反响。从1961年到1965年的几年间，先生发表了《从南北朝社会经济与政治的差异看南北门阀》（《安徽大学学报》1963年第1期）、《六朝时代江南的开发问题》（《历史教学》1963年第3期）、《曹魏政治派别的分野及其升降》（《历史教学》1964年第1期）、《"太平道"与"五斗米道"》（《历史教学》1964年第6期）、《魏末北镇暴动是阶级斗争还是统治阶级内部的斗争》（《史学月刊》1964年第9期）、《南朝时代江南的田庄制度》（《历史教学》1965年第11期）等十多篇文章。这些文章视角新颖，考订精审，为学界所重视。李凭先生充分肯定了万先生对学术研究的贡献，指出："他一直远离学术研究的中心，却独立地作出过大量的深入的研究，是值得我们纪念的。"①诚哉斯言。

先生从北京来到合肥后，吴晗邀请先生为其主编的《中国历史小丛书》写几本小册子，很快，先生撰写的《文成公主》《冼夫人》《隋末农民战争》等相继而成，在安徽，先生与吴晗的师生关系因此被许多人知晓。恰因如此，先生在"文革"中受到牵连，全国批"三家村"，安徽批万绳楠，先生成为安徽"文革"初期第一个被全省批判的"反动学术权威"。1966年6月3日省内一家大报发文批判先生，指责他是"吴晗的忠实门徒，

①李凭：《曹操形象的变化》，《安徽史学》2011年第2期。

'三家村'的黑闯将"。1971年，先生被下放到淮北利辛县农村。在那里，先生经受了精神与肉体上的双重折磨，罚沉重劳役，险些丧生。

面对如此险恶的环境，先生仍不忘初心，一有闲暇时间，就埋头看书、做学问。虽身处逆境，仍心系天下，忧国忧民，并敢于针砭时弊，彰显出一个正直知识分子敢说真话的赤诚之心。

阳光总在风雨后。随着十年"文革"梦魇的终结，先生获得彻底平反，重新回到他魂牵梦绕的大学校园，随合肥师范学院历史系整体搬回位于芜湖市的安徽师范大学历史系任教，找回了一度失落的书桌和讲坛。当时，先生现身说法告诫他的研究生们："人要有一点奋斗精神。对我来说，被耽误的时间实在是太多了，我要用有生之年，为教育事业多做些有意义的工作。"他在实践中践行着自己的诺言。先生重返校园时虽已年近花甲之年，但他仍然牢记使命，壮心不已，一面教书育人，一面笔耕不息，在学术上更臻新境。自20世纪80年代已降，先生先后发表《东晋的镇之以静政策和淝水之战的胜利》（《江淮论坛》1980年第4、5期）、《安徽在先秦历史上的地位》（《安徽史学》1984年第4期）、《廓清曹操少年时代的迷雾》（《安徽师大学报（哲学社会科学版）》1988年第2期）、《江东侨郡县的建立与经济的开发》（《中国史研究》1992年第3期）、《略谈玄学的产生、派别与影响》（《孔子研究》1994年第3期）、《武则天与进士新阶层》（《中国史研究》1994年第3期）等40多篇文章，这些文章或被转载，或被引用，在学界产生很大反响。同时，在这一阶段，先生还出版了5部著作，即《魏晋南北朝史论稿》（安徽教育出版社，1983年）、《文天祥传》（河南人民出版社，1985年）、《陈寅恪魏晋南北朝史讲演录》（黄山书社，1987年）、《魏晋南北朝文化史》（黄山书社，1989年）、《中国长江流域开发史》（黄山书社，1997年）。5部著作总计150余万字，几乎是每两年推出一部专著，而且在大陆和台湾同时出版。先生治学具有不因陈说、锐意创新的特点，因此他的论著阐幽发覆，多有创见，获得一致好评。如对于《魏晋南北朝史论稿》一书，著名历史学家周一良先生指出："本书读起来确实多少给人以清新之感。"①《魏晋南北朝文化史》出版后，有学者指出："万著以扎实的文献材料、考古材料为基础，提出许多创见"，是"一部反映出时代精神的新文化史"②。《陈寅恪魏晋南北朝史讲演录》一书是陈寅恪1947—1948年在清华大学开设"魏晋南北朝史研究"的课程讲义，由先生根据其听课笔记整理而成。陈寅恪著作甚富，但在其已出版的著述中，尚无系统的断代史之作，本书的出版能补陈书之阙，因而被誉为"稀世之珍"。卞僧慧先生评价道：本书"由万教授精心整理，厥功甚伟，至可珍惜"③。先生也因其非凡的学术成就，成为史学界公认的魏晋南北朝史研究大家，被誉为魏晋南北朝研究领域的"四小名旦"之一。④

1995年底，万先生因积劳成疾住进医院，接受治疗。在病床上，他仍为《今注本廿四史》笔耕不辍。在弥留之际，他还念念不忘自己的导师，他用颤抖的手作七律一首《怀念陈寅恪先师》："忆昔幽燕求学时，清华何幸得良师。南天雪影说三国，满耳蝉声听杜诗。庭户为穿情切切，烛花挑尽夜迟迟。依稀梦笑今犹在，独占春风第一枝。"1996年9月30日，先生带着对教育事业的无限眷恋匆匆地告别了人世。已故北京师范大学著名教授黎虎先生在唁电中说："万绳楠先生学术上正达炉火纯青境界，他还可以做出更多更辉煌的成就。先生的学问和道德堪称楷模。他走了，真是太可惜了！"

万先生一生致力于教学和科研工作，取得了丰硕的研究成果，培养了大批优秀人才，他曾于1984年被评为"安徽省劳动模范"，第二年又获全国"五一劳动奖章"和"全国优秀教育工作者"光荣称号。

---

① 周一良：《评介三部魏晋南北朝史著作》，《北京大学学报(哲学社会科学版)》1985年第2期。

② 彦雨：《一部反映出时代精神的新文化史——评万绳楠教授的〈魏晋南北朝文化史〉》，《安徽史学》1991年第1期。

③ 卞僧慧：《陈寅恪先生年谱长编(初稿)》，中华书局，2010年，第245页。

④ 在魏晋南北朝史研究领域，有"四大名旦""四小名旦"之称誉，前者指唐长孺、周一良、王仲荦、何兹全，后者指田余庆、韩国磐、高敏、万绳楠。参见刁培俊、韩能跃：《探索中国古史的深层底蕴——高敏先生访谈录》，《史学月刊》2004年第2期。

二、孤明独发：万绳楠先生的学术成就

万先生从事史学研究近50载，一直致力于中国古代史的教学与研究，发表论文80多篇，出版著作多部，为我国的史学发展做出了突出贡献。先生精于魏晋南北朝史研究，同时在中国古代史其他领域也取得了丰硕的成果。综合起来看，先生的学术成就主要表现在以下几个方面：

（一）魏晋南北朝史研究成就

万先生在魏晋南北朝史研究领域著作等身，成就卓然，限于篇幅，难以悉数呈现，这里仅就其最具代表性的成果略作评述。

1.曹魏政治派别研究。六十多年前，陈寅恪先生在《书世说新语文学类钟会撰四本论始毕条后》一文中说："魏为东汉内廷阉宦阶级之代表，晋则外廷士大夫阶级之代表，故魏、晋之兴亡递嬗乃东汉晚年两统治阶级之竞争胜败问题。"[①]陈寅恪用他的阶级分析学说，阐述汉晋之际的政治变迁，指出"作为一个阶级来说，儒家豪族是与寒族出身的曹氏对立的"[②]，具体到曹操本人的作为而言，就是"寒族出身的曹氏"与"儒家豪族人物如袁绍之辈相竞争"。陈寅恪的阶级分析方法很有影响，对后续相关研究具有发凡起例的意义。万先生师承陈寅恪的研究方法，把曹魏政治派别的研究向前推进了一步。他在1964年发表的《魏晋政治派别及其升降》一文中指出，曹操统治集团中有两个以地区相结合的派别，即"汝颍集团"和"谯沛集团"。汝颍集团标榜儒学，主要担任文职。谯沛集团则以武风见称，主要担任武职。在汝颍与谯沛两集团之间，有尖锐矛盾，这种矛盾到曹操晚年就逐步明晰化。高平陵事件成为曹魏政权转移的转折点，最终以

① 陈寅恪：《书世说新语文学类钟会撰四本论始毕条后》，《金明馆丛稿初编》，生活·读书·新知三联书店，2001年，第48页。

② 万绳楠整理：《陈寅恪魏晋南北朝史讲演录》，黄山书社，1987年，第13页。

司马师为代表的汝颍集团取得了胜利，"亡魏成晋"之势已成。①先生对政治派别研究范式的学术推进，具有重要意义。时至今日，"汝颍集团"和"谯沛集团"的概念仍被学界屡屡援引和强调。

万先生对陈寅恪阶级升降、政治集团学说的拓展主要表现在两个方面。一是在研究的时段上，陈寅恪的研究侧重分析曹魏后期曹、马之争的性质，而对曹魏中前期的政治问题则未涉及，而先生则主要论述曹魏中前期的政治史，通过对汝颍、谯沛这两个政治集团的考述，弥补了陈寅恪东汉末年士大夫和宦官斗争一直持续到西晋初年这一假说在时间链条上所缺失的一环。二是陈寅恪主要以社会阶层、文化熏习来区分曹、马两党，而先生则引入了地域这一分析维度，强调汝颍、谯沛两个政治集团的地域特征，同时揭示了汝颍多任文职、谯沛多为武人这一文武分途的特征。②

2.南朝田庄制度研究。史学界历来把汉、魏、两晋及南北朝时代的田庄主土地占有形态，看作是同一个类型。万先生则认为南朝田庄主的土地占有形态与唐朝是一个类型，和汉、魏已有不同。他认为，南朝田庄主土地占有形态的变化主要表现在以下三个方面：一是汉魏田庄主是聚族而居的，社会经济的基本单位是一个个名宗大族。直到东晋和北朝，北方仍然是"百室合户，千丁共籍"。而南方大家族在南朝已经分崩离析，个体家庭已经成为社会经济的基本单位。二是南朝在个体家庭所有制基础上形成起来的田庄或庄园，没有部曲家兵，只有农奴。凡是南朝史料中所见的部曲，都是国家的兵。南朝部曲家兵随着宗族组织的解散而解散，是一个自然的普遍的现象。三是南朝田庄是地主阶级个体家庭的庄园，它实行农业、手工业和商业等多种经营，雇佣和租佃都已在南朝出现。这是一种进步。③先生指出，南朝田庄制度的变革，是中古土地制度的一个重大变

---

① 万绳楠：《曹魏政治派别的分野及其升降》，《历史教学》1964年第1期；万绳楠：《魏晋南北朝史论稿》，安徽教育出版社，1983年，第78—92页。

② 参见仇鹿鸣：《魏晋之际的政治权力与家族网络》，上海古籍出版社，2015年，第3页。

③ 万绳楠：《魏晋南北朝史论稿》，安徽教育出版社，1983年，第208—217页。

化。①先生的这些观点发人之所未发，得到学界的充分肯定。有学者指出：
"《论稿》关于南朝田庄制度的变革之说，是近几年来，在土地制度研究
上作了一次值得重视的探讨。这可能影响到对南北朝以及隋唐社会历史的
认识。"②先生所撰《南朝田庄制度的变革》一文也被1981年版《中国历史
学年鉴》作为重点文章予以推介。③

3. 东晋黄白籍研究。一直以来，学界对于东晋土断后黄、白籍的关系
问题都存有不同的看法，有的学者认为户籍的黄白之分即士庶之别，更多
的学者又认为土断是改黄籍为白籍。万先生不同意这些看法。他认为，黄
籍是两晋南朝包括士族和庶民在内的编户齐家的统一的户籍，白籍则是在
特定时期产生的、旨在安置侨民的临时户籍。由此可知白籍是"侨籍"。
持白籍的不交税，不服役。而咸和二年（327）土断整理出来的"晋籍"
是黄籍，是征发税收徭役的依据。持白籍的侨人，一经土断，白籍就变成
了黄籍，编入当地间伍之中，按照规定纳税服役。那么，史学界为何普遍
认为土断是改黄籍为白籍呢？先生认为这种颠倒来自胡三省。胡三省在
《资治通鉴》中，为成帝咸康七年（341）的令文"实编户，王公已下皆正
土断白籍"做注时误解其意，以为此令意为土断后将南迁的王公庶人著之
白籍，学者据此便认为土断是将黄籍改为白籍了。先生认为此令的重点在
于"实"字，即查验编户的户籍是否皆为黄籍。这说明胡三省对黄、白籍
并未研究过。④

万先生关于黄白籍的论说不仅博得国内史学界的首肯，还蜚声海外，
受到国外史学界的关注。1980年5月，先生接受了美国华盛顿大学历史学

---

① 万绳楠：《南朝田庄制度的变革》，《安徽师大学报（哲学社会科学版）》1980年
第2期。

② 卞恩才：《一部勇于创新的断代史专著——读〈魏晋南北朝史论稿〉》，《安徽史学》
1984年第3期。

③《中国历史学年鉴》，人民出版社，1981年，第30—31页。

④ 万绳楠：《论黄白籍、土断及其有关问题》，载《魏晋南北朝史研究》，四川社会科学
院出版社，1986年；万绳楠：《魏晋南北朝史论稿》，安徽教育出版社，1983年，第157—
161页。

博士孔为廉的慕名专访，先生如数家珍地解答了孔博士提出的东晋南朝的土断与黄、白籍的关系问题。孔博士指出，日本和中国学者对此问题有不同的意见，日本学者认为黄、白籍为贵贱之别；中国学者认为侨人包括贵族在内，经过土断，纳入白籍。万先生根据自己深入的研究，认为白籍为侨籍，黄籍为土著户籍，土断变侨民为土著，变白籍为黄籍，变不纳税服役户为纳税服役户，并回答了以往中日学者何以出错的原因。孔博士十分信服地接受了先生的学术观点，激动地说："万先生的回答不仅为我本人，而且也为我的美国同行解决了一个历史疑难问题，我不虚此行！"

4.魏晋南北朝民族问题研究。魏晋南北朝时期的民族大融合给中国历史带来长久而深远的变化，并直接为隋唐大一统和经济文化的高度繁荣奠定了基础。恰因如此，大凡治魏晋南北朝史者，都会关注这一时期的民族问题。万先生也不例外。他在这方面的成果主要体现在其力作《魏晋南北朝史论稿》中。该书凡十六章，涉及民族问题的有五章（第七章、第九章、第十二章、第十三章、第十四章），足见先生对民族问题用力之勤。在论及"五胡十六国"历史时，先生强调，各民族要求和平、友好、融合，是一种历史发展趋势。尽管历史有曲折，不过这种曲折不是倒退，而是历史的更高一级的循环。基于这样的认知，先生考察了五胡各国政权的政策。他一方面阐明早期有像匈奴刘氏、羯胡石氏那样采取依靠"国人"武力，背离民族融合大势的举措，同时又指出前燕鲜卑慕容氏凭借汉人和魏晋旧法，消除民族之间的冲突与隔阂，顺应了民族融合的发展趋势。先生指出，在民族问题上，苻坚一反西晋以来民族压迫的弊政，采取了"魏降和戎之术"，这一政策，是永嘉以来，在民族融合的道路上，迈出的极可贵的一步。苻坚的政治眼光，较西晋以来各族统治者为远。在论及淝水战后后秦等政权时，先生也多从它们在民族融合方面所发挥的作用这个角度讨论。在论及"淝水战后北方各族的斗争、进步与融合"问题时，先生这样写道："淝水战后，是北方分裂得最细但也是各少数民族与汉族接触最频繁的时代。透过这一时期各族斗争纷纭复杂的现象，我们可以看到，在北魏统一北方之前，进入中原的各族，都在这一时期与汉族融合。"因此可以说："这一百三十六年（指304年到439年）是北方各个少数民族获得进步之年，与汉族自然同化之年，各族大融合之年，我国这个多民族的国家获得发展之年。"①著名历史学家周一良先生对万先生的这一看法予以肯定，指出："作者这样的估计是不为过分的。"②

5.魏晋南北朝南方经济发展研究。万先生充分肯定魏晋南北朝四百年历史的进步性，其中包括充分认识到这一时期生产力的发展，特别是南方经济的开发和社会的进步，这一认识集中体现在其代表作《魏晋南北朝史论稿》和相关论文中，并在学界产生了很大的反响。

万先生对于此时期南方经济开发的研究，有一个鲜明的特色，即注意揭示政治、经济政策对于经济发展的影响。如先生在论述江左政权对待侨民的政策时指出："建置在丹阳江乘县与毗陵丹徒、武进二县即建置在自今南京东至无锡沿江一线所有的侨郡县中的侨民，在咸和二年第一次土断前，凭所持白籍与政策规定，都曾免除税役多则十一年，少则以太宁元年（323）计算也有五年。这对江东自建康以东至无锡一线侨郡县的开发，无疑是有益的。"③在讨论南朝经济政策的变化与江南的开发问题时，先生坚持"促进江南普遍获得开发的重大因素，是南朝田庄制度的变革，经济政策的变化，生产关系的改造"④的基本判断，指出"占山格"的颁布，第一次以法律的形式肯定了山林川泽的私人占有，是汉末以来南方大土地所有制的一个重大发展；以"三调"为形式的财产税（赀税）的出现，对无财产或少财产的人来说，减轻了负担，提高了他们从事生产的积极性；而营造工人"皆资雇借"，不再是征发而来，是役法上的一个重大进步，这对农业和民间手工业的发展，大有好处。⑤先生同时指出，江东政治的发展，与六朝江南经济开发次第，是相适应的。这表明一点，那就是政治与

① 万绳楠：《魏晋南北朝史论稿》，安徽教育出版社，1983年，第188页。
② 周一良：《评介三部魏晋南北朝史著作》，《北京大学学报（哲学社会科学版）》1985年第2期。
③ 万绳楠：《江东侨郡县的建立与经济的开发》，《中国史研究》1992年第3期。
④ 万绳楠：《魏晋南北朝史论稿》，安徽教育出版社，1983年，第223页。
⑤ 万绳楠：《魏晋南北朝史论稿》，安徽教育出版社，1983年，第218—227页。

经济是不可分割的关系。①

6.对于魏晋南北朝文化若干问题的思考。万先生对于魏晋南北朝文化的研究，用力甚勤，除了出版《魏晋南北朝文化史》一书外，还发表了系列论文，直接推动了此时期文化史的研究。"不因袭，重新思考"是先生研究魏晋南北朝文化的立足点，因而他在许多地方都提出了不少持之有据、言之成理的新论点，这是十分难得的，仅举几例说明。

先生认为孔孟之道并不能代表中国的传统文化。指出"儒家的三纲五常之教一旦被突破，我国文化便将以澎湃之势向前发展"。"在文化领域，无疑始终存在着以儒术为代表的封建专制文化与进步的、民主的、科学的文化的斗争。进步思想家嵇康以反对儒家纲常的罪名被杀；科学家祖冲之将岁差应用于历法，被指责为'违天背经'。"所以他认为研究文化史的重要任务之一，便是揭露这两种文化之间的斗争，阐发进步文化所蕴藏的生命力与发展的曲折性。②这样的论点对于我们深入研究魏晋南北朝文化史无疑具有启发意义。

先生提出了"正始之音"不同一性之说。对于魏晋玄学的分派问题，学界往往将曹魏时期何晏、王弼这两个玄学创始者的言论不加区别地都称之为"正始之音"。而先生则认为何晏和王弼虽然都祖述《老》《庄》，都标榜"无""无为"，但他们所论有本质上的区别。何晏讲圣人无情，认为无和有是相互排斥的，无和有是二元；而王弼则讲圣人有情，认为无和有不是对立的关系，无和有是一元（无生有）。因此，"正始之音应当说是两种声音，不是一种"。先生同时指出，何晏在政治上属于谯沛集团，而王弼的言论所反映的则是以司马氏为首的汝颍集团的要求。值得一提的是，先生不是孤立的研究何、王二人的玄学思想，而是把他们思想的重大差异同"九品中正制"和"四本论"联系起来加以考察，从而说明汝颍和谯沛两大集团在正始时期进入决斗之时，玄学的产生绝不是偶然的。先生把玄

---

① 万绳楠：《六朝时代江南的开发问题》，《历史教学》1963年第3期。
② 万绳楠：《魏晋南北朝文化史·序言》，黄山书社，1989年，第3页。

学思想与当时的政治风云结合起来考察，使研究得到了深化。①

先生还提出了佛教异端之说。认为"中国的佛教异端是在南北朝时代，在北方出现的。高举'新佛出世，除去旧魔'旗帜的法庆起义，揆其实质，即佛教异端的起义"。唐长孺先生在《魏晋南北朝史论拾遗》一书中，也曾提出弥勒信仰为佛教异端的看法。②在佛教异端上，万先生与唐先生同时提出同一个结论，不过万先生讨论的问题更多，他分析了佛教异端产生的佛经依据，又论述了佛教异端产生在北方而不是南方的原因。③这是研究佛教史的一项重要成果。

他如，曹魏时期的外朝台阁制度与选举制度、五斗米道与太平道的关系、"苍天已死，黄天当立，岁在甲子，天下大吉"口号的含义等问题，先生都进行了探讨，提出了颇具洞见的观点。

（二）宋史研究成就

万先生对宋史研究倾心倾力，除了发表《关于南宋初年的抗金斗争》（《新史学通讯》1956年第9期)、《关于王安石变法的几点商榷》（《安徽日报》1962年1月6日）、《宋江打方腊是难以否定的》（《光明日报》1978年12月5日）、《诗史奇观——文天祥〈集杜诗〉》（《中华魂》1996年第5期）等多篇论文外，还于1985年推出了他的精心之作《文天祥传》。本书是作为史学传记来写的，通过文天祥的一生活动，把历史上一个兼具哲学家、政治家、文学家的民族英雄的形象，呈现在读者眼前，并借此对南宋晚期的历史，作些必要的清理工作。综观全书，有这样几个特色：一是叙述全面，内容丰赡。此前有关文天祥的著作，其篇幅都相对较小，最多的也不过13万字。而先生的著作则洋洋洒洒，有近30万字的篇幅。该书对文天祥的生平事迹，尤其是对他的政治、哲学思想和文学成就，作了富有创见的论述，不仅是文天祥传中最为丰富详实之一种，也是宋元之交的一

---

① 万绳楠:《魏晋南北朝史论稿》,安徽教育出版社,1983年,第88—89页。

② 唐长孺:《魏晋南北朝史论拾遗》,中华书局,1983年,第203页。

③ 万绳楠:《魏晋南北朝文化史》,黄山书社,1989年,第346页。

部信史或实录。二是做到传、论、考相结合。书中对以往被忽略的问题，如文天祥的哲学思想、政治思想、文学成就以及具体事迹的思想基础等，进行了论述。对以往记载有出入的问题，如文天祥究竟是哪里人，多少岁中状元，某些作品写于何时等，作了考证。对以往记载较为混乱的问题，如南宋太皇太后谢氏投降的经过，利用各种史料，进行了梳理。对事迹本身，则力求言之有据。凡此，都做到史论结合。三是提出了一些新看法。如先生认为，文天祥是在南宋内忧既迫、外患又深的年代里成长起来的。但这个时代并非南宋注定要灭亡、元朝必定要统治全中国的时代，而是黑暗中有光明。只要南宋政府改革导致社会危机和民族危机的守内虚外之法，就不会是元兵南进，而是宋旗北指。先生进一步指出，如果只看到蒙古兵南犯时所取得的局部胜利及其不可一世的嚣张气焰，那就会得出元朝必胜，南宋必亡的错误结论。而如果既能看到蒙古胜利中也有困难，也看到南宋只要"一念振刷，犹能转弱为强"，那就不仅可以理解南宋本来不会灭亡的道理，而且还可以理解文天祥所进行的斗争其意义之重大。①又如在论及文天祥的诗歌成就时，先生指出，文天祥的诗文，尽洗南宋卑弱、破碎、凡陋、装腔作势的文体与诗体，揭开了我国文学史的新的一页。②先生还强调，不应当忘记"他在南宋文坛上，振起过一代文风；不应当忘记他是我国古典作家中，现实主义文学巨匠之一"③。这样的新见解，都发前人所未发，言前人所未言，颇有学术价值。书中类似的新观点还能举出许多。著名宋史研究专家朱瑞熙先生对该书给予了高度评价，指出"与同类著作相比，万绳楠同志的著作别开生面，具有一些新的特色"，是"宋人传记的佳作"。④

① 万绳楠：《文天祥传》，河南人民出版社，1985年，第18页。
② 万绳楠：《文天祥传》，河南人民出版社，1985年，第346页。
③ 万绳楠：《文天祥传》，河南人民出版社，1985年，第336页。
④ 朱瑞熙：《宋人传记的佳作——评〈文天祥传〉》，《中州学刊》1986年第3期。

（三）长江流域经济开发研究

万先生的《中国长江流域开发史》一书于1997年出版，该书是原国家教委"八五"社会科学重点科研项目的结项成果，也是国家"九五"重点规划图书。全书按朝代对荆、扬、益三州的农业、工业、商业、科学技术、城市经济以及户口、赋税、生态环境等方面进行了有益探索，是我国第一部全面系统阐述长江流域开发的开创性力作，具有很高的理论意义和学术价值。该书体大思精，屡有创获。例如，对于秦始皇修驰道，学界认为其有利于商业往来，万先生在查阅《史记》后认为这与始皇封禅书"尚农除末"不符，指出"商人都被赶到南方戍守五岭去了，秦朝根本无商业（除末）。从裴骃《集解》中，我们又发现秦驰道为'天子道'，封闭式，只有始皇封禅的车子才能通行"[①]。它如关于唐朝雇佣、雇借、和市、赀税与南朝的关系的论述、关于五代时期长江流域诸国的政策与开发的关系的论述、关于宋代长江下游圩田开发与生态环境关系的论述，以及关于明清长江流域赋役制度的论述等，也都不囿于传统的观点，提出了具有较高学术价值的新见解。还值得一提的是，先生还着力揭示经济开发与文化兴盛之间的互动关系，如老庄哲学及楚辞的出现之于战国经济的发展，南方文人的涌现之于唐宋经济的开发，明清长江流域的开发与科学技术的兴盛等，都有独到分析，给人耳目一新的感觉与启迪。该书出版后，学界给予了高度评价。有学者指出，该书"是国内外第一部全面、系统研究长江流域经济开发的学术力作"，其特点有四：一、史论结合，析理深邃；二、不囿陈说，推陈出新；三、充分利用考古资料；四、注意经济开发与文化发展之间的相互关系。[②]

---

① 万绳楠、庄华峰、陈梁舟：《中国长江流域开发史·序言》，黄山书社，1997年，第2页。

② 汪姝婕：《简评〈中国长江流域开发史〉》，《光明日报》1999年8月13日。

（四）学术普及工作

让学术走向大众，用通俗易懂的方式向人民传播优秀的历史文化，这是当代哲学社会科学界专家学者的神圣使命。在这方面，万先生为我们树立了榜样。先生不是一位象牙塔里的专业研究者，只会写高头讲章和专业论文，而是在从事学术研究的同时，十分关注学术普及工作，写了许多深入浅出、通俗易懂的图书与文章，为历史学走向大众做出了较大贡献。这也彰显了先生"经世致用"的治学理念。

20世纪五六十年代，由于当时以青少年为主要阅读对象的历史知识普及性优秀读物很少，于是以吴晗为首的一批学者组织编写了《中国历史小丛书》，万先生受邀为小丛书撰写了《文天祥》《文成公主》《隋末农民战争》几本小册子；20世纪80年代初，吴晗主编的"中国历史小丛书"恢复出版时，先生又为丛书撰写了《冼夫人》。1981年先生又出版《安徽史话》（合著）一书。先生撰写的这几册书虽是"史话"体例，具有普及推广的性质，却不乏学术性和思想性，加上文风活泼，内容生动，所以备受读者青睐。时至今日，几十年过去了，这几本小书并未过时，仍是值得一读的优秀通俗读物。

我们注意到，万先生撰写的通俗性文章，大多是其学术研究的拓展和延伸，并用通俗化的方式将其呈现出来。比如，《鲍敬言：横迈时空的预言家》一文，先生写了东晋时期鲍敬言与葛洪在栖霞山上的几次争论，其中的一次论辩先生是这样描述的："鲍、葛二人攀上了栖霞山巅。山巅风光吸引了鲍敬言，他游目四望，发出了一声慨叹：'江山谁作主，花鸟自迎春。'葛洪眼光一闪，似乎抓到了机会，应声道：'江山君为主，临民有百官。'鲍敬言也不看葛洪，只是一连摇头道：'不行，不行，不行。有君不如无君，有司不如无司……''无君无臣，天下岂不是要大乱？''不会的，先生。'鲍敬言眼里出现了异彩。'上古之世，无君无臣，民自为主，穿井而饮，耕田而食，日出而作，日入而息……势利不萌，祸乱不作，干戈不用，城池不设……但闻天下大治，不闻天下大乱。'葛洪闻言含笑道：

'老弟才高八斗，出口成章。上古之世，无君无臣，民自为主，祸乱不作，诚如弟言。但当今之世，却不可无君无臣，道理何在？老弟自明。'鲍敬言笑道：'晚生并未说现在就要把君臣废掉，但君臣必废，时间或迟或早而已。'葛洪正色道：'天不变，道亦不变。君臣之道，现在不会废，将来也不会废。'鲍敬言哂道：'先生又说天道了。晚生读百家之言，察阴阳之变，以为天地之间，但有阴阳二气。二气化生万物，决定万物的属性。万物各依其性，各附所安，乐阳则云飞，好阴则川处，无尊无卑。若论天道明阳，反足可证天地之间，本无君臣上下。君臣现在虽然存在，可以预言，将来必归于无有。一旦君臣都被取消，太平世界立可出现。''老弟思路何至于此！这是叛逆思想，太危险了！'葛洪叹惜道。'哈！哈！哈！哈！哈！'鲍敬言站在山头，向着苍穹大笑。"①又如，在《萧墙祸——侯景之乱》一文中，先生这样描写江南的繁荣景象："秦淮河的北边有大市场一百多个。连接秦淮河南北两岸的浮桥——朱雀桁，每天天明通桁，过桥的人熙熙攘攘。商人挑着与推着商品，付了过桥税，也就可以把他们的商品运到秦淮河北岸的大小市场中去卖掉。市场里有官员，对每个商人的商品进行估价与征税。商税是梁朝朝廷的大宗收入。江南腹地经济也有起色。永嘉（今浙江温州市）成了闽中与会稽郡（今浙江绍兴市）海上交通的要埠与货物集散的中心。抚河流域的临川（今江西抚州市）成了一个新的粮仓，家家有剩余……江南变得很美。文学家写道：'暮春三月，江南草长，杂花生树，群莺乱飞。'年轻的姑娘们唱道：'朝日照北林，春花锦绣色。谁能不春思，独在机中织？'照这样下去，经济还会有发展，江南还会变得更美。可是，梁武帝老了，八十五岁了，活在世上的日子不多了，他的儿孙正在酝酿着一场争夺皇位的斗争。侯景之乱，成了这场斗争的导火索。自侯景乱起，在南方，历史的车轮突然逆转。"②在这里，先生

① 万绳楠：《鲍敬言：横迈时空的预言家》，载范炯主编：《伟人的困惑·古中国思想者卷》，辽宁人民出版社，1992年，第145—146页。

② 万绳楠：《萧墙祸——侯景之乱》，载范振国等撰：《历史的顿挫·古中国的悲剧·事变卷》，中州古籍出版社，1989年，第81—82页。

用准确简洁、引人入胜的文字，把从来是枯燥难读、只为业内人士独自享用的"史学"，变成通俗的"讲历史"，将点滴菁华烩成众多人可以分享的精神食粮，其意义自不待言。

值得一提的是，万先生在安徽区域历史的普及方面也做出了不俗的成绩。从20世纪80年代以降，先生先后发表了《"江左第一"的音乐家桓伊》（《艺谭》1981年第3期）、《睢、涣之间出文章》（《安徽日报通讯》1981年8月）、《夏朝的建立与安徽》（《安徽师大报》1981年12月16日）、《安徽是商朝的发祥地》（《安徽师大报》1982年2月22日）、《淮夷——安徽古代的重要民族》（《安徽师大报》1982年4月8日）、《安徽是相对论的故乡》（《安徽师大报》1982年6月3日）、《秦末起义与安徽》（《安徽师大报》1982年9月6日）等二十多篇文章。先生的这些文章深入浅出，兼具趣味性和叙事性，既具有深厚的学术底蕴，又充实丰富了相关问题，同时也为宣传安徽，增强安徽文化软实力做出了贡献。

三、沾溉学林：万绳楠先生的治学特色

万先生近50载甘之如饴地奉献着自己的学术智慧，积累了丰厚的治史思想和治学方法，沾被后学良多，厥功甚伟。其治学特色，概而言之，约有五端。

（一）注重运用阶级分析方法

万先生在魏晋南北朝史研究中十分注重阶级的分析，如对于孙恩起兵，先生引用《晋书》卷六十四《会稽文孝王道子传附子元显传》所记，指出司马元显"又发东土诸郡免奴为客者，号曰'乐属'，移置京师，以充兵役"，结果"东土嚣然，人不堪命，天下苦之矣，既而孙恩乘衅作乱"。对照《晋书》卷七十七《何充传》所记庾翼曾"悉发江、荆二州编户奴以充兵役，士、庶嗷然"，先生认为，司马元显征发东土诸郡免奴为"客"者当兵，这样便大大地影响到了士庶地主的利益。"所谓'东土嚣

然'与骚动，十分明白，是士庶地主的不满，与庾翼发奴为兵，引起'士、庶嗷然'正同。"所以，先生得出结论说：（孙恩起兵）"不是农民起义，而是一次五斗米道上层士族地主利用宗教发动的、维护本身利益的反晋暴动。就阶级属性来说，是东晋淝水战后，统治阶级内部斗争的继续与扩大。"①

在讨论六镇起兵的性质时，先生也从对领导人的阶级分析出发，提出自己新的看法。他指出，"分析六镇起兵性质时，必须分析镇人中的阶级性"。他认为破六韩拔陵的起兵，"应看到它是由地位降低了的镇民发动的，且有铁勒部人参加，有起义的意义"。而后期葛荣的斗争，性质有了变化，"葛荣部下将领概非镇兵，而全是北镇上层人物"。先生认为，"六镇降户自转到葛荣手上，斗争性质便转化成为统治阶级内部的斗争，转化成为北镇鲜卑化军人集团反对洛阳汉化集团的斗争，转化成为鲜卑化和汉化乃至鲜卑人和汉人的斗争"②。先生的这些论点是值得肯定的。

（二）娴熟运用文史互证的方法

陈寅恪先生在治学方法上，为世人所称道的，是他考察问题时，从文、史、哲多种视角，博综古今、触类旁通的思考，和由此而总结的"以史证诗、以诗证史"的方法。万先生继承了陈先生的治学方法，文史结合，文史兼擅。这在当代史学工作者中是不多见的。他的许多论文，以及《曹操诗赋编年笺证》等专著，都是文史结合的产物。如曹操的《短歌行·对酒》自问世以来，仁者见仁，智者见智，褒贬不一，先生经过研究提出了此诗并非曹操一人所作的新见解，其理由有三：一是诗中"对酒当歌，人生几何，譬如朝露，去日苦多"诸句，与"老骥伏枥，志在千里，烈士暮年，壮心不已"等语相比，情调极不协调，并非一人所写；二是有些诗句如"越陌度阡，枉用相存"，令人费解。曹操在这里是在对谁讲话呢？是承蒙谁的错爱（"枉用相存"）呢？三是全诗连贯不起来，如"何

---

① 万绳楠：《魏晋南北朝史论稿》，安徽教育出版社，1983年，第204—207页。

② 万绳楠：《魏晋南北朝史论稿》，安徽教育出版社，1983年，第294页。

以解忧，惟有杜康"，一下子转到"青青子衿，悠悠我心"，显得很突兀。带着这些问题，先生查阅《后汉书》《三国志》发现，曹操底下的众多名人（共28人）都是在建安初年来到许都的，再联系春秋战国以来，接待宾客要唱诗的事实，先生得出结论：曹操的《短歌行·对酒》是建安元年（196）在许都接待宾客时，主人与宾客在宴会上的酬唱之辞，并非曹操一人所写。[1]经先生如此一解读，此诗便豁然贯通了。而这种解读却是从文史结合中得来，即把此诗放到一个更大的系统中考察得来。

万先生在考证《木兰诗》《孔雀东南飞》的写作时间以及故事发生背景时，同样使用了文史互证的方法，他从社会经济发展状况入手，研究出《孔雀东南飞》创作于建安五年（200）到建安十三年（208）的九年中[2]，《木兰诗》则创作于太和二十年（496）到正始四年（507）的十二年中[3]。这样的结论是颇具说服力的。

（三）坚持用联系的观点研究问题

万先生认为，研究历史上的任何一个问题，都不能作孤立、静止的研究，因为任何事物都不能孤立存在，都与其他事物存在或多或少的联系，因此，必须充分掌握资料，注意事物之间的联系。[4]正是基于这样的认识，先生一直坚持用联系的观点探讨问题。如南北朝晚期，为什么由继承北周的隋朝来统一，而不由北齐或者陈朝来完成统一任务，先生对此进行了有益的探讨。先生认为，以往学界研究隋时南北的统一问题，强调的仅仅是隋文帝个人的作用，而忽视了对陈、齐、周三方复杂的外交、军事等关系及其演变过程的分析。为此先生从当时陈、齐、周三方力量的对比入手进行探讨，指出："吕梁覆车后的南北形势是：陈朝只占有长江以南的土地，军队主力被全部歼灭；北周占有的土地则北抵突厥，南抵长江，实力远远

---

① 万绳楠：《研究问题要注意事物之间的联系》，《文史哲》1987年第1期。
② 万绳楠：《魏晋南北朝文化史》，黄山书社，1989年，第152—154页。
③ 万绳楠：《魏晋南北朝文化史》，黄山书社，1989年，第187—189页。
④ 万绳楠：《研究问题要注意事物之间的联系》，《文史哲》1987年第1期。

超过陈朝……北周只要再作一两次重大攻击，就完全可以灭掉陈朝，统一无须等待隋朝。"然而为何北周没有统一呢？先生指出："这是由于北方突厥的兴起，从周武帝起，便采取了先安定北疆而后灭陈的政策。……隋文帝在突厥问题基本得到解决，北疆基本稳定之后，出兵很容易地便灭掉了陈朝，实现了南北统一。可隋的统一，基础却是在北周时期奠定的。"①这样的分析与联系，颇具启发意义。

对于"八王之乱"，人们都说是西晋的分封制造成的。先生不同意此说法，认为西晋的分封是"以郡为国"，与东汉、东晋、南朝的封国制度，实质上并无区别，与西周、西汉的分封，则大不相同。他引用干宝在《晋纪总论》中所记及梁武帝的说法指出，"八王之乱，原因在于西晋的封建专制机器转动不灵，在于晋惠帝是'庸主'"。"如果仅仅从'分封'二字立论，我们就必然要犯片面性的错误"②。先生这种对事物进行具体分析，辩证地加以考察，发现其间的内在联系的研究方法，是值得肯定的。

（四）注重开展调查研究

我们知道，社会调查在史料学上占着十分重要的地位，从事社会调查，可以使文献的史料得到进一步的补充和印证。在史学研究中，万先生很注意开展调查研究工作。如20世纪六七十年代，学界在研究农民战争过程中，有学者开展了对方腊研究的学术争鸣，引起了学术界的关注。为了进一步弄清楚方腊起义的真实情况，先生等受北京文物出版社委托，于1975年初带领4名学生深入到皖南、浙西一带考察与方腊有关的历史资料。此时，先生已年过半百，他与几位二十几岁的小伙子一道跋山涉水，在歙县、绩溪、祁门、齐云山、屯溪以及浙江的淳安一带民间四处寻找方氏族谱。"纸上得来终觉浅，绝知此事要躬行。"经过近一年的不懈努力，三下徽州，历尽千辛万苦，终于找到了不少散落在各地的方氏谱牒以及碑刻材

---

① 万绳楠：《从陈、齐、周三方关系的演变看隋的统一》，《安徽师大学报（哲学社会科学版）》1985年第4期。

② 万绳楠：《研究历史要尽量避免片面性》，《光明日报》1984年5月9日。

料，这些资料大多是第一次面世，是学术界未曾注意或利用的，弥足珍贵。先生通过对这些第一手资料的研究，最后得出"方腊是安徽歙县人"的结论，推翻了历史上认为"方腊是浙江人"一说，具有重要的史料价值。这一成果很快便在当时的《红旗》杂志上发表，后又出版了《方腊起义研究》一书（安徽人民出版社，1980年），同时还发表了《关于方腊的出身和早期革命活动》［《安徽师大学报（哲学社会科学版）》1975年第3期］、《方腊是雇工出身的农民起义领袖》（《光明日报》1975年12月4日）等文章，对于深入研究方腊起义，促进学术争鸣，是有裨益的。

（五）强调开展跨学科研究

近年来，跨学科研究成为学术界关注的热点。实际上任何一项学术研究单靠本学科的知识都是无法完成的，研究者一定程度上都要借助于其他学科的知识和方法，历史研究自然不能例外。对此，万先生早在20世纪80年代就提出了开展跨学科研究的主张：

> 研究历史，知识要广一点才好，中外历史、文史哲都应当去涉猎，去掌握。研究东方文明，不联系农业与家族社会是不行的。研究孙恩、卢循起兵，不了解道教是不行的。研究玄学中的派别斗争，不分析曹魏末年政治上的派别之争是不行的，如此等等。只有纵横相连，才能左右逢源，得心应手。①

他又指出："我深感我们的史学工作者虽然研究各有重点，但无妨去涉猎中外古今的历史；虽然以研究政治经济史为方向，但无妨去学一点文学史、宗教史、思想史。有时候一个问题的解决，有待于运用经、政、文三结合或文、史两结合的方法，以求互相发明。"②作为一个历史学家，先生阅博淹通，能娴熟地将哲学、文学、政治学、经济学等学科的研究方

① 万绳楠：《研究问题要注意事物之间的联系》，《文史哲》1987年第1期。
② 万绳楠：《史学方法新思考》，《社会科学家》1989年第4期。

法运用于历史研究当中，从而在跨学科研究方面为我们树立了典范。

先生之风，山高水长。万先生作为当代著名的历史学家，其在史学研究领域的卓越成就，绝非本文所能尽述。我们回顾先生近50年走过的治学道路不难发现，先生非凡的学术成就固然缘于其过人的禀赋，但最主要的还是得益于其心无旁骛、奋发进取的品格，得益于其独立思考、勇于创新的精神。他留下的数百万言学术论著，以及他的治学精神和治学方法，对后学而言是一笔宝贵的精神财富，我们应继承好先生躬耕一生不舍昼夜的学人精神，专心致志，踔厉奋发，努力多出成果，出好成果，这应是今天纪念先生应有的题中之义。

（作者系安徽师范大学历史学院二级教授、博士生导师）

整理说明

一、为保存和反映万绳楠先生的学术研究成果及其对中国古代史研究的重要贡献，兹整理编辑出版《万绳楠全集》。

二、全集分卷收录万绳楠先生所撰写的专著、论文、科普文章、小说等文字。由于作者写作时间近50年，中经战乱及运动影响，部分早期文章未能查到原文，只好暂付阙如，待将来查考后再作补遗。

三、全集编排原则为：专著、整本小说，仍作整体收入，不打乱原书；论文及科普文章，大体依所撰内容时代编排，并经编委会讨论后命名为《中国古代史论集（一）》《中国古代史论集（二）》；至于其他书信、诗歌、序跋等文字今后将另编补遗之卷以彰学术成就。

四、全集整理编辑已发表过的著作、论文等，正文部分以保存作者著述原貌为原则，即有关撰著形式、行文风格及用词习惯等均尽量尊重原作，仅对错讹之处进行修改。

五、全集注释体例在遵循著述原貌的基础上，分作夹注与页下注两类。在核查文献史料原文后，尽量写明版本、卷帙、页码等信息，以便读者阅读、查考。所核文献均取用万绳楠先生去世以前版本，以存其真。

六、为尽可能准确反映万绳楠先生的学术思想，全集整理编辑过程中，尽量对所收论著与可见到的作者原稿相核校，或与已出版、发表后作者亲笔修改之处相修正，凡此改动之处，限于体例，不再逐一作出校改说明。

七、尽管编者已尽力核校全集文字，但囿于学识、水平及条件所限，其中仍难免出现讹误之处，责任理应由编者承担，并欢迎各位读者来信指正，以便将来修订重版。

编 者

2023 年 10 月

目　录

楔　子

南朝宋文帝元嘉三年九月。

秋风萧瑟，暮霭苍茫。寻阳江畔，渔家唱晚。匡庐脚下，墟里升烟。墟外的官道上，驰来三骑，乘人在一所竹篱环绕的茅屋前下马。走在前面的一个人年纪在五十开外，穿着一身官服，脸部微丰，目光清澈。一阵淡淡的清香袭来，他放眼望去，只见篱内金黄一片，随风摇曳。香气就是从那阵阵的金色波浪中散发来的。

"菊花傲霜，这菊花不就是茅屋主人的写照吗？"他忖道，脚步已经走到了篱门前。"有人吗？"

"谁呀？"

"小弟颜延之。"

"啊！是颜太守。"

半掩的屋门中，走出了一位老者，葛巾葛服麻履，脸带微笑，犹如黄花初绽，眼光深邃，似含无穷智慧。他快步走到篱门，篱门开处，发出一阵爽朗的笑声，驱走了寒风。

"五柳先生丰神如昔！"颜延之笑道。

"是哪阵风把太守吹到了寒舍？"五柳先生笑道。

"小弟调任京官，路过寻阳，特来看望贤夫妇。"颜延之道。接着又叹了一声："想不到一别便是三年，'三年不见，《东山》犹叹其远，况乃过之，思何可支'！"语气中充满了伤感。

"太守高天厚谊，陶潜何幸有友如太守！"

说着，两人携手踱入屋中，彼此都感到了手心的温暖。跟随自去照料马匹。

屋里点着一盏菜油灯，陈设很简陋，触目的是一张芦苇编织的席子，铺在地上，席上有一张竹几。屋子两旁放着一些农具。两人坐到席子上，这时屋后走来一个中年美妇，衣着整洁，面色微黑，神态健朗。她托着一个陶制的盘子，盘子中放着两个陶制的杯子，笑微微走到颜延之前说道：

"太守远来，无物可以招待，想到三年前太守来到寒舍，喜欢喝苦水（茶，晋时有'苦水'之称），特地端上苦水一杯。"她把两杯苦水放到几子上。

"苦水可以清心，三年前的风味今犹在口，我来时便想叨扰，有劳大嫂亲手调制。"颜延之端起杯子，起立称谢，并呷了一口。

"清香沁齿，真是妙品！"颜延之赞道。

"这是妾与外子将庐山云雾中采来的叶子，配以刚开的桂花和菊瓣，用窖藏的山中清泉水烹调出来的。家中也栽植了一些，但不好喝。"陶夫人说。

陶潜忽然叹息了一声："世人都饮蜜汁，却不知甜中有苦。苦水虽苦，但自有甘芳。"

"高论。世人皆醉而我独醒，小弟知先生非等闲人也。"颜延之道。

"我去淘米，再请太守尝尝我们家种的'五里香'稻米，比长沙的名稻五里香如何。"陶夫人笑着转身向屋后走去。

颜延之似乎深有感触，久久说道："小弟为朝廷奔命，碌碌无为。先生不向朝廷折腰，弃守、令如敝屣，赋《归去来兮辞》，夫耕于前，妻锄于后，高风亮节，远非小弟所能及于万一。"

陶潜道："贤弟何须太谦，愚兄知贤弟心在诗不在官，贤弟的诗'宫陛多巢穴，城阙生云烟'，'故国多乔木，空城凝寒云'之句，兴亡之感，跃然纸上，早已传遍海内，贤弟诗体裁绮密，情喻渊深，为五言开辟了一条新途径。"他似乎想起了什么，又道："这次贤弟自始安郡还都，当有新作。"

颜延之道："小弟的诗，怎及兄长。"他们互相称起兄弟来了。"兄长写诗语时事，论怀抱，把五言诗推上了一个新的高峰。后世诗人要想在五言诗上超过兄长，想很难了。吾兄不仅是当代的诗宗，后世诗人又有谁能不取法于兄诗？"他停顿了一下，从怀中取出一张素笺，递给陶潜道："这是小弟从始安郡还都时，与湘州刺史张茂宗（张邵）登巴陵城楼之作，正要请兄长斧正。"

为欢迎客人，陶夫人点起两根红蜡烛，插在烛台上。陶潜就着烛光看下去，眼里的光芒越来越盛。他忽然读出声来：

"凄矣自远风，伤哉千里目。万古陈往还，百代劳起伏。存没竟何人，炯介在明淑。请从上世人，归来薙桑竹。"

"好一个'万古陈往还，百代劳起伏。……请从上世人，归来薙桑竹。'深得我心！深得我心！贤弟诗何止错采缕金，历史不正是在那里往还起伏吗！淑士知世事之不可为，何如归来薙桑竹。"他清癯的脸上，泛起了红光。

"小弟能写出这些句子，正是受到兄长情操的陶冶。吾兄是小弟的良师！"颜延之道。

"菜饭都凉了，还在谈诗。跟太守来的人都吃饱了呢。"是陶夫人的清脆的声音。

二人这才闻到几上的酒香、菜香、鸡香、饭香，看到陶夫人笑着站在一旁。

陶潜回头对颜延之道："这酒是内子用蜂蜜、桂花酿成，人生难得逢一知己，愚兄日日独饮，今晚要与贤弟共醉。"

颜延之道："难得兄长有此雅兴，何况美酒又是大嫂亲酿，小弟虽然酒量甚浅，也要痛饮三百杯。"又笑向陶夫人道："大嫂何妨坐下来一起吃。"

魏晋时期，儒术从独尊的地位上跌落下来，礼法式微，男女界限不严。陶夫人闻言也就在席子上坐下，含笑道：

"酒席间能亲聆二位高谈阔论，也是人生一件乐事。就是太守不请，我也要坐下来的。"

酒过三巡，话题转到了朝廷上。陶潜问道："贤弟久在官场，不知对朝廷有何看法？"

颜延之道："想不到近几年内，发生过两次大变故。武皇毒死安帝，易晋为宋，在位不到三年便驾崩了。少帝不学，所欲必从其志，大臣徐羡之、傅亮、檀道济、谢晦又假借皇太后的旨意，废了少帝，并把他杀死。当今皇上自荆州入承大统，今年又把司徒徐羡之、尚书令傅亮、荆州刺史谢晦杀了。"

"这就是往还起伏。"陶潜插话道。

"檀道济恐怕也难保全。"陶夫人道。

"当今皇帝的结局，恐怕也不美妙。"陶潜道。

颜延之不禁一怔，说道："愿闻其详。"

陶潜道："晋时的鲍敬言看出了皇帝的本性。只要是做了皇帝，便可利用手中的无限制的权力，利用遍布全国的官府衙门，也就是'有司'，'屠割天下'，以供私欲。皇藏宝货山积，后宫美女成军。这从秦始皇以来，便已如此。"

"秦始皇后宫有女万人，晋武帝后宫也有女万人。"陶夫人补充道。

陶潜续道："这样的皇帝谁不想做？只要有君有司，'争强弱而较愚智'的斗争，就会不断发生，历史的往还起伏就会不断出现。所以鲍敬言主张废除皇帝，废除官府，无君无司，天下太平。"

颜延之道："我懂了，以前我读兄长的《桃花源诗并序》，尚以为是高人隐士之言。听君一席话，我才知'嬴氏乱天纪，贤者避其世'，含有深刻地反对君主专制制度的意义。"

陶夫人道："外子的《桃花源诗并序》，是鲍生无君无司世界的写照。"又道："不要只顾谈话，忘了喝酒，我敬太守一杯。"她端起了酒杯，又替颜延之斟满了酒，二人一饮而尽。

颜延之放下酒杯笑道："大姐的豪爽不让须眉。"

陶夫人也笑道："颜太守的丰标也不同于俗吏。"

颜延之忙道："好说，好说。"又转向陶潜道："我想起了《咏荆轲》，兄长之所以要咏荆轲……"

陶潜接道："那是因为荆轲不仅向秦始皇嬴政，而且向皇帝制度投出了最早的一把匕首。"

颜延之突然看到陶潜的眼里闪出了坚定而明亮的光芒，心头一热，举杯大笑道：

"不错。千古不易的定论。让我们为最早一个把匕首投向皇帝制度的志士仁人荆轲干杯。"

陶潜喝干了杯中酒，似在想着什么。他慢慢放下酒杯，说道：

"无君无司，尚很遥远，到底是个什么世界，还说不清楚。怎样才能达到，也说不清楚。君主制度和由这种制度带来的腐败与动乱，还要继续下去。"

颜延之道："无君无司，世界大同，是人们的理想，总是要实现的。"

陶夫人笑道："到大家都看清楚了君主制度的罪恶，见君见官都不磕头，世界大同的日子想也就快到了。"

颜延之道："古来已经有人想对君权和官权加以限制。魏晋以来无宦官，相权很大，御史的作用也不小，是不是一种限制？是不是要走先限制而后弃之之路？"

陶潜道："君主制度不变，限制是起不到澄清天下的作用的。要有限制，使君臣都不敢为非作歹，也要等到将来制度改变之后。这仍很遥远。"

颜延之道："当今皇上励精图治，局面是不是要好一些？"

陶潜道："制度不作根本的改变，也只能是一治一乱，往还起伏，以至无穷而已。"

陶夫人道："当今皇上励精图治，保不定乱子就会出在他自己身上。"

颜延之不禁悚然而惧，望着陶潜夫妇只是发怔。过了一阵才说道："贤夫妇之言，拨云雾而开茅塞，小弟受益实非浅鲜。"

陶夫人笑道："只顾说话，还是喝酒吧。我再去为太守烹调一杯苦水。"说着她起身又往屋后走去。

烛影摇红，夜渐渐深了，席间仍然不时传出笑声。

第二日，晨曦微露，金风犹厉，颜延之告辞。陶潜送至十里长亭，颜延之握住他的手说：

"今日一别，又不知何年才能相见，望兄珍重。"

陶潜眼中闪出了泪光，叹道："愚兄久感不适，昨夜能与贤弟一夕长谈，快慰平生。长生不死是没有的，但愿归去之日，能得贤弟一篇诔文，于心足矣。"

"兄长何出此言？"颜延之十分惊愕。

"没有什么，我只说长生不老，是秦皇汉武追求不息的东西。人总是有生有灭，何来长生？那些帝王妄想千秋万代永为帝王，实在可怜可笑。"陶潜把话扯开了。颜延之却再未想到这一别竟是这两位奇人的永别。

陶潜目送三骑远去，想起了昨夜的长谈，想起了有君有司之害与时事的往还起伏，想起了人不能永寿，不禁吟道：

"甚念伤吾生，正宜委运去。纵浪大化中，不喜亦不惧。应尽便须尽，无复独多虑。"

一　深宫雷雨初春夜

黑云压城城欲摧。

电光过处，一声沉雷，坐落在秦淮河北岸的台城，像是颤动了一下，立刻隐没在倾盆大雨中。元嘉三十年的春天似乎来得早了一点。

皇后的寝宫昭阳殿东潘淑妃居处宫灯犹亮，淑妃斜倚床榻，正在读班婕妤的《怨诗》，当她读到"常恐秋节至，凉风夺炎热"二句时，不由翠眉深锁，掩卷叹道：

"虽然我爱倾后宫，命运比班婕妤好，可是'凉风夺炎热'，安知将来的结果不比班婕妤更惨？"

她像是想起了什么，一双明亮澄澈的大眼睛眨也不眨，怔怔出神。

"太子来了！"宫娥小绢走近床边轻轻说道。

她惊醒过来，尚未坐起，一个个子高高，大眼方口，额宽眉浓的美少年已走近床前，眼光久久停留在她身上。宫娥退了下去。

少年张开两臂，就想搂抱。淑妃坐起，就势一推，站立起来冷冷说道："请你放尊重些，我已托体你的父皇。"

太子悻悻地说道："父皇，父皇是会驾崩的。你拒绝我多次了，你还能永远拒绝我？父皇的寿命不长了。"

"不长了？"淑妃似乎一惊。她缓缓走到案前，体态婀娜。太子眼睛盯着她。淑妃蓦然转过身来，笑靥如花，似乎换了一个人。只听她说道：

"你喜欢我，我不是不知道。说实在的，我比你大不了几岁，我不是不喜欢你，只是顾虑名分。"

这几句话说得太子好像吃了几斤蜜糖，甜在心里。他快步走近淑妃，两臂拦腰一抱，急急说道：

"名分，名分能代替爱？我太爱你了。"

良久，只听淑妃幽幽说道：

"劭，我总觉得你有什么事情瞒着我，你既然真心爱我，便不该瞒着我。"

太子道："我没有什么瞒着你呀！"

淑妃道："我说的是你父子之间的事。"停了停，又说道："濬儿和你在一起。其实，你不说，我也知道一些。只看你是真爱我还是假爱我。"

"亲亲，我真爱你，你、我还有濬弟三位一体，我还有什么不能对你说的。父皇有病，我巴不得他早死，好继位做皇帝，可他偏不死。严道育教了我埋玉人的方法，还要我去祷告蒋侯神，好叫他早点死。他死了，你就完全是我的了。"

他一口气说了下来。说完，顺手抱起淑妃，就向床榻走去。

"不行。"淑妃嗔道。又转换口气，爱怜地说："你要听话。"

太子倒真的不敢下手了。正在这时，小绢匆匆跑了进来，慌急地说道："万岁来了！"

太子不由一怔，慌忙走到门边，看了看，向黑暗中隐去。夜雨替他作了掩护。淑妃叹了口气。她总算探出了太子的秘密，然而她的心情更加沉重了，太子的话像一块重铅压在她心头。

二 东宫鬼道何森森

又是一个晚上，月黑风高，东宫太子府警卫森严。墙内、墙外、墙头布满了卫士，斋帅张超之、任建之等，都在墙头巡视，队主陈叔儿率领心腹卫士在一座大厅前巡逻。厅内失去了往日的灯光，点起了三十六根巨大的红烛，烛火摇荡。大厅安放着一座神像，这座神像是从钟山秘密运来的蒋侯神。汉末，秣陵尉蒋子文追捕盗贼，死于钟山，吴大帝孙权为他在钟山立了一座庙宇，并将钟山改名为蒋山。天师道把蒋山当作"朱湖大生洞天"，把蒋子文当作天师道的神仙。晋末宋初，天师道在江东流行，朝野信仰，蒋子文没有料到他这样的一个县尉小官，死后居然享受烟火供食，成了建康官民以至皇家共同膜拜的天师道尊神。蒋侯神前面一块木板上，躺着一个玉石雕成的人像。只要仔细一瞧，便知道是当朝天子宋文帝刘义隆的天颜。左右两边各立着只穿一袭黄纱的八个宫女。面对蒋侯神，站着一个头戴黄冠、身穿黄衫的道姑，这道姑便是严道育，被太子刘劭尊奉为"天师"。她手中拿着三十六支点燃的香，口中不断念着"请蒋侯神降临，请蒋侯神降临"。两膝不断跪下，磕头又站起。站在她两旁的是太子刘劭、始兴王刘濬。刘濬母亲早亡，宋文帝将他交给潘淑妃抚养。他和哥哥刘劭一齐信了天师道，拜严道育为师。他觉得哥哥是他的靠山，对哥哥百依百顺。师父向蒋侯神磕头时，他们也跟着一齐向蒋侯神磕头。

烛火突然熄灭，厅中闪起无数点碧绿的鬼火。只听严道育说道："天神降临，献舞。"鬼火霎时不见，十六盏宫灯亮起，两边站立的十六个宫女莲步微移，走到厅中。两厢琴、瑟、笙、筝齐鸣，奏起了迎神曲。十六个宫女依次舞到神像前，向神像投递秋波，伸出玉臂，玉体前恭后仰。又舞到神案前，擎起十六个放着供食的盘子，跳起盘舞。她们不愧是艺术家，盘子转动如飞，菜肴一点不洒。莲步急骤间，忽然列成一排，雪一样的双臂将盘子高举过顶，放回到神案上。这时，乐声蓦然一变，由多少带有敬神意味的音调，变成了软绵绵的天魔舞曲。十六个宫女跳起了天师道独有舞。忽而仰卧，忽而站立。突然宫灯又黑，鬼火重现，乐声渐渐停止。

"你们都是我的'种民'，你们的要求我都知道，可由刘劭在玉像心窝上钉下一颗长钉，埋到含章殿前。你们所要除去的人心痛七天必死。本神去也。"神开口了，声音似在天上，又似在地下。

鬼火灭了，宫灯又亮，大厅中只剩下严道育、刘劭、刘濬师徒，陈天兴，黄门庆国，陈天兴养母女奴王鹦鹉。

严道育站在玉像前念咒："请天神赐符应，请天神赐符应。"刘劭将一枚长钉钉入了玉像的心窝。眼光虽然凶狠，两手却在抖动不已。

"庆国，埋玉像和符咒的事交给你，由王鹦鹉、陈天兴母子照应。务须小心，务须办妥。本宫有重赏。"说话间，也许是抑制不住惊恐，刘劭有点上气不接下气。

"遵命。"庆国抱起玉像，匆匆出了大厅。陈天兴随后跟去，刘劭跪到蒋侯神像前，叨叨念起："请天神保佑，请天神保佑。事成弟子当封天神为王，四时祭祀不绝。"

月更黑了，风在怒号。

深夜，太子寝宫灯犹亮，人犹未眠。刘劭在等待回报，他显得十分焦急。刘濬在打瞌睡。

人影一晃，陈天兴闪了进来。太子急问："玉像是否埋好？有没有他人发现？"

陈天兴道："托天神福庇，玉像已经埋好，无人发现。"太子松了一口气。

三　仲春惊变思皇后

仲春来临，春光明媚，御花园里春花陆续开放。小绢站在花前，看着花朵出神。她叹了一声，自言自语道：

"花又开了。淑妃待我虽然如同姊妹，但墙高宫深，如花美眷，还不是要老死皇宫内苑。"

她正在伤神，忽然飞来一只彩蝶，停立在花朵上。她被这只彩蝶吸引住了，扬起手中团扇便扑。彩蝶飞去，她追呀追，追到一座假山前，樱口微喘，汗光上额。山洞里忽然窜出一条人影，她吓了一跳，娇声喝道："谁?"

"小绢，是我。"

"啊！庆国。有情况吗?"

"玉人埋在含章殿前，已有六天了。七天便出事。好容易见到你，快快告诉淑妃。我走了。"他不待小绢再问，人影转眼在假山后消失。

淑妃寝宫传出了琴声，小绢走进宫门，见淑妃正在据案抚琴，不敢惊动。淑妃弹的是《子夜四时歌》，琴声由欢快转向急骤、萧然、冷峭。小绢知道弹到冬歌了。当弹到"我心如松柏，君心复何似"时，琴音袅袅，缓缓低沉下去，小绢不由痴了。

"小绢!"淑妃在喊她，她惊悟过来。

"庆国刚才来过，说玉人埋在含章殿前，明天便要出事。"小绢急急说道。

淑妃猛然站立起来，对小绢说："不可泄露出去。"

"什么事呀？"宫外走进一个中年人，身着玄冠素裳，脸容清瘦。来的正是当今天子宋文帝刘义隆。

淑妃走上前去，跪着接驾，小绢跪在淑妃身后。

"起来，起来。春天的雨水较多，颇伤庄稼。下朝后，朕在合殿与尚书令徐湛之谈了很久，想办法挽救，以致来迟了。"文帝道。

"陛下圣躬欠安，犹想着百姓，可比文、武、成、康。"淑妃道。

"朕怎能比得上先王。啊！刚才爱卿和小绢在谈何事？"

"太子的事，本不容贱妾多嘴，但事在燃眉，有关圣躬安危，贱妾不得不说了。刚才庆国告诉小绢，太子已在含章殿前，埋下了陛下玉像，将不利于陛下。"

"有这等事？！"文帝一惊，立即做了一个决定，"小绢，传庆国。"

庆国进入淑妃寝宫，跪在文帝跟前，将太子迎来蒋侯神，叫他埋玉人的经过，一一说了。文帝注视着庆国，问道："你怎会和太子走到一起？"

淑妃道："是贱妾的安排。太子和严道育鬼鬼祟祟，已经很久了，贱妾早有怀疑。"

文帝看着淑妃，眼光先是不解，后来转向柔和，握着她的双手说："爱卿真是朕的好内助！"又转过脸去，对庆国说："传旨命广威将军左细仗队主卜天与取出含章殿前玉像，送来淑妃寝殿。收捕严道育、王鹦鹉、陈天兴。"他从怀中取出一道代表皇帝的印符交给庆国。庆国双手捧接，站立起来，说了一声"遵旨"，立即快步走出。

文帝在来回踱踱，脸色凝重，淑妃站立一旁，似乎在想着什么，二人都没有讲话。这是暴风雨即将来临前的短暂沉寂。

卜天与抱来了玉像和符咒，放在书案上，退到一边。文帝对玉像注视良久，又拿起符咒，看着看着，手指松开，飘落在地。他似乎愤怒到极点，又悲痛到极点。淑妃走近前来，悲声道：

"陛下不能过于愤怒和悲痛，身体要紧。"

文帝叹道："劭儿生下来的时候，他母亲曾对朕说：'此儿形貌异常，必破国亡家，不可举养。'那时，朕不以皇后的话为然，却不料今日他竟要钉死、咒死朕这个做皇帝的父亲。他罪无可赦。"

文帝拿起笔来，在一张黄纸上，飞快地写下了十个大字："令太子、始兴王立即自裁。"

文帝正待唤卜天与传旨下去，忽听淑妃哭道："当初陛下和皇后何等恩爱，陛下应怜死去的皇后只有劭儿这点骨血，不能赐死。濬儿由贱妾抚养，只怪贱妾未抚养好，贱妾当与濬儿同罪。"

潘淑妃的话触动了文帝埋藏在心底的思念袁皇后的感情，他迟疑了。良久，才对淑妃说道："卿有大功，濬儿顽劣成性，怎能怪卿。皇后在日，对卿嫉妒极了，卿能不念旧恶，为劭儿说话，更是难能可贵。"他握笔又写下了一道圣旨：

"废太子劭为庶人，始兴王濬着即自裁。"

文帝拿起圣旨，似笑似哭说道："劭儿改死为废，皇后九泉之下不当怨朕了。"

突然一声大喝："什么人？"卜天与两脚一点，如飞射出宫外。一会折回。

"看见什么？"文帝问道。

"臣忽见宫外人影一闪，追出却不见踪迹。"卜天与躬身道。

"传朕命召尚书令徐湛之立刻到合殿，朕有要事相商。合殿由将军领左细仗戒备。淑妃寝宫由将军之弟卜天兴领甲士守卫。严道育等人捕到立即处死。"

"遵旨！"卜天与电射而出。

文帝转身对淑妃说："东宫警卫万人，人数与皇宫相同。朕决定明日五鼓早朝，宣布废太子。先告诉徐湛之，并同他商量一下。朕即去合殿，卿要小心。"

淑妃道："陛下尽管前去。此事慢不得，慢则生变，越快越好。"

"朕知道！"文帝转身出宫，淑妃望着他的身影，似有无限忧虑。

四　血流殿宇何其惨

刘濬奔进了东宫太子寝殿，气喘半天，话说不出。

太子放下了怀中的魔女，问道："何事这样惊慌？"

"不好了！"刘濬说，"玉像已被取出，父皇要废掉你。"

太子似乎听到头顶响起一声炸雷，走到刘濬面前，直着眼睛说："你从哪里听来？"

刘濬说："父皇派我做征北将军，我去向母亲辞行，明早赴京口。哪知尚未进门，便听到父皇说：太子改死为废。我还瞧见了案上的玉像。"

"这！"太子急得团团转，双手猛敲脑袋。忽然，他停了下来，目露凶光，狠声说道："无毒不丈夫，先下手为强。传斋帅张超之。"

张超之进来，太子道："即召前中庶子右军长史萧斌、左卫率袁淑、中舍人殷仲素、左积弩将军王正见前来见我。"

张超之应声而去。太子目视刘濬，缓缓说道：

"怪我曾经无意向淑妃透露玉像一事。玉像放在淑妃宫内，必是淑妃密告父皇，才有今日之祸。我恨死她了，杀她不足以解恨。只是她是你的养母。"

刘濬道："我和淑妃名虽母子，实同路人。我唯太子是从，此心天日可表。事已如此，就是太子不杀她，我也要杀她。"

帝王之家，在利害面前，哪里还有父亲、母亲可言。

萧、袁、殷、王四人都进来了。太子突然朝着他们跪了下来，涕泪交流。他们错愕不能言。

太子哭道："父皇听信淑妃的话，要废我。除了兵谏，别无他法。诸君与劭交情甚深，当能与劭共举大事。劭不敢有忘大德。"

四人回顾门口，张超之持刀而立，后面黑压压尽是带刀甲士，不由抽了一口冷气。

萧斌扶起太子，拔出佩刀，斩案朗声说道："太子待我等恩重如山，太子有难之日，正是我等洒血报效之时。所不同心者有如此案。"

太子对萧斌露出满意的笑容。他拔剑刺臂，滴血入壶，说道："同心者请刺血入壶。"四人面色凝重，一一抽刀刺臂，将血滴入壶中。太子为四人各斟了一杯血酒，自己也斟了一杯，举起酒杯说："让我等同干此酒，永结同心，生死不渝。"众人都一饮而尽。萧斌放下酒杯说："斌等誓与太子同进退，共生死。"太子道："难得诸君与劭同心。劭已有一策，事不宜迟，我等立即行动。"

太子戎装佩剑，外套朱衣，与萧斌同坐画轮车，出了东宫，张超之率领东宫甲士相从。车到台城万春门，太子下车喊道："受诏有所收讨。"门卫见是太子，又穿朝衣，不疑有他，开了城门，放车入内。张超之率甲士随后跟进。

太子按照预定计策，命刘濬率领甲士数百人包围淑妃寝宫，只围不攻。自领萧斌、张超之与甲士数千人直趋文帝议政重地合殿。

"什么人敢撞禁殿？"卜天与执刀持弓拦在路上。

"本宫受诏有所收讨。"太子道。随即用嘴向张超之努了一努。

张超之凌空跃起，一招泰山压顶，猛劈卜天与头顶。

卜天与冷笑一声，"原来是一群贼子，看刀"。一招云龙盘舞，当的一声，火花四溅，挡开张超之一刀，张超之微感手心发麻。卜天与招未使老，刀光直向张超之下盘卷去。张超之一惊，向后猛然跃退三尺，躲开卜天与一刀。哪知卜天与人随刀进，一招云龙出海，直取张超之的胸膛。

"休想伤斋帅。"任建之、王正见分从左右攻出，抡刀猛扎卜天与左右胁。卜天与不得不撤刀后跃。队将张弘之、朱道钦挥刀跃出，接上了任建之、王正见。

太子大喊道："一齐上，困住他们，不准走脱一人。"后队甲士呼声震天，喊杀而来。这边左细仗队甲士也纷纷冲出，弓箭刀枪齐施，展开了一场混战。刀光剑影中，不断有人惨呼倒地。

乘着双方混战，太子与萧斌率亲兵向合殿掩去。

这天晚上，文帝正在合殿与徐湛之密议废太子一事，听到刀枪撞击的声音与喊声，知道不好，向徐湛之苦笑道：

"我们迟了一步。现在我才知道淑妃为什么说此事慢不得，慢则生变。"他很平静，神色一点也不慌张。

徐湛之道："有道是是福不是祸，是祸躲不过，臣当以死捍卫陛下。"

"哈哈，以死捍卫陛下，我就先送你上路。"太子掩入合殿，一剑刺入徐湛之胸膛。"你，你可杀我，绝不能弑君弑父。"徐湛之声音十分微弱。

"我会说弑君的是你，杀你的是我。哈哈。"太子抽出剑来，徐湛之血溅帝衣。太子逼向文帝。文帝神色凛然，站起戟指骂道：

"想不到刘家竟出了你这个十恶不赦的逆子。"

文帝举起椅子，向太子击去。太子冷笑一声，手起一剑，文帝五指齐落，椅子掉到地上。

"哼！你想废我，料不到会有今天吧。只要能当皇帝，十恶不赦又何足道哉？何况我还会说弑君的是徐湛之。"

"卑鄙。"文帝刚说了二字，太子的利剑已经透胸而入。文帝目眦欲裂，断续痛骂："你，……你皇帝是……是当不长的，你会比我……比我死得……死得更惨。"

合殿事了，太子出门大呼："徐湛之弑帝，逆臣已经伏诛，停止械斗，听本宫号令。"

弓弦响过，太子左肩中箭。萧斌喊道："立即捕杀射伤太子的反贼。"扶住太子匆匆走入殿中。

箭射太子的是卜天与。他已负伤，未及奔回合殿，便已倒在地上。他挣扎爬了起来，忽见太子立在门口，大叫徐湛之弑帝，不由怒火满腔，张弓搭箭，射向太子。可惜伤势过重，失了准头，未将太子射死，自己反而死在乱刀之下。

太子包扎了伤口，来到淑妃寝殿，与刘濬进入殿中。淑妃正在弹奏蔡琰的《悲愤诗》，似在感叹时事与自己的身世。态度安详，似乎不知道太子和刘濬已经进入殿中。太子觉得淑妃今天更加清秀美丽，虽然凶狠好杀，竟迟迟不忍下手。

"你们来了，"淑妃仰起头来，目光清澈如水，"你们说徐湛之杀了陛下，难掩天下人耳目。我要说善恶到头终有报，你们等着吧！小绢我已放她出宫，你们要放过她。"

淑妃从案上拿起一把宝剑，向项上抹去。鲜血染红了她一身白衣，玉山缓缓倒了下去。

两个恶人怔住了。

萧斌进来告诉太子："左细仗队自队主卜天与以下全部就歼。皇宫卫士表示效忠于太子，张超之、王正见负重伤。"太子却被淑妃的从容自刎所慑，半天未作回答。

萧斌走近太子，低声又道："国不可一日无君，请太子传命，明日一早召集百官，宣布即位。同时宣布徐湛之、卜天与谋反杀害皇帝的罪状，为先皇与淑妃殡殓。"萧斌脸上闪上了一丝奸笑。

太子恢复了知觉，对萧斌说："召集朝臣的事，由你去办理。今晚我在淑妃寝宫歇息。"他抱起了淑妃的尸体，安放在琴案上，将琴放在淑妃心口，对着淑妃盘膝而坐，眼光落在淑妃苍白的脸上。刘濬不知所措。

萧斌自言自语道："人的欲望是不能满足的，得了江山，失了美人。"他拉住刘濬说："让他今宵陪伴淑妃，我们走吧！"

致仕在家一度当过太子中庶子的颜延之，听到皇宫发生了变乱，不由叹道："当今励精图治，但皇帝制度不变，只能一治一乱，往还起伏，以至无穷。陶潜的话应验了。"

五 讨逆何堪弟除兄

匡庐耸峙，九派横流，春风抖峭，春寒犹重。庐山脚下，白幡飘扬，白衣如雪，一片森严肃穆气象。

祭台上方，悬挂着宋文帝的巨幅画像，主祭人宋文帝的第三子武陵王、江州刺史刘骏与陪祭人颜延之之子主簿颜竣、司马陈庆之已经就位，刘骏跪在宋文帝画像前，正在朗读由颜竣起草的祭文。

"贼劭、贼濬胆敢弑君弑父弑母，此君臣人伦之巨变，亘古未有者也。万民共愤，天下同讨。儿骏起义江州，贼劭、贼濬就缚之日，碎尸万段，犹不解儿骏滔天之恨。父皇有灵，当鉴儿心……"

祭文没有读完，刘骏已痛哭于地，俯伏在刘骏后面的江州战士，同声痛哭，哭声飘荡天际，江水为之呜咽，庐山也为之颤动。

颜竣扶起刘骏，与陈庆之一同转过身来。刘骏擦干眼泪，向跪伏的白衣将士宣布："任命陈庆之为元帅，即日起兵直捣建康，捉拿弑君弑父孟贼刘劭归案。"

陈庆之翻身上马，正待指挥军队出发，忽见数十骑高举白幡驰来，当先两骑驰至刘骏面前，翻身下马。前面一人，年约四十，头戴王冠，戎装佩剑，执着刘骏的手，泪流满面说：

"为叔幸而赶上，愿受节制，共讨建康。"说罢，向着文帝的画像，哭拜于地。此人为荆州刺史南谯王刘义宣。另一人则是雍州刺史臧质，见过刘骏后，也向文帝画像哭拜。

刘骏搀起二人道："尚望叔父与臧将军节哀。骏得荆、雍二州之助，贼劭必平。骏已任命陈庆之为帅。"

这时陈庆之走了过来，刘义宣说："荆、雍二州军队已到江州境内，恭听陈将军号令。"

陈庆之道："南谯王、臧将军赶来相助，同讨叛逆，义薄云天。末将才疏学浅，奉命讨贼，忝为元帅，义不容辞。"他转身道："柳将军听令！"

江州将士中闪出柳元景，白袍银甲，躬身道："谨听元帅下令。""命柳将军为前部先锋，直趋建康。""得令。"

陈庆之转身向臧质说道："臧将军。"臧质道："末将在。""命臧将军率领雍州部队，为柳将军后援。""末将遵命。"

陈庆之又转向刘义宣说道："末将与武陵王率中军先行，请南谯王领荆州部队为后继。"刘义宣道："荆州一遵元帅吩咐。"

分派已妥，又见一骑飞来。来人驰至刘骏前滚鞍下马报道："随郡王起兵会稽，江东响应。"

刘骏以手加额道："先皇有灵，长江上下游同日起义，贼劭指日可灭。"随郡王刘诞为刘骏之弟。刘骏似乎想起了什么，双眉皱起。

柳元景、臧质、刘义宣、陈庆之先后离去。刘骏犹怔怔伫立，喃喃自语道："一叔一弟，一叔一弟。"

颜竣走近前来，低声道："天命有归，吾王何疑？走吧！"

话题转到建康。刘劭登基没有几天，便听到三弟武陵王刘骏起兵江州，六弟随郡王刘诞起兵会稽，长江中下游震动，慌了手足。他请漏网的天师严道育把蒋侯神请到了文帝议政的合殿，点起香烛，日夜跪拜，祷告，请示，并封蒋侯神为钟山王。这苦了十六位天魔女，每次祈祷，都要歌舞降神。蒋侯神自然不会讲话，代替蒋侯神讲话的自然是天师女道姑严道育。严道育俨如太后，刘劭成了儿皇帝。

一日，正值严道育装作男腔，念念有词，代钟山王说话："吾已遣天将神兵保卫建康，东、西贼寇，不日可灭，……"萧斌一脚踏入合殿，奏道："西兵柳元景进至新亭，情况紧急。"

刘劭闻言一惊，转而哂然笑道："领军可以无忧，朕有天兵相助，西军其奈朕何？将军可率水陆两军进攻新亭，朕当亲登朱雀门督战。"

朱雀门城楼，打出了一把黄伞。刘劭头戴冲天冠，身穿衮龙袍，手执鼓槌，擂响战鼓。萧斌领精兵万人，渡过秦淮河，猛攻新亭，军士大呼陷阵。柳元景闭垒不出，但命军众用强弩射敌。敌军连攻两次不克，虽然鼓声犹震，喊杀未歇，然而气势已挫。柳元景下令军中道：

"鼓繁气易衰，叫数力易竭。今敌军气力衰竭，正我军克敌制胜之时，与敌接战，有进无退。杀敌者赏，后退者斩。"

柳元景开垒率军猛冲敌阵，万马奔腾，喊杀连天。敌军纷纷后退，落入秦淮河中，死者重叠。柳元景与萧斌遭遇，只有一合，长矛刺中萧斌左胁，萧斌落荒而逃。刘劭见前军败阵，鼓也不擂了，口中不断叨念："钟山王助我，钟山王助我。"

"回宫吧！"刘劭耳边传来了严道育的声音，"此地不能再留了。"

武陵王刘骏、南谯王刘义宣陆续到达新亭。

西军的胜利，似乎没有给刘义宣带来欢愉，而带来了忧色。当晚，他坐在帐中喝酒，不时叹气。

一声甜脆的声音传来："爹爹，你怎么啦？"门外闪进一个身着绿色戎装的少女，眉眼含笑，丽绝天人。

刘义宣脸上露出了笑容。"芬儿，爹爹在想，在想……"

刘芬靠在刘义宣身上，仰起头，闪起一双比秋水还明亮清澈的杏眼，笑着说："爹爹你不要说了，你的事我知道，你喝酒叹气，是不放心武陵王。"

"嗓声。"刘义宣用手掩住了她的樱桃小口。

刘芬把他的手放开，娇声说："武陵王怕爹爹和随郡王抢了皇帝做，对爹爹不放心，形于辞色，一路我都看出来了。"

刘义宣吓了一跳，急忙推开女儿，走到门边窥望，见只有卫兵在远处巡逻，才松了口气，回到帐中。

刘芬走到他面前说："爹爹明日何不劝进，武陵王对爹爹也可放下心来。"

刘义宣突然感到头脑清醒了很多，他把刘芬揽入怀中，抚着她的云发说："孩子，你提醒了我，明日我便邀颜、陈二将军一起劝武陵王称帝。"

父女二人相视而笑。

次日，武陵王刘骏在新亭大飨将士，席间，刘义宣举起酒杯，起立说道："贼劭弑君，罪恶滔天，天下共讨。国不可一日无君，臣等敢请武陵王即日称帝。"

将领们一齐举起酒杯，起立说道："臣等与南谯王同心，敢请武陵王即日称帝。"

刘骏起立道："贼劭未平，刘骏怎敢即位称帝？"

这时，只见一个戎装少女走出来说道："骏哥哥何必推三阻四，正是因为贼劭未平，所以才需要有个皇帝。当今天下起兵，同讨贼劭，如果没有皇帝，怎么管得住天下兵马，又怎么平得了贼劭？"

大家都为这个突然现身的美貌少女的侃侃陈辞吸引住了。

刘骏呆呆地看着她，忖道："原来芬妹这样美丽，拿我的妃子王宪嫄与她相比，无异鸡比凤凰了。"

刘芬见他呆呆瞧着自己，不禁嫣然一笑，百媚齐生。刘骏瞧得更加失魂落魄。"骏哥哥是不是以我的话为然？是不是同意做皇帝？"

"是，是。我答应做皇帝。"其实他并未听见刘芬的一句话。

"吾皇万岁，万万岁！"全体将士都跪伏在地，欢呼他们又有了一个皇帝——宋孝武帝。

刘劭军心已经瓦解。萧斌在石头城，闻武陵王即位，宣令所统军队解甲，自石头城举白旗来降，希图万一，被斩之于军门。建康文官武吏纷纷来到新亭，向新皇帝表示效忠。陈庆之部署众军攻打台城，刘骏张黄盖进至朱雀桥南。台城守卫军队出降，众军分由台城六门入宫，会于殿廷。刘劭躲进武库井中，为臧质所获，缚送新皇。刘濬被杀。刘骏下令斩刘劭于朱雀桥上，暴尸于市，刘劭妃子殷氏赐死。刘诞东进军队回撤。

刘骏正待进入台城，忽然有人来报："殷氏死前求见陛下一面。"

刘骏倒想看看殷氏姿色，命令带入帐中。这一看，使刘骏傻了眼，虽然殷氏衣冠不整，美得竟与刘芬难分轩轾，比自己的妻子王氏胜过百倍千倍。忽听殷氏高声骂道：

"汝家骨肉相残，何以枉杀无罪人？"

刘骏半天不知所答，在座的皇叔刘义宣怕他赦免殷氏，代答道："你被贼劫封为皇后，非罪而何？"

殷氏冷笑道："封了皇后就有罪吗？就该死吗？我不是来求你们免死的，我只想说你们不要以为刘氏叔侄兄弟之间，以后就不会相残了。九泉之下，我将拭目以待。"说完掉头就走。

刘骏喃喃说道："好一个美人，实在可惜。"刘义宣则在暗忖："新皇猜忌、好色，但愿殷氏言而不中。"

六　暮春风雨摧花枝

庭院深深深几许，杨柳堆烟，帘幕无重数。在一座深宫中，沉香微熏，锦帐高挑，孝武帝坐在床沿上，把刘芬搂在怀里。

刘芬星眼流波，说道："陛下，我们还不知是个什么了局。"

刘骏道："朕已想好，卿可改姓殷，朕封你为淑仪，以后就叫殷淑仪，没有人知道卿的来历。"

刘芬柳眉一颦，双靥酒窝立现，嗔道："刘劭的妃子不是姓殷吗，为什么要我改姓殷呢？"

刘骏道："好妹妹，你像她，她也像你，你们两人一般美丽，哪个姓能比得上殷字。"说着忽然连连咳嗽不止。

刘芬又问道："宫人说你带过很多面首出去玩，什么叫面首呀？"

刘骏道："面首就是美男子，你不知道他们有多美！"他又是一阵咳嗽。

刘芬道："那不是你的男妾吗？你的身子更要空了。骏哥哥，我求求你，再不要和他们在一起，更不能把他们带进宫中。"

刘骏看着她幽怨的眼光，心神有点发狂，漫应道："朕听淑仪良言，明日遣散面首。"

一个宫娥走了进来，见状刚想退出，已被孝武瞧见，喝道："为什么没有召唤，就跑进来？"宫娥讷讷说道："是，是颜竣大人要见驾，有事奏呈。"孝武道："他怎么这个时候来，传旨命他在合殿稍候。"

几度云雨，夜幕渐张，孝武才拖着疲乏沉重的脚步，向合殿走去。

刘芬坐在床沿上，她想起了孝武的宠爱，想起了兄妹的名分，想起了王皇后眼光的狠毒，想起了幸臣戴法兴的奸诈，又想起了远在荆州的爹爹，想起了楚天云雨。自被骗入宫，酒后失身，她再也瞧不见爹爹了，再也不能驰马楚江头，击剑张弓了。

"我能埋没在皇宫深院吗？我能长上翅膀，飞出皇宫吗？飞了出去，还有颜面见爹爹吗？"她越想越烦，越想越闷，抬头望见壁上悬挂的宝剑，起身抽了出来，剑上发出一片银光。

酒可以解愁，剑也可以解闷。刘芬不胜酒力，却学得一手上乘的楚天神女剑法。

她移步中庭，猛见她使出一招袅袅兮秋风，剑光四面喷洒，倏尔又形成一个光圈。她飞身跃起，一招楚天云雨又施展开来，只见剑光如彤云密布，又如雨点骤落。

"谁？"她一招楚云出岫，剑如长虹直向一条黑影射去。黑影将落未落，砰然一声，栽倒在地，腿上已经中剑，长刀掉落一边。

假山后闪出戴法兴，身材矮小，虽然显得精明强干，却目闪邪光。他叫道："在这里了。"身后卫士马上上前将黑衣人捆绑结实。

戴法兴向刘芬施礼道："淑仪剑法超群，一剑之下，奸徒成擒。"又向黑衣人喝道："狂徒胆敢偷入宫中行刺，快说你是何人，受何人指使，不然烙铁够你受用。"

"我，我，我是从荆州来的，南谯王要我……"戴法兴猛然一声大喝："胡说，带下。"脸上泛起一丝奸笑。

刘芬回到房中，插剑入鞘，愁眉深锁，似乎忧心忡忡。宫娥走近她身边，轻声说："这个刺客我认得，是刘劭的死党张超之。"躲在门外未走的戴法兴，冷哼了一声。

"啊！他没有死？"刘芬醒悟过来。她忖道："刘劭的死党行刺皇上，可他为什么说是爹爹派来的呢？"

刘芬正在沉思，突然皇后现出身来。这位王皇后虽被孝武帝比作鸡，可看出仍然俏丽，只是凤目带煞，妒意难掩。

皇后唤道："妹妹在想什么呀？妹妹捉住刺客，立了大功，姐姐已在昭阳殿备宴，亲向妹妹祝贺。"她脸上堆出了笑容。

刘芬只觉得皇后笑里藏着些什么。但皇后亲自来请，不能不去。遂含笑应道："妾有何功，敢劳皇后赐宴，倒是入宫以来，未曾请安，还望皇后宽恕。"

"妹子别谦虚了，走吧！"皇后拉了刘芬就走，前面有个宫娥提着纱灯领路。

昭阳殿内，宫灯高挂，虽然字画满壁，但难免使人有空旷之感。刘芬被引进了一间暖室，室中陈设奢华，纱灯与铜镜相映，满室呈现一片珠光宝气。酒菜端了上来，皇后今晚显得特别富于感情，她笑语盈盈，频频向刘芬劝酒，柔声说："这是专为女孩儿酿的'女儿红'酒，又香又甜。今天要与妹妹图个醉，以尽你我姐妹之谊。"刘芬喝得杏腮嫣红，星眼迷蒙。皇后又唤宫娥送来一瓶，刘芬已难举杯，霎时醉倒在椅子上。皇后注视着刘芬，忽然笑脸尽收，眼中射出狠毒的光芒，悻悻然说道："看你还能狐媚惑主？哼！兄妹乱伦，你们以为我不知道？"

戴法兴走了进来，皇后问道："贱婢寝宫布置好了吗？"戴法兴道："完全就绪。""那个宫人呢？""已经杀了，只是皇后这边的宫人……""她们是我的心腹，放心吧！贱婢已经喝过有迷药的酒，人事不省，马上行动。"

戴法兴用准备好了的白绫被，将刘芬裹起，抱着向外走。宫外下起春雨，寒风凄厉，天黑如墨。戴法兴闪至太掖池边，解开白绫被，在刘芬的细腰上系上一块巨石，竟把刘芬投入太掖池中。树上宿鸟听得一声巨大的水响，纷纷扑翼悲鸣高飞。

再说孝武帝自刘芬寝宫出来，在合殿见到颜竣，他已是新朝的吏部尚书、领骁骑将军了。颜竣兴冲冲向孝武帝禀报：

"臣已拟定新政数条：第一，铸孝建四铢钱代替元嘉四铢，严令官民不得再私铸钱币；第二，取消限年三十而仕之制，仕者不拘少长；第三，缩短郡太守县令、长的任期，改六年为满为三年为满。第四，……"

"够了，"孝武帝很不耐烦，"就按卿所奏施行吧，朕要回宫陪伴淑仪。"

颜竣一怔，半晌正色道："为臣追随陛下，戡平贼劭，陛下居九五之尊，当考虑国事，不当耽于声色。近来宫内丑声四溢，……"

"颜竣大胆！"孝武帝拍案而起，怒不可遏。"你竟敢抨击朕躬，若不念你随朕起兵，立当斩首。滚，滚！"

"陛下珍重。"颜竣含泪退出了合殿。

戴法兴一脚踏进合殿，跪伏于地，连声道："陛下息怒，陛下息怒，颜大人刚愎自用，实难担当大任。"

"你就是为颜竣来的吗？"孝武帝嫌他说得太多。

戴法兴故作惊慌道："不好了，宫中来了刺客。"

孝武帝一惊，说道："你说什么？刺客何在？"

戴法兴道："托陛下洪福，刺客已为奴才所擒。"

"何处擒来？"

"淑仪寝宫。"

孝武帝又是一惊，忙问："淑仪如何？"

戴法兴道："淑仪无恙，宫娥被杀。"

孝武帝心中一块石头落了地。他又问："可曾审问刺客从何而来？"

戴法兴道："刺客当场招认为南谯王所派。"

"有这等事！淑仪当时可曾在场？"

"淑仪在场。"戴法兴脸上又露出一丝奸笑。

"朕即回淑仪寝宫，刺客交卿严加审问。"

"奴才领旨。"

孝武帝急急回到刘芬寝处，不见人影。孝武连声唤道："淑仪，淑仪！"哪有人声答应。他一眼瞥见案上砚台底下压了一个信封，抽出一看，上面写着"陛下亲拆"。字迹娟秀，知是刘芬所写。他拆开信封，只见素笺上写着：

"妾父派刺客行刺陛下，罪该万死，妾罪亦不可赦。妾与陛下本为兄妹，暧昧关系如再继续下去，只能害了陛下。妾去矣，陛下千万珍重，刘芬绝笔。"

孝武帝手在发抖，心如油煎，连呼："来人，快找淑仪！"

刘芬的尸体打捞上来了，玉颜如生。孝武帝想起衾枕恩爱，不由放声大哭。御医羊德愿看着玉尸，想起已死的爱妾，也不由放声大哭。孝武帝忽然收泪问道："谁哭得这样伤心？"羊德愿以为孝武帝要加罪于他，慌得跪下磕头哀告："是臣放肆，臣有罪，臣有罪。"孝武帝道："卿哭淑仪如此悲痛，有功无罪。"又问："卿现居何职？"羊德愿道："医术人。"孝武帝道："朕封你为豫州刺史，即日上任。"

这真是天降洪福。立在羊德愿身旁的一个官儿用手肘撞了撞他，似羡似讥说道："恭喜，恭喜！我怎么哭不出来，卿哪得此副急泪？"

黑暗中，王皇后在冷笑，戴法兴在诡笑。

宫灯乱，风声狂，雨点斜。

是悲剧，是喜剧，还是闹剧？

七　皇家叔侄再操戈

荆州据长江中游，东连吴会，西通巴蜀，南控湘沅，北临汝颍，沃野千里，物产丰富。隆中对策，诸葛亮说刘备先取荆州，再图巴蜀，把一个颠沛流离、寄人篱下的刘备，变成了一方之主。荆州首府江陵在长江北岸，为长江上游重镇。南朝称扬州为东陕，荆州为西陕，建康为东台，江陵为西台或西府。自宋文帝起，非叔伯、兄弟、子侄，不能做荆州刺史，坐镇江陵。文帝以来，南郡王（孝武改封）刘义宣便是先以皇弟后以皇叔之尊，受命为荆州刺史、西台首脑。

时序迁移，又是一年了。这一年来，刘义宣的心情一刻也没有安宁过。在他的心灵深处，隐藏着一怕二恨，怕的是孝武帝阴谋相图，刺客事件虽然秘而未宣，但刘义宣已有风闻；恨的是孝武帝夺走了他的爱女，宫内丑闻四泄，连刘义宣也感面上无光。新春并未带给他半点欢愉。

除夕刚过，忽报江州刺史臧质来访，刘义宣喜出望外，率领荆州文武官吏，迎出府外。臧质一揖到地道："贤王别来无恙，卑职前来拜年。"刘义宣哈哈大笑道："故友重逢，足慰平生，快请进府。"当日，刘义宣设盛宴接待。晚上把臧质请进了一间书房，促膝谈心。刘义宣将心中的一怕二恨告诉了臧质，并向臧质问计。臧质轩眉道：

"当今少主，溺于声色，猜忌贤王。贤王据有荆州，财富兵强。自古挟震主之威，能保全的有几人？若不早图，必有奇祸。"

刘义宣叹道："当今与我既是君臣，又是叔侄，如怀二心，无论成败，都将为天下所唾骂。然而，如将军所言，若不早为之计，将祸延子孙。现在是进退两难，长夜难眠。"

臧质正色道："皇帝人人可做，并非一人所得而专。古人为称王称帝，争强弱而较愚智者多矣，遑论亲疏？今人又何尝不是如此。贤王熟知武皇与晋安帝原为君臣，他毒死安帝，易晋为宋，有谁骂过他？文帝与刘劭不仅是君臣，而且是父子，刘劭为做皇帝，杀了文帝，何论父子君臣。如果他成功，又有谁敢骂他？强者为王，颂扬毕至；败则为寇，诟谇齐来。望贤王深思。"

刘义宣先是皱眉听着，听到后来，双眉齐扬，慨然道："听君一席话，胜读十年书，吾计决矣。然犹恐败则为寇，画虎不成反类犬，做不成强者。"

臧质须眉齐动，目闪神光，起立躬身道："卑职愿以江州全部人马襄助名王，共图大事。"

刘义宣闻言大喜，站起来说道："臧将军为本朝名将，盱眙一战，使魏主拓跋焘不敢牧马南向。小王能得臧将军之助，大事可图。"他满斟了一杯酒递给臧质，自己也将酒满斟，举杯正色说："杯酒定盟，请将军与小王同干此杯。"二人一饮而尽，举杯相照，同声大笑。

话语转入细谈。臧质道："卑职为贤王思之久矣，兖州刺史徐遗宝本为贤王参军，豫州刺史鲁爽素奉贤王，贤王如派人与徐、鲁二将军联络，荆、江、兖与豫四州同起，兖州控建康之北，豫州制建康之西，江州以楼船为前驱，贤王以西台之众继之，则建康何愁不克，大事何愁不成？"

刘义宣道："此计大好，我即派心腹前往兖州与豫州联络，徐、鲁二将军与我素称莫逆，必不负我。举事日期不知将军有何考虑？"

臧质道："兖州、豫州所部为西北精兵，秋高马肥，适于秋日行动。长江水涨多在秋天，楼船出动，也以秋天为宜，举事日期，何不定在今秋？"

刘义宣道："举大事需要准备，秋日之期正合我意。"

话题又转到刘芬。臧质道："卑职已打听清楚，郡主被骗失身，为皇后所害。刺客为刘劭死党，却嫁祸于贤王。"

刘义宣怒目切齿道："刘骏小儿，欺吾太甚，不诛此獠，吾恨难平。"当啷一声，酒杯磕在桌上，碰了个粉碎。

天色微明，在建康深宫中，有人发出了一声轻微的叹息："吾好恨也！"他手背在身后，遥望着太掖池方向，面容清瘦，年约三十。这人正是当今天子孝武帝。新春佳节，孤衾不成眠。他彻夜都在想着刘芬，恍惚间，他似乎看见了刘芬，正待拥抱，又见刘芬袅袅后退，逐渐隐去。五更鸡鸣，他索性起床，伫立窗前，忧伤的眼光，似在搜索天上，又似在搜索人间。他望见了太掖池畔的树影，心神不由猛震，双眼呆痴，叹恨莫名。

他目光移到书案上，移到彩笔素笺上，从窗前踱了过来，据案而坐，握起彩笔，怔怔出神，似有无限幽怀要倾吐。半晌落笔在素笺上写下了二十八个字。

去年风雨催芝兰，欲掩双泪几回难，

天上人间成永诀，春去春来朱颜残。

一声娇啼："爹爹，你在写什么呀？"是女儿山阴公主刘楚玉来了。她劈手抢了素笺，妙目凝注，撒娇赖在孝武帝怀中。"爹爹，你又在想殷姨了。"

"给我看。"素笺又被一个较小的男孩抢去。他是刘楚玉的弟弟刘子业，如果说姐姐是出水芙蓉，弟弟则是人间枭獍。他生得蜂目鸟喙，长颈尖颏，一美一丑，人们很难相信竟是王皇后所生的亲姊弟。

"爹爹！"刘子业道，"我听说殷姨姓刘不姓殷，爹爹和殷姨是兄妹，是吗？"

刘楚玉道："你真是大惊小怪，兄妹就不能结婚吗？只要我喜欢你，你喜欢我，管他呢！"

孝武帝忖道："别看楚玉年纪尚小，倒是爹爹的知心。"

刘子业又道："我还听说爹爹养了很多面首，面首，面首，既是面，又是首，到底是什么东西呀？"

刘楚玉道："面是脸，首是头，头脸似玉如花，就叫面首。这还不懂。

看，面首来了。"

这时走进一个身如玉树临风，脸如春花照水，唇红齿白，身着白色褂裤的美男子，向孝武帝磕头道："奴才叩见皇上。"

刘楚玉道："头不要磕得太响，磕破了头，爹爹痛心，我也心痛呢!"

孝武帝道："茹法亮，这么早来，有什么事?"

茹法亮道："江州刺史臧质除夕潜入江陵。"

孝武帝道："这倒是个重要的消息，有道是防人之心不可无。法亮，传旨速召镇军将军南兖州刺史陈庆之。"

刘楚玉目送茹法亮退出，问道："江陵，江陵不是由叔祖南郡王镇守吗？臧质年不过，去找叔祖干啥呀?"

刘子业道："这该我来回答你了，殷姨是南郡王的女儿，他女儿死了，怀恨在心，想勾结臧质造反。那些伯、叔、兄弟没有一个靠得住的，我当了皇帝，要把他们杀光。"小小蜂目，居然射出了凶光。

刘楚玉道："我才不管你们男人的事！我只管喜欢不喜欢。爹爹喜欢他女儿，不是很好吗？南郡王也不是单为女儿造反。"

孝武帝感到刘楚玉后面一句话颇有道理，用手轻轻抚摸着她的秀发。

事情往往难于预期，刘义宣、臧质本来决定秋日起兵，哪知使者到达寿阳之日，适逢豫州刺史鲁爽酒醉。鲁爽只听到南郡王要他起兵，未听到"秋日"二字，使者一走，他马上发兵自寿阳南下，攻打建康。刘义宣听说鲁爽反了，不得不仓皇提前发动。但已经有了先后之别，给了敌军以各个击破的机会。

徐遗宝引军与鲁爽会合。陈庆之采取了先打豫州与兖州二军，后打荆州与江州二军的策略，要求诸将以迅雷不及掩耳之势，歼灭豫州与兖州的军队。他自率众军渡过长江，与鲁爽、徐遗宝的部队在历阳的小岘相遇。鲁爽有万夫不当之勇，可一向贪杯。两军遭遇之时，他还在马上拿着葫芦饮酒。陈庆之手下大将左将军薛安都望见鲁爽，跃马大呼，挺枪便刺，鲁爽应手而倒。徐遗宝策马奔逃。这一战轻易地解决了豫、兖二州的西北精兵。

刘义宣进至南陵的鹊头，陈庆之将鲁爽的头送给了他，他不禁神气沮丧，没有料到鲁爽失败这样快。他把希望寄托给了已到梁山的臧质所率江州的水军。

陈庆之命抚军将军柳元景进驻当涂，阻遏刘义宣荆州之众，命左卫将军豫州刺史王玄谟率舟师屯于梁山沙洲之内，阻遏江州水军，伺机而动。

那时候，朝廷大军都调到当涂与梁山前线，建康十分空虚，臧质夜到鹊头，向刘义宣进计：

"今建康空虚，贤王莫若分遣荆州兵一万人攻打当涂，一万人攻打梁山，拖住柳、王二军，我则引江州楼船直取石头城，建康可克。"

刘义宣遇事本就迟疑。他想到这次起兵，决策出于臧质，如果让臧质打下建康，先入台城，其人难制，其志难测。迟回久之，刘义宣方说：

"不如江、荆二州合兵攻打梁山，王玄谟一败，你我就可并辔进入建康城了。"

以智勇出名的臧质，听了刘义宣的话，自然懂得他的意思，不再坚持。

王玄谟在沙洲东西两岸筑却月城，谨守陈庆之伺机而动的策略，只守不攻。刘义宣进至西梁山，臧质率舟师攻打东却月城，王玄谟率军出城奋击，臧质败阵，正欲退兵，江上忽然刮起大风。王玄谟抓住这个机会，下令纵火焚烧江州船舰。火把、火箭如雨点般落在船舰上，船舰着火，烟焰蔽江。风向西吹，烧着了西岸刘义宣的营寨。柳元景、王玄谟纵兵猛攻，江、荆二州兵被烧死、溺死、杀死的不计其数。臧质临江叹道：

"南郡王不从吾计，大事去矣！"

臧质走至武昌被杀，刘义宣逃回江陵被擒，死于狱中。

寂寞春江冷。四州起兵化成一场春梦，了无余痕。然而帝王淘难尽，波涛犹在翻。

八　何事广陵又加兵

孝武帝在便殿设御宴为陈庆之、柳元景等人贺功，颜竣陪坐。席间，孝武帝目视陈庆之道："今江陵已平，广陵还有一个竟陵王（孝武改封）刘诞，为朕六弟，也想步反贼刘义宣的后尘，图谋朕位，朕欲偏劳陈将军挥戈东指。"

"不可！"颜竣大声道，"竟陵王为人恭和，得士庶之心，既无反迹，师出无名。皇家叔侄交兵，已使人寒心，兄弟干戈再起，岂不要更遭物议?！"

孝武帝勃然变色道："卿怎知竟陵王无反迹?"转头命令侍立一旁的茹法亮："取乘舆法物来！"

乘舆法物被取来放在殿中，孝武帝道："这是在石头城中取出的乘舆法物，为竟陵王所造，是竟陵王谋反的铁证。"

颜竣道："这些东西安知为竟陵王所造？安知不是奸徒栽赃?"

孝武帝按剑叱道："你骂谁是奸徒？你为什么替竟陵王讲话?"

陈庆之知道孝武帝已起疑心，起立躬身道："臣领旨明日率军攻打广陵。"

庆功宴不欢而散。

孝武帝回到后庭，怒气未息，咳嗽连声。公主刘楚玉与太子刘子业正在花间玩游戏，见状跑了过来。刘楚玉问道："爹爹何事生气?"

孝武帝道："混账颜竣竟敢阻挡我出兵消灭刘诞，竟敢在宴会上讥讽我是奸徒。"

刘子业道："爹爹何不杀了他？"

孝武帝道："他帮助爹爹起兵，爹爹我总是对他宽容，要杀他也无名，大臣会反对。"

刘子业蜂目一闪道："爹爹何不捏造一个他私通刘诞的罪名？"

孝武帝半晌不语。刘子业喃喃道："要是我，就把他们都杀了，谁不顺我，我就杀谁。"

孝武帝连咳起来，刘楚玉道："爹爹不要再生气了，身子要紧。"

刘子业忖道："爹爹恐怕活不长了，死了倒好。我做了皇帝，天下宝货女子都是我的，生杀任意，谁敢不尊？"他忽然想起领兵将领，问道："爹爹派谁东征？"

孝武帝道："派了陈庆之。"

刘子业道："这个人兵权太重，爹爹不可不防。"

孝武帝望了望刘子业，忖道："这个孩子倒很有出息。"刘楚玉则心不在焉，看到树林间奔出一只雪白的兔子，欢叫道："茹法亮来了！看你往哪里跑！"她翩若惊鸿，向白兔追去。

孝武帝余怒未息，心想："颜竣竟敢阻我出兵广陵、杀刘诞，太藐视朕的权力。朕贵为天子，要杀谁就杀谁。你阻朕杀刘诞，朕偏要大开杀戒，叫你知道什么叫作皇帝。对了，不如此不足以立威。"他唤刘子业取过纸笔，连草了两道圣旨：

"反贼刘诞在京同籍亲属、左右腹心一律处斩。"

"命令车骑大将军陈庆之于攻克广陵之日，将反贼刘诞同党悉数斩首。广陵城内男丁杀为京观，女口悉为军赏。"

他将两道圣旨交给刘子业，说道："你是太子，要学会杀人立威这件事。第一道圣旨由你领禁兵马上执行；第二道圣旨由你立即派人送交陈庆之，命他必须按朕旨行事。"

刘子业应命而去。孝武帝看着远去的刘子业，微微笑道："颜竣倒使朕悟通了一个道理：皇帝既然拥有无限的权力，就应当无限地使用这种权力。人人怕我，人人才会敬我。"

太阳下山了，天渐渐黑了，建康城内忽然火把烛天，马蹄腾踏，刀枪并鸣，哭声动天，血流成河。男女老少一千多人顷刻之间死于非命。

数日后，广陵捷报传到宫廷，刘诞及其同党授首，广陵男丁头颅堆成一座山，女子尽数赏给了将士为妾或为奴。

可孝武帝已病倒了。病中孝武帝接到捷报，枯黄瘦削的脸上，露出了喜色。他想：现在留下来的可怕的人只有颜竣、陈庆之两个了，应当早作打算。他记起了刘子业的话，挣扎着起来又写了一道诏令，交给日夜在病榻陪伴他的王皇后。皇后接过来，睁开疲劳无神的眼睛瞧看：

"右将军丹阳尹颜竣私通刘诞，赐死。车骑大将军陈庆之晋封为太尉，谢恩致仕。"

皇后放下了诏令，孝武帝对她笑道："朕将从殷淑仪于地下。除去了这两个人，朕可以无忧，你的儿子可以坐享太平了。"

皇后报之以苦笑。突然她发出一声惊叫，整个身子倒入孝武帝怀中。她似乎看到刘芬持剑冷冷地看着她，她的身子在孝武帝怀中不断颤抖。

九　色狼出自帝王家

哀乐传到了连理堂中，太子刘子业一声哈哈大笑："病鬼死了，我当皇帝了。"

仲夏，合殿帐幔如墨，白衣如雪，自王皇后以下，号哭连天，皇后晕倒在孝武帝的桐棺旁。

连理堂中紫幔障壁，红毡铺地，三十个宫女按着乐器的旋律，手搭着肩膀，绕圈行走，越走越急。刘子业坐在中央，脸泛邪气，目闪邪光。

刘子业目不暇接，突听一声娇叱道："好一个孝子，爹爹刚死，妈妈哭得死去活来，你却在这里寻欢作乐。"

刘子业见是姐姐山阴公主来了，一把拉她坐在一起，嬉笑道："下面还有更好看的呢，你别走了。"

这时走出了三十个面首，与三十个宫女一起转动起来。"啪！啪！"一个面首的脸上重重着了两掌，宫女小雯甩脱了面首的搂抱，杏目圆睁，指着刘子业骂道：

"想不到帝王家如此污秽！我是清白女儿身，不是你们这种禽兽的玩物。"这一骂，乐声顿止，舞步骤停，都愣住了。

刘子业知觉恢复过来，蜂目一鼓，凶光毕露，走上前来，揪住这位宫女的青丝，恶狠狠地喝道："奴才胆敢骂我。"接着一阵拳打脚踢。可怜这位宫女倒在地上，玉肌青一块，紫一块，气息微微。

"茹法亮！"刘子业叫道。"奴才在。"面首中跪下了一个人。"把她拖出去砍了。""遵命。"

倒在地上的宫女爬起来厉声骂道:"刘子业,我变鬼也不会饶过你这禽兽。"

宫女、面首都已散去,刘子业倒在坐褥上,一叠声叹气:"扫兴,扫兴。"

山阴公主却没有把这件事放在心上。她在怔怔地想着那三十个面首,个个脸如冠玉,唇如涂朱,男性中显出女性美。她忽然幽幽说道:

"你做了皇帝,六宫有女万人,而我却只有驸马何戢一个男人,这太不公平了。何况你还有那样多面首。"

刘子业心中一动,笑道:"这委实不公平,我把刚才你见到的三十个面首送给你如何?"

山阴公主不由心花怒放,站起来恭恭敬敬地施礼道:"妾这里谢过陛下。"

次日,秦淮河畔出现了一支队伍。

"让路让路,长公主出游。"一辆装饰华丽的车子上,坐着新封会稽郡长公主刘楚玉,两旁各有十五个面首骑马相随。鞭子呼呼作响,只打得老人步履踉跄,小孩抱头乱窜。

秦淮河中有只小船,船上站着一老一小,人们认得老者是位隐士,自号"渔父",少者是金陵的狂生,自号"金陵少年"。

渔父笑道:"我见过孝武帝带着面首出游,有其父必有其子如今要改了。"

少年愕然道:"改什么?"

渔父道:"改成有其父必有其女,女人带着这么多面首出游,哪朝见过?"

他问道:"三十个面首都是公主的丈夫吗?"

渔父道:"自然都被她当作丈夫,这还要问?"

忽听一声娇喝:"停车!"

公主车前来了一匹白马,马上坐着一个官儿,年龄很轻,人极俊美。

车停了，公主喊道："茹法亮，问问骑在马上的官儿叫什么名字，态度放温和些。"

茹法亮下马趋前躬身问道："公主请问贵官台甫。"

那官儿听说是公主动问，慌得下马一揖到地，答道："下官吏部郎褚渊。"

刘楚玉眉开眼笑，走下车来，妙目凝注褚渊说："人称宋玉、潘安仁为绝世美男子，我看难比吏部郎。有子同车，乐何如之！今日天气晴和，水媚风软，敢请吏部郎同游。"

褚渊急道："这个！"

刘楚玉道："不要这个那个了，我会请求陛下把你留在我身边一个月，上车吧！"她硬把褚渊拉上车坐在她身旁，将身子靠在褚渊身上，向茹法亮轻喝一声："到青溪渡口去，乘花船玩个痛快。"

渔父突然呵呵大笑道："又是前朝未有。我只见过花花太岁当街抢民女，还未见过女子当道抢少年郎官。"

少年似乎受到感染，也哈哈大笑起来。

渔父道："小兄弟，我们系舟上岸，去看看热闹的建康城吧。"

十　莫道杀人无恶报

建康是京城，又是通都大邑。秦淮河北岸，有大市一百多个，歌台舞榭，热闹非常。无怪人们会说：六朝金粉，尽萃建康。渔父和金陵少年漫步在大街上，说说笑笑，乐而忘返。

街上忽然人影乱窜，有人呼叫："快跑，快跑！"少年拦住了一个壮汉，问道："发生了什么事？"

壮汉喘着粗气道："皇帝带卫兵杀来了，刚才杀了三朝元老江夏王刘义恭全家，现在又不知去杀谁家了。"

话声刚落，已见刘子业头戴冲天冠，身穿甲胄，带着几百名卫士提刀纵马飞驰而来。躲得慢一点的，脑袋飞上了天空。渔父急拉少年避入一间民宅。

铁骑冲入了尚书令柳元景府，紧接着是一阵惨叫声、号哭声传来。

少年有点迷糊，问道："大臣有罪，不是可以明正典刑吗？怎么皇帝亲自带兵来杀呢？"

渔父道："这个我也不懂，也许新皇帝以杀人为乐吧？"

少年目闪凌芒，狠声骂道："何物皇帝，简直是凶徒、恶贼。"

渔父连忙掩住了他的嘴。一会儿少年又问刘义恭、柳元景的为人，渔父道："刘义恭历事三朝，无过亦无功，在王府颐养天年。柳元景是先朝名将，平定刘劭、刘义宣有大功劳。"

少年道："我懂得了，他们的名望超过当今，所以当今要杀他们。"

渔父道："小兄弟的话令我老哥哥也开了窍。怀璧其罪，多才为害，小人当道，贤者遭灾。我看多了，于今为烈。"

少年叹道："几时要没有皇帝，天下由贤者共管就好了。"渔父见他眼睛里闪出奇异的光芒，心想这真是个狂生，晋朝鲍生的想法他也有了。渔父拉了他一下说："走吧！淫秽、杀人的世界不可久留。"

小舟向秦淮河下游放去，只听渔父作歌道："竹竿蘸蘸，河水悠悠。相忘为乐，贪饵吞钩。非夷非惠，聊以忘忧。"夷、惠，伯夷、柳下惠也。

再说刘子业回到台城，进得殿来，抹去了额上的汗水，脱下了沾满血迹的甲胄，换上龙袍，歇息片刻，蜂目犹红。他看看天色已晚，自语道："今天杀了两家人，手也乏了。"他忽然想起了三口肥猪，又自语道："外头明天再说，今天晚上在宫内把三口猪宰掉。"他叫道："左右，把三口肥猪抬过来。"

左右抬出了三个竹笼，竹笼里装着湘东王刘彧，建安王刘休仁，山阳王刘休祐。这三王是刘子业的叔叔，身体又肥又壮，活像猪。

"打开竹笼，放他们出来，朕现在要杀猪，先洗刷。"

刘彧一出笼不等剥脱衣服洗刷，便连翻了几个筋斗，眯起小眼笑向刘子业道："我这口猪会翻，会滚，会倒立行走，会变把戏，陛下龙目请看。"

他又翻了一个筋斗，就势往地下一滚，有如一个肉球。接着用手倒立，走了一阵，两条粗腿，一伸一缩。刘子业哈哈一笑，说道："你再变个把戏给朕看看吧，也许你可以不死。"

左右抬出了一尊纤小的观音菩萨，刘彧用障幔遮起说："我叫菩萨变个美女，送给陛下做宫妃。"

他口中念念有词，用手比画了一阵，揭开障幔，霍然竟是个巧笑倩兮、美目盼兮的绝世美女，刘子业看得两眼发直，连说："你可以不死。"

刘子业抱起美人就走。回头道："刘休仁、刘休祐两口猪照宰。"

左右有认得美人的在窃笑："她不是湘东王的侍妾吗？"

刘休仁、刘休祐瘫在地上，等候屠宰。刘彧则以手加额，似在对天称庆，又似在自诩自己的机智，躲过一劫。但他知道只要刘子业不死，他这口猪随时都会被宰掉。

王太后病重了，有一天派人来喊刘子业，刘子业正与菩萨变的美人打得火热，三催三不去。最后刘楚玉来了，笑向刘子业道："母亲要拿刀剖腹哩，絮说想不到生下了你这样一个不孝的'宁馨儿'。"

刘子业道："她要剖腹就剖腹，关朕屁事。刘彧变戏法送了朕一个美人儿，还没几天呢。"

刘楚玉走近刘子业身前，又笑道："你不是想十姑想疯了吗？十姑就在太后房里。"

刘子业精神一振，来了个一百八十度的转弯，笑道："好，这就走。"

二人携着手来到太后住的含章殿，刘子业一双淫邪的眼睛，只盯着坐在太后身侧的姑母，宋文帝的第十个女儿新蔡公主刘英媚。对躺在床上的母亲问也不问。刘英媚被他瞧得粉颈低垂，十分不自在。

刘楚玉轻声道："你也要做个样子呀，怎的尽瞧姑母，停会我把姑母带到你房里去。"

刘子业果然走近床前，眼睛装着看母亲，手却在只着夏日薄衫的姑妈的大腿上捏了一把，刘英媚飞红了脸，刘楚玉做了个鬼脸。

"喊个太医瞧瞧，朕要回宫了。"刘子业一本正经地踱出了含章殿。刘楚玉追出来说道："吏部郎褚渊在我家里，我要他陪伴我一个月。"

刘子业道："行，一辈子都行。"又笑道："驸马岂不要吃醋？"

刘楚玉道："他才不会吃醋呢，两人友好极了。他要追腥逐臭，我也不管。"

刘子业又笑道："别忘了带姑母来，朕等着。"

刘楚玉哧哧一笑道："好。"

当天晚上，新蔡公主被送到了刘子业宫中。

"捉鬼呀捉鬼！"刘子业闻声惊起，一个宫女跑进来气急败坏地说："竹林堂有个女鬼，长头发、绿眼睛，好怕人。有人认得，说是被杀的宫女小雯。"

　　刘子业怔了一下说："有这等事，我去看看。"他穿好衣服，拿了一张弓，向竹林堂便走。他看见一个黑影，削肩细腰，像是小雯，一箭射去，只听一声惨呼，黑影扑倒在地上。几个宫娥赶上去，不瞧还罢了，一瞧都不由惊声道："陛下射错了，射错了，不是小雯，是湘东王变戏法变出来的美人。"

　　刘子业不由魂飞天外，急步上前扶起美人，只见胸口殷红，樱唇紧闭。正自无主，猛觉腰间一阵奇痛，一把利刃连柄没入了他的小腹中。黑暗中跳出湘东王刘彧。接着又跃出十几个黑衣人，宫女有认得的说："是陛下的左右寿寂之、姜产之他们。"这时宫灯亮起，刘彧手中擎着一张黄纸，大叫道："当今残杀无辜，秽乱宫廷，本王奉太后密令讨狂主。刘子业已死，大家回宫，本王即刻召见大臣，宣布太后懿旨。"

　　刘彧，宋文帝的第十一子，串通爱妾，扮作女鬼小雯，杀了刘子业，当上皇帝了。唯一的缺憾，是爱妾被射死。

十一　君王大事惟两桩

钱溪之战，在寻阳起兵反对刘彧的孝武帝之子晋安王刘子勋失败。消息传到建康，新皇宋明帝刘彧放下了心头的大石，长长地吐了一口气。当晚，他在宫中竹林堂设宴，招待的不是重臣名将，而是在竹林堂帮助刘彧杀刘子业，建有特殊功劳的县侯寿寂之、姜产之、阮佃夫、王道隆、淳于文祖、李道儿、缪方盛、周登之，县子富灵符、聂庆、田嗣、王敬则、俞道龙、宋逵之，亲信杨运长、胡母颢等十六人。竹林堂华灯普照，丝竹齐鸣。酒过半巡，刘彧举杯说道：

"朕贵为天子，不敢忘诸卿竹林堂之功。"

慌得寿寂之等十六人一齐匍伏在地。寿寂之道："陛下应天受命，臣等何功之有？"

刘彧道："今日是叙家常，卿等不可多礼，快起来与朕同干一杯。"

寿寂之等人站立起来，各举酒杯。寿寂之道："臣等敢领陛下赐酒，为陛下万死不辞。"接着与刘彧一起，干了一杯酒，纷纷归坐。

刘彧道："卿等可知钱溪之捷原因何在？"

阮佃夫道："端赖我主圣明。"

刘彧道："朕怎敢当圣明二字。刘子勋得天下响应，可是他从不敢指责刘子业之恶，所叫嚷的只是皇帝之位，应由儿子继承。响应他的人只在火中取栗，对他并非真心推奉，以至被朕各个击破。"

王道隆道："陛下天聪明哲，臣等思不及此。"

刘彧道："刘子勋虽然失败，但天下同逆，要他们回心向朕，难上加难。朕所思虑的第一件大事，就是如何才能坐稳宝座，与诸卿长享富贵。"

李道儿道："陛下可起用文学才智之士，智勇兼备之将。"

王敬则补充道："臣知文如褚渊、武如萧道成对陛下尚称忠心。"

刘彧道："这些人可以做官，而不可授之以权。朕思之再三，能保朕坐稳天下者，舍卿等莫属。"

寿寂之起立道："臣等既不能文，又不能武，怎敢当天下大任。"

刘彧道："话不能这样讲。要坐稳天下，最重要的，是要把政权、军权交到自己人手里。朕四顾唯有卿等才是朕的自己人。"

寿寂之等又一齐匍伏在地。寿寂之道："皇恩浩荡。陛下认臣等为自己人，是臣等的殊荣。"

刘彧道："起来归坐。"待大家坐定，刘彧又道："朕有一言，昔日刘备、关羽、张飞桃园结义，生死不渝，创立蜀汉基业。朕欲与卿等义结金兰，共保天下。"

此言一出，寿寂之等不由瞠目结舌。能与皇帝结为兄弟，自然是一万个愿意。但是天壤相隔，又怎敢与皇帝称兄道弟。

阮佃夫越序跪奏道："臣等万万不敢。"

刘彧解释道："要坐稳天下，皇帝一个人不行，必须要有一帮人，而这一帮人必须义同生死，有福同享，有祸同当。朕思之久矣，与卿等结拜，出自朕心，卿等何不敢之有？杨运长，胡母颢！"

"臣等在。"杨运长、胡母颢跪下应道。

"搬过香案，点起蜡烛，摆上三牲。朕与卿等即在竹林堂结拜。"

竹林堂内红烛高烧，香烟缭绕，香案后安放蒋侯神像，香案上摆着牛、羊、猪三牲。刘彧领着寿寂之等十六人拜过神像，一个接一个向蒋侯神报出了自己的名字，然后同声道："我等十七人自今日起结为兄弟，生死同心，祸福与共，天神鉴之。"说完，各举起案上血酒，转身相对一饮而尽。

结拜以后，重整杯盘。席间，刘彧又说："古今帝王，大事只有两件。

一件是怎样才能安坐帝位、王位。刚才结拜，朕忝为大哥，有各位贤弟协助，第一大事可以解决。另一件是立嗣与广嗣。立嗣就是立太子，广嗣就是王子要多。"说到这里，刘彧不由愁眉深锁，顿了一顿，又道："无太子即无继承人，无王子即无羽翼，王子不多，羽翼即不丰满。"

十六位贤弟都知道明帝无子，一个个皱起了眉头。

在座的以王敬则最为粗鲁，他扬声道："陛下何不多生儿子？"

明帝只有苦笑。阮佃夫捅了捅王敬则，起立躬身说："陛下勿忧，这第二件大事包在臣等身上。"

刘彧天颜忽开，笑道："悠悠万事，唯此为大。有贤弟等协助，何愁不办？！朕赏赐卿等第宅一所，女乐一部，美女十名，黄金百锭，白银万两。"

"谢主隆恩！"众人又一齐匍伏在地。

"还有呢？"刘彧一笑。

众人愕了一下，会意过来，又一齐说道：

"谢大哥赏赐！"

刘彧正色道："卿等记住：朕既是你们的皇上，又是你们的大哥。"

"臣等永远牢记！"

刘彧又道："朕将为卿等封官，卿等不适宜去做中书令、尚书令，朕将把与朕最亲近而又最有实权的官授给卿等。"

这回十六人学乖了，齐声说："谢皇上，谢大哥。"

筵席散后，刘彧将王敬则、杨运长留了下来。他们走出竹林堂，堂外明月在天，星光闪烁，竹影摇曳，水波粼粼。刘彧边走边说道：

"朕从刘子业手下救了建安王刘休仁，命他做了司徒，都督诸军征讨刘子勋。钱溪之捷，他有大功。朕无儿女，他是朕弟，必当觊觎宝位。贤弟计将安出？"

王敬则道："杀了他不就得了。"

刘彧道："难得贤弟有此心，但当秘密进行。班师回朝之日，朕当设便宴款待建安王。贤弟二人武功绝世，可在便宴上下手。"

"领大哥圣旨。"二人纵身而去，疾若闪电。

刘彧仰头对着明月，舒了一口气，自言自语说："朕不过粗通文墨，小有智计。十六个贤弟都不是君子，而是小人，小人可以得其死力。朕如不能恩结小人，岂能'安坐而长游'？又岂能一世、二世传之无穷？"

花影中走出两个提着纱灯的宫女，搀着刘彧肥胖的身躯向寝宫走去。

十二　舟中定计立皇嗣

　　建康出现了一座华丽的住宅，楼阁重叠，园池修整。行人过处，隐约可闻宅内急管繁弦，女声曼唱。宅东开了一条水渎，杨柳拂岸，水波涟漪，逶迤十里。这座住宅，属于新任职掌诏令的中书通事舍人阮佃夫所有。一人得道，鸡犬升天。阮佃夫的仆从、附隶都做了不小的官。驾车人是武贲中郎将，傍马人是员外郎。宅外车填马塞，每天都有朝士进出，巴结这位显赫一时的人物。哪个想当郡守县令，只要献上金钱、美女、珍珠、宝货，都可如愿。但郡守县令有限，往往一缺十除，弄得十几人同时到任，相望啼笑皆非。

　　时值仲秋，天高气爽。一天，阮宅东首荡出了一艘轻舟，舟中坐着中书通事舍人阮佃夫、王道隆、胡母颢，领武官制局监杨运长，领器仗兵役外监李道儿。他们在轻声私议。

　　阮佃夫道："皇帝大哥无子女，你们可知是什么原因？"他捻了捻八字须。

　　王道隆道："正要请教四哥。"

　　阮佃夫道："此事也是久在宫中的二哥寿寂之、三哥姜产之告诉我的。皇帝大哥不能生育。"

　　李道儿道："有这种事？"

　　阮佃夫忽然抬起眼睛，注视李道儿，越看越觉他这位七弟面貌身材酷像皇帝大哥，不由心中一动，笑问道："七弟可有子嗣？"

李道儿道："小弟膝前只有一子，顽劣异常。"杨运长道："七兄何必自谦，令郎年纪虽小，好舞枪弄棒，我曾见过。将来必为大将之才。"

胡母颢插言道："十六兄说得不错。七兄之子不仅懂武功，而且懂文墨。我祝福七兄生下这样一个麟儿。"他举起了酒杯，李道儿也举起了酒杯。

"慢着！"阮佃夫道，"我们同为七兄麟儿干上一杯。"

五人共同举起酒杯，一饮而尽。李道儿脸上露出了得意的笑容。

阮佃夫目视李道儿良久，欲言又止。李道儿道："四哥有话何必藏在心里，说出来小弟听听。如有用到小弟之处，小弟赴汤蹈火，在所不辞。"

阮佃夫道："七弟既然这样讲，小兄就说了。令郎可像七弟？"

李道儿道："小儿是小弟所生，当然像小弟。"

杨运长道："我见过，不仅像七哥，而且是极像。"

胡母颢又插言道："不仅极像七哥，也且极像皇帝大哥。"

阮佃夫微微一笑道："这就好了，为皇帝大哥千秋万载之业，七弟可愿割爱，将麟儿送与皇帝大哥为子？"

"这！"李道儿有些愕然。

阮佃夫道："令郎如果被立为太子，将来天下还能不与七弟共有？"

阮佃夫这句话使李道儿心里有了甜蜜蜜的感觉。他似乎看到自己穿上了太上皇的衣服，坐在宫中，不禁满脸堆笑，闪着一双小眼说道：

"皇帝大哥与我等义结金兰，生死与共，四哥既有此意，就请四哥玉成。只是小儿离不开母亲。"

胡母颢道："这有何妨，既送儿子，何惜再送一个母亲。素闻七嫂陈妙登人间绝色，入宫必可得到皇帝大哥的宠爱。七哥更有依靠。"

李道儿脸上发红，半晌不语。

阮佃夫道："十七弟说的是四哥我想说的，弟媳携子入宫后，四哥我保证为七弟再找一个姿容绝世的弟媳。"

王道隆想起一事，幽幽说道："皇帝大哥说过第二件大事是立嗣与广嗣，七弟送上夫人与儿子，贵妃太子有了，王子还没有呢！没有王子怎叫广嗣？"

胡母颢叫道："五哥说得对，我们各送一个儿子连同儿子的生母给皇帝大哥。我们是兄弟，儿子送到宫中后，变成太子、王子，也是兄弟。我们都成了帝王之父，岂不妙哉？"他哈哈大笑起来。

十七个兄弟以胡母颢最年轻，说话不关口风，还带有稚声，面貌姣如美女。

杨运长笑道："民间盛传皇帝大哥无男，我看一个母亲如果生了两个三个儿子，都可带进宫中，一来可酬皇帝大哥广嗣的心愿，二来免得母亲思念留在家中的儿子。只是母亲要美。"

王道隆拍手笑道："十六弟此计太妙，四哥，就照十六弟的话进行。"

阮佃夫呵呵大笑，连连点头。

舟中奏起了女乐，五位难兄难弟都为替皇帝大哥办成第二件大事，开怀畅饮，笑语连连。

噗的一声，船头落下了一个少年，目闪凌光，脸如敷粉，神清气爽。

"何人敢闯官舟！"李道儿闻声扑出。

"在下金陵少年，"少年道，"有事请教中书通事舍人阮佃夫。"

李道儿道："大胆，你敢直呼阮大人之名。"便欲趋前搏击，却被出舱来的阮佃夫拉住。

阮佃夫道："尊驾找阮某何事？"

少年知他就是阮佃夫，不由戟指骂道："汝等一旦得势，卖官鬻爵，江宁县派去了一个县令，目不知书，贪赃枉法，害得民不聊生。一个县令未走，汝等又派来了两个县令，在县衙互不相让，演了一出全武行。汝等还识羞耻吗？"

李道儿又想出手，被阮佃夫拦住。阮佃夫倒沉得住气，缓缓说道："这恐怕是传闻，阮某当派人追查。"手指捻了捻八字须。

少年怒道："传闻，这是在下亲眼所见。在下警告你们，如果你们继续横行不法，必将自食其果。"

"好个狂妄的小子！"李道儿冲出一腿扫去。少年矮身手指轻轻一带，李道儿扑通落入了水中。杨运长飞扑而下，手掌直拍少年顶门，来势劲急。少年一个闪身，杨运长落空，身子尚未站稳，已被少年一腿踢下船去。

阮佃夫、王道隆、胡母颢怔在一边，面无血色。少年冷笑道："在下并不想动手，只要你们这些大人物知道百姓并不是可以任意欺侮的。你们不要太得意，应知恶有恶报。告辞。"

少年如一缕轻烟，跃出舟中，霎时不见人影。李道儿、杨运长爬上舟来，阮佃夫望着他们苦笑。李道儿胖，脚下硬；杨运长瘦，手底强，可称大内一流高手，却不料一招便被一个名不见经传的少年打落水中，变成落汤鸡。两人满面羞惭，也望着阮佃夫苦笑。

十三 求神问鬼半昏狂

宋明帝刘彧越来越迷信了，他把蒋侯神迎入竹林堂，几乎天天都去烧香磕头，每事都要求问鬼神。他虽然有了十六位把弟，但他觉得把弟是人，除了人，他还要靠天、靠神。尤其是最近发生的寿寂之谋反的事件，使他对把弟也不能相信了。寿寂之怀念故主刘子业，扬言："利刃在手，何忧不办！"刘彧没有杀他，把他徙往越州，他在路上谋叛。这件事对刘彧的打击很大。他请蒋侯庙的庙祝把签筒、拆字筒送来，从此抽签拆字，问人问事，成了他每天起居必做的功课。

也许是碰巧，也许是庙祝在签筒、拆字筒中做了手脚，有一天，他在拆字筒中抽出了李、母、夫三个字。神解释说："李者十八子也，主多福多寿多贵子，上吉。母者阴性人也，主亲如夫妇，抽得此字者，必获密友。上吉。夫者顶破天也，大凶。"他愣住了，不知字中卖的是什么药。

"皇上大哥！"门口传来了带着稚气的唤声。刘彧一惊，回头见是十七弟胡母颢，后面还有六个美妇人，十二个只有几岁的男孩。刘彧还未发问，胡母颢趋前柔声一笑，恍如少女。"小弟为大哥送来了十二个贵子，内中一个像大哥的是七哥李道儿的孩子。还有十一个都是大哥结拜的把弟的孩儿。六位美人是孩子们的母亲，愿荐枕席。"

忽听莺声呖呖，六个美人一齐跪下娇唤："陛下万岁！万万岁！"李道儿的孩子，扑入刘彧的怀中，不停地叫着"父皇"。十一个孩子也围上前来叫"爹爹"。

刘彧耳听美人娇啼，眼观怀中孩子像极了自己，心里不由乐开了花。把弟毕竟是把弟，为大哥办成了皇嗣大事。他忽然想起母字签，这不应了签中必获密友的话吗？他看看六个尚跪在地上的美人，连唤："爱卿平身，起来起来。"又问："哪位是怀中小儿的妈妈？"

陈妙登跪下道："是贱妾。"

刘彧道："朕封卿为贵妃。"

陈妙登不由喜上眉梢，笑靥微露，那神态媚极了，柔声谢道："陛下光宠妾身，妾衔环结草，难报陛下隆恩。"

刘彧想起还没有太子，悠悠万事，唯此为大。他看看怀中小儿，又看看娇艳欲滴的陈贵妃，想起李字签，想起孩子本姓李，喃喃道："天意，天意。"

刘彧唤起陈妙登，十分严肃地走到蒋侯神案前，占了一卦。他占得震卦，卦辞写着："出可以守宗庙社稷，以为祭主也。"他不太懂，又看了看解释："明所以堪长子之义也。""君出则长子留守宗庙社稷，摄祭主之礼事也。""震卦施之于人，又为长子……出则抚军，守则监国，威震惊于百里，可以奉承宗庙。"

刘彧心中所问是李氏子能不能立为太子。他占得震卦，卦上明言堪为长子，可以奉承宗庙，他还有何疑，转身宣布："朕封李氏子为太子，这是神意。"

"吾皇万岁，太子千岁！"胡母颢、陈妙登等一齐拜伏于地。

"众卿快起。朕毕竟有了太子，这是皇家的大喜事。明日朕将晓谕朝臣，举朝同庆。"又问陈妙登："爱卿，太子可有名字？"

陈妙登满面春风，声音媚得不能再媚道："请陛下命名。"

刘彧道："朕占得震卦，就为太子取名刘昱，小名叫慧震。"

陈妙登又噗地跪在地上，柔声道："谢陛下命名。"

雨露同沾，还有五位美人被封为修仪、昭华、婕妤、修容、美人，她们的孩子被封为王。

这是把弟们导演的一出喜剧。

宫娥引导六位美人、一位太子、十一位王子离开了竹林堂。刘彧忽然想起阮佃夫，为什么他没有来？刘彧问胡母颢，胡母颢说："四哥成天忙着自己的事，说什么也不肯来，只叫小弟送来。"

刘彧又问："他有什么事忙得连朕这里也不肯来？"

胡母颢眼睛一转，把金陵少年闯舟的事与金陵少年指责阮佃夫的话，都告诉了刘彧。

刘彧忖道："阮佃夫收取贿赂，胡乱封官，闹得也太不像话。这还犹可，他不该只为自己，忘了朕躬。"刘彧忽然记起夫字签："夫者顶破天也。"他名字中有个"夫"字，这签莫非应在他身上。朕贵为天子，他要顶破天，这还了得。刘彧看了看侍立的胡母颢，既姣媚，又柔弱。徐徐说道：

"四弟颇失朕望，今后诏命由你职掌，阮佃夫转为太子步兵校尉。朕立即颁旨。"

胡母颢稚声道："皇帝大哥，这使不得，小弟年纪太小。"

话声绵软。刘彧看他脸如春花，唇如涂脂，心想古时的美男子宋玉、子都、弥子瑕、董贤，也不过这样美吧？他又忽然想起母字签："母者阴性人也，主亲如夫妇。"他姓胡母，刚才的美人、太子、王子都是他送来的，他不是朕最亲密的人吗？想到这里，情不自禁，一把拉过胡母颢。

一天夜里，啪的一声，刘彧案上落下了一个纸裹的小东西。刘彧吃了一惊，伸手慢慢取过来，见是一块石子包了一张纸，纸上写着：

"禾绢闭眼诺，胡母大张橐。"署名是"金陵少年"。

"捉刺客！"刘彧大叫。

宫内女郎一个个像失了魂，向宫外跑。

守卫在宫外的杨运长看到一条黑影，快若疾风，向树林射去。杨运长张弓急射，一阵劲风将弓箭反射回来。杨运长飘身闪避，向树林追去，黑影已经消失。

侍卫乱了一夜，哪里有刺客的踪影。

刘彧派台使向百姓催粮催绢，百姓替刘彧取了一个外号叫"禾绢"。

"胡母"是胡母颢。刘彧对胡母颢百依百顺，胡母颢的气焰压过了阮佃夫，言为诏敕，官以贿命，奏无不可。由于刘彧闭眼画"可"，一切承诺，胡母颢遂得以大张口袋，敛财招宝。民间恨透了他们，所以有"禾绢闭眼诺，胡母大张囊"的谣谚。或云"禾绢"为宾语，亦通。刘彧看到这两句话，头顶如受重击。

刘彧病倒了，蒋侯神在向他招手，不久死去，李道儿的儿子刘昱做了皇帝。

十四 岂料帝王是流氓

　　刘昱做了皇帝不久，叔叔江州刺史桂阳王刘休范起兵要夺他的皇帝地位。刘休范掩至新亭，为中领军将军萧道成所杀。将刘休范平定后，朝政由萧道成与护军褚渊、尚书令袁粲、左仆射刘秉"四贵"共管。刘昱尚只有十二岁，乐得玩耍。

　　刘昱制了一乘露车，日日穿着小褂裤，带着营女与卫士，开承明门出去游玩。不是晨出暮归，就是夕去晨返。他自号"李将军"。这位将军喜怒无常，喜时你骂了他也不还嘴，怒时他会屠杀无辜。他还喜欢做偷儿、强盗、挽儿、伴郎、裁缝、银匠。起初，人们怎么也想不到李将军竟是当今天子。

　　且说，六月的一天早晨，朝阳初升，琉璃瓦上，金光跳跃。刘昱爬了一会儿漆帐竿，一个鹞子翻身，立在地上，笑向左右张五儿、杨玉夫道："朕的身手何如？"张五儿笑道："哪一个大盗、神偷都比不上。"刘昱笑道："今天我们就去做一次大盗怎么样？抢老百姓是小盗，我们做惯了，也做腻了，去抢既当官又有钱的。"杨玉夫插话道："我知道司徒左长史沈勃家里宝货最多，要抢就去抢他的。"刘昱道："好，这就走。"

　　一乘露车载着刘昱与几个十来岁的营女，叽叽呱呱驶出了承明门，后面跟着张五儿、杨玉夫几十个卫士，提刀执仗。承明门外正有一个人彳亍而行，车马来得很快，这人来不及闪避，马踩过去了，车轧过去了，只听一声惨呼，便寂然无声。刘昱哈哈大笑，扬鞭直往沈勃家扑去。

沈勃听到门外呼叫声连天，不知发生了什么事，出来探望。见是当今天子驾车而来，正欲跪迎，刘昱取过一挺长矛，直往沈勃投来，沈勃侧身让过，知道大祸临头，临空一个"鲤鱼跳龙门"跃到刘昱面前，刘昱还没反应过来，脸上劈拍连声，早着了几下。只打得鼻青脸肿，耳朵鼻孔都冒出血来。沈勃大骂道：

"自你当皇帝，哪天没有人死在你手上。你的罪行，擢发难数，连夏桀、商纣王也要自叹不如！"

"老贼敢尔！"刘昱一矛扎进了沈勃的胸膛，看见鲜红的血喷了出来，桀桀怪笑。"本将军是人间最大的强盗，特来照顾你，抢汝宝货，杀汝全家。上！"左右操矛挺刀，像凶神恶煞一样，拥进了沈勃家。门内哭叫声震动屋瓦。

"好贼子！"沈勃倒了下去。

刘昱带着营女走进沈勃家，只见尸体满地，血流成渠。被杀的有男有女，有老有少，还有婴孩。张五儿、杨玉夫领着手下，从里面搬出了一箱又一箱东西。刘昱命令打开，映在他眼里的不是金银珠宝，就是绫罗绸缎。他哈哈一笑道："真快活，当皇帝不如杀人越货当大盗。"不知是谁"嗯"了一声："皇帝本来就是大盗嘛！"张五儿离刘昱最近，刘昱疑是他说话，诧异地问道："你说什么？"张五儿愕然道："我没说什么呀。"刘昱狠狠瞪了他一眼。

"把金银珠宝收拾好，我们走。"

刘昱驾车先走，队伍行至北湖，张五儿在马上想着："陛下何以问我说了什么？"不小心马踏入湖中，人也翻跌在地上。左右叫嚷："张五儿坠马！"刘昱听到叫嚷，下车夺过一匹马，威风凛凛驰至张五儿身前骂道："没用的东西，刚一打仗，你坠马不要紧，却坏了本将军的名头，要你何用？"一矛将张五儿扎了一个窟窿。忽地跳下马来，用佩刀一块块割下张五儿的肉，甩入湖中，看见几条大鱼跃出水面扑食，不由哈哈大笑。左右却惊得面无人色。

哭声阵阵，车声辘辘，白衣如雪，一支送葬的队伍过来了。刘昱看见挽灵车的都是小儿，走过去叫道："停灵停灵。"

建康人都认识这位李将军，见是他叫喊停灵，慌得忙把灵车停下，一个个垂手而立，呆若木鸡。刘昱走到挽车小儿跟前，笑道："我请你们喝酒。"小儿一个个傻了眼，直瞧着刘昱。刘昱又笑道："我姓李，是你们的李大哥，你们是我的小兄弟。来吧，我们就在湖边喝酒，难得小哥小弟聚会一场。"

刘昱招呼左右抬来了几坛携带的美酒。这时有位白衣人走近小儿，对小儿们说："李将军请你们喝酒，是你们的造化，福气，你们就喝吧！"他向李将军拜了下去，说道："谢将军赐酒。"

"哈哈！"刘昱笑道，"这酒不是给你喝的，只给小兄弟喝。"

挽车小儿虽然也知道李将军是谁，但终究是小孩子心性，见李将军年纪与自己差不多，又满面含笑，也就蹦蹦跳跳，嘻嘻哈哈，与刘昱围坐在一起。

刘昱道："我们吃狗肉喝酒。"左右牵来了一条狗，狗依偎在刘昱身旁。不防主人一刀刺入腹中，狗狂叫一声死去。刘昱道："我们一齐动手，支锅，烧水，褪皮，烤狗肉。"

刘昱和挽车小儿忙个不亦乐乎，支锅的支锅，烧水的烧水，褪皮的褪皮。狗被碎割，小哥小弟手中烤着狗肉，口中喝着皇宫美酒，脸红眼赤，又说又笑。

刘昱道："单喝酒吃烤肉还不快活。"他招呼同来的营女道："姑娘们过来，兄弟姐妹们在一起喝酒唱歌才快活呢！"

营女们都像一阵风似的围了上来。刘昱道："先别喝酒，看他们哭丧着脸，守着棺材，死了人算什么。我吹篪（竹制的乐器），你们唱两支《莫愁乐》。"

篪声悠扬飞起，营女们曼声唱道：

"莫愁在何处，莫愁石城西。艇子打两桨，催送莫愁来。闻欢下扬州，相送楚江头。探手抱腰看，江水断不流。"

歌声刚落，营女们矫若燕子飞入小儿群中，抢狗肉的抢狗肉，抢酒的抢酒，嬉笑不绝。

刘昱又是一声哈哈："今天太高兴了，杨玉夫，拿过金银箱来，本大王要与小兄弟分金银。"

杨玉夫拿过一只箱子，刘昱打开箱盖，小儿们一见，全是黄澄澄的金子，不由睁大了眼睛。

刘昱道："小兄弟，大哥没有带秤，不能大秤分金银，你们就随便拿吧！"

挽车儿先还不知所措，听刘昱这么一说，便一窝蜂似的围上来就抢。

白衣送葬人先是苦笑，现在看到挽车儿抢金子，却是惊羡不已，想去抢又不敢把性命当儿戏。

刘昱驱车要走了，对身旁骑马的杨玉夫说："带出来的两条狗都杀了。天色已晚，我们去新安寺偷狗吧。听说寺中的狗很肥。"

杨玉夫道："还是回宫吧，回去晚了，宫中又要四处寻找，明天再来。"

刘昱忽然发怒道："你敢违抗朕意，明天当杀你这个小子，剖取肝肺。"

天气虽热，杨玉夫却惊得出了一身冷汗。他深知刘昱喜怒无常，连最亲近的人张五儿也被碎割，自己随时都可能被屠宰。他不敢再吱声，随着刘昱到了新安寺。

寺门已闭，刘昱领先翻墙而入，杨玉夫等一个个跟着跃进。寺内树影婆娑，静阒无人。"汪汪！""汪汪！"霎时吠声四起。忽听刘昱一声大笑："哈哈！朕偷到一只好狗。"他手中牵着一只大黑狗，就向外走。"我也偷到一只了，好可爱！"一个营女怀中抱着一只小花狗，飞跑过来。

"阿弥陀佛，陛下怎么跑到寺中偷狗，陛下要多少狗，老衲都奉送。"不知何时，新安寺的住持昙度道人走到了刘昱身旁。

"哈哈，老和尚，偷才有趣，朕不稀罕你送。"刘昱笑道。

"陛下几天不来了，老衲从黟山弄来了好茶，请到方丈室品尝。"

"朕才不喝你的苦水呢，改日再见。注意寺中东西不要让朕偷光。"

刘昱等呼啸而去，昙度道人摇了摇头。

在回宫的路上，刘昱看见有数骑提灯而来，灯上写着"中领军府"四字，知道是萧道成来了。

"大肚看箭！"一支利箭从萧道成的头顶响过。慌得萧道成下马匍伏于路，说道："太后忧念陛下，命臣前来迎驾。"

刘昱掷弓大笑。"朕今天抢到宝货偷到狗，结识了许多小兄弟，太高兴了。你的肚子真大，是最好的箭靶子。朕今天不射你，以后别让朕在路上碰到。滚吧，不准挡道。"

刘昱驰车而过，萧道成和随从垂首站在路边。

十五　萧府深夜灯犹明

夜已三更，建康领军府的一间密室内，灯光犹明，萧道成与护军将军褚渊还在深谈。

萧道成叹道："当今好杀成性，朝野人心浮动，今天难保明天，早晨难保夜晚。护军文采风流，历事四帝，深明治道，尚望有以教我。"

褚渊道："自识将军，深知将军文武兼资，慨然有澄清天下之志。鄙人唯将军马首是瞻，何敢言治道？"

萧道成道："不然，以护军历事孝武、前废、明帝与今上，岂无所见所闻，所历所感？"

褚渊心中一动，看见萧道成一张素来不苟言笑的脸，变得很阴沉，似在逼他摊牌。遂道：

"当今极似前废帝刘子业，奈何今日无先皇明帝其人。"

萧道成装着吃了一惊，徐徐道："护军的意思莫非要……"他站起走到门边，开门张望了一阵，关门转身吐出两个字："弑君？"

褚渊倒很镇定，叹道："孝武帝二十八子，明帝杀其十六，前废帝杀其十二。明帝十二男，来历不明，且年幼难当大任。皇位无人可继，大计无人可托。"

萧道成正色道："护军博古通今，此言差矣。设若皇帝必由司马氏充当，何宋武帝之有乎？贤者为王，帝王固非一家一族所得而私。"

褚渊避席谢道："闻将军之言，顿开茅塞。以弟观之，当今之世，唯将军乃可称贤者。将军既有澄清天下之志，愿早自图之。弟当与将军生死与共，祸福同当。"

萧道成大喜道："有护军这一席话，吾计决矣。领军与护军管辖内军与外军，你我二人同心，何愁大事不办！只是如何去进行，还须妥筹。"

二人正在密议，窗户忽被推开，跃进一条人影。萧道成大惊，抽出壁上刀反身就斩，人影跃开，匍伏于地道：

"小人杨玉夫参见领、护二将军。"

萧道成一听是杨玉夫，刀又劈下，却被褚渊拦住了手。

褚渊道："问明再说。"又对杨玉夫道："汝何黄夜来此？行动如此诡秘？"

杨玉夫叩头道："小人奉陛下之命，夜探领军府。暴君为虐久矣，小人适才在窗外得闻领军与护军欲除暴虐之言，实感此乃万民之幸。小人愿献一计，故而冒死闯入。"

萧道成忙扶起杨玉夫，笑道："不知君乃义士，刚才多有得罪，尚祈见谅，不知君有何策？"

杨玉夫道："暴君犹在仁寿殿等候小人回音，小人愿即斩暴君之首，献给二位将军。只是小人不宜二次离宫赴领军府，最好有人接应。"

忽听门外一声大笑："这接应的事嘛，交给在下。"

萧道成开了门，一个身穿青衣的人跨入密室。来人是宋明帝的第十三把弟、越骑校尉王敬则。现在是萧道成的心腹之将。

王敬则进门就对萧道成说："末将深夜来访，正为'李将军'一事。当今实是李道儿之子，此事末将知之甚详，未料如此顽劣暴虐，早就该死了。杨兄既愿即斩暴君之首，末将愿作接应，将首级来献。只是暴君一旦伏诛，将军必须立即行动，万万不可迟误。"

萧道成道："二位以解民倒悬为己任，大义凛然，请受道成一拜。"他向杨玉夫、王敬则拜了下去，慌得杨玉夫、王敬则连忙回拜。

褚渊道："大计既定，事不宜迟，杨、王二位将军，请立即行动。领军和我在此等候佳音，五更为期。"

萧道成斟了两杯酒，递给杨玉夫、王敬则，慨然道："宁为玉碎，不为瓦全，事成则同享富贵，事败不过一颗项上人头。愿满饮此杯，以壮行色，并定盟誓。"杨玉夫、王敬则接过一饮而尽。

两条黑影飞出了领军府，向宫城驰去。

密室里的萧道成二人在商量着刘昱一旦授首，下一步应如何走。褚渊提出了两个方案。第一个方案是：由萧道成称帝，他们手中有内军和外军，无须顾虑大臣反对。第二个方案是：在刘彧所认的儿子中，扶一个做皇帝，然后再废掉这个皇帝，由萧道成称帝。萧道成感到第二个方案可以起缓冲作用，减少或缓和大臣们的反对，接受了第二个方案。

天交五鼓，仍不见王敬则返回，二人未免焦急。他们步出密室，室外月淡星稀，树影朦胧。太白金星移到东方，光华在淡下去。

褚渊望着院外，喃喃道："五更为期，应该来了。"

萧道成道："只怕失手被擒，供出你我二人……"

呼的一声，一道黑影落入院中。来人正是王敬则。萧道成、褚渊快步迎了上去，萧道成急问：

"大事如何？"

王敬则喘息了一阵，举起手中黑布包着的东西说道："刘昱首级在此，一切顺利。"

三人进入密室，萧道成解开沾满血迹的黑色布包，赫然一颗人头映入眼帘。他端起人头，仔细瞧看了一阵，脸上露出了微笑。突然他仰头打了一个"哈哈"，一声大叫：

"我胜利了！"

十六　清明问政华林园

清明时节雨纷纷。台城北角玄武湖旁的华林园中，花色树影，一片迷蒙。八角琉璃亭中，摆上了时新蔬果，八个盛装宫女侍立于两旁。新皇齐高帝萧道成要在这里待客。他正在亭外张望来路，侍卫为他张开黄伞。

一乘装饰豪华的大轿在路上抬来，萧道成趋前迎接。轿子停下来了，从轿中走出一个儒者打扮、形状纤小、四十开外的中年人，此人姓刘名谳，莫道他貌不惊人，儒学却冠于当时，被推为江左第一大儒。建康士子贵游，莫不下席就业。萧道成执弟子之礼，把他迎进了八角琉璃亭。

坐定之后，宫人献上鲜果、美点。萧道成道：

"道成一介武夫，当此大位，夕兴夜寐，犹恐政道有失。先生当今大儒，深望有以教我。"

刘谳道："陛下即位之初，便尊儒问政，此真万民之福。臣山野之民，得沾天荣，幸何如之！然臣学识鄙陋，应征之日，深感惶恐。今日犹恐画虎不成反类犬，有负陛下厚望。"

萧道成道："先生何必太谦，儒者之言，朕当奉之唯谨。朕近览儒家典籍，君臣父子、仁义礼乐，有不知从何抓起之感，此正朕先欲求教于先生者。"

刘谳道："以臣愚见，儒家学说虽然纷纭，但都有一个中心。孔圣尊王攘夷，尊王便是中心或出发点；董仲舒独尊儒术在于尊帝，尊帝便是中心。为政之道便在使帝王为万民所尊。"

萧道成道："先生之言，正是朕日夜思虑的问题，但不知帝王怎样才能为万民所尊而不被万民所弃？"他双眼注视着刘谳，露出了期待和焦急的目光。

刘谳侃侃道："儒者以帝王为中心，一切从帝王安坐而长久出发。就帝王来说，便是以我为中心。欲为万民所尊而不为万民所弃，惟有亲亲、善善、恶恶。顺我者亲之，昌之，善之；逆我者恶之，疏之，除之。顺逆不可不分，善恶不可不明，赏罚不可不当。桀、纣、刘昱之所以亡天下者，在于顺逆亲疏善恶不分。即以刘昱而言，亲者莫若张五儿、杨玉夫，而杀之、疑之，且枉杀无辜，欲安坐宝位，岂可得乎？陛下顺天登基，亲亲、善善、恶恶，万世不易之业，从此树矣。"

萧道成目放异彩，谢道："闻君一席话，胜读十年书。然不知以我为中心，何以与仁字联系？"

刘谳道："孟子云：亲亲为仁。亲我、顺我、善我者谓之忠臣，亦谓之有德之臣。忠即是德，德即是忠。我亦亲之、善之、昌之。此之谓仁，或谓之施仁政。"

萧道成道："然则，轻徭薄赋，亦可谓之施仁政乎？"

刘谳道："轻徭薄赋，所以求其亲我，顺我，善我，亦可谓之施仁政。所谓投之以木桃，报之以琼瑶也。孔圣云：有国家者，不患贫而患不安，税役的轻重，以有国家者安或不安为准则，非所以富民。世人每以轻徭薄赋，从民出发，实则儒者之言，无不从帝王出发。"

萧道成道："刑罚可谓之仁吗？"

刘谳道："施之以仁而受施者不以仁而以不忠不顺报之，帝王不能安坐，必须加之以刑罚。刑罚的目的在求仁得仁，可谓仁之补充。"

萧道成道："亲者莫如王子，王子犯法与庶民同罪，也可以叫作仁吗？"

刘谳道："法为帝王而设，帝王以我为中心，既非以民亦非以王子为中心。古者刑不上大夫，王子犯法自可以宽。然今者太滥，枉杀无辜之人。宋氏骨肉相残，多因猜忌而起。刑罚不中，必致天下大乱。陛下当以孝治天下，孔圣云：'孝慈则忠。'忠孝仁之大者也。辅之以刑。则国可安，家可治矣。"

萧道成听到这里，不禁喜动颜色，大笑道："好个帝王以我为中心论！先生儒者之言，使朕茅塞顿开。执此一以统众庶，如先生之言，何忧世不长治。"

刘讞见自己的理论为齐高帝所信服，也不免高兴。紧接着又说："更何忧举国不为帝王一人？帝王以我为中心，此万世不易之定理也。"

"高论，高论；佩服，佩服。"八角琉璃亭中，忽然出现了一个三十开外的平民装束的人；身如玉树临风，眼中神光照射。他恰巧站在刘讞身旁，把纤小的刘讞比下去了。

萧道成叱道："你是何人，敢闯华林园？"

来人道："草民金陵少年，雨游玄武湖，偶至华林园，闻君臣论治道，不觉向之慕之，冒昧进入皇亭，惊动陛下，还乞恕罪。"说罢一个长揖。

金陵少年闯舟惊阮佃夫，闯宫惊宋明帝的事迹，已传遍天下。萧道成、刘讞都早闻其名，萧道成见他说是金陵少年，改容道："原来是金陵义士，朕闻名久矣。"他招呼宫女看座。

金陵少年道："陛下诛暴虐而求治道，此天下之幸。但臣有不明之处，欲向刘先生请教。"

萧道成道："朕今日但论治道，不拘君臣，义士只管发问，于朕不无所助。"

金陵少年道："难得陛下圣明。"他转头向刘讞道："刘先生的帝王以我为中心论，是私天下论。但不知先生是否知道尚有一种公天下论？"

刘讞道："尧舜禅让，此公天下也。"

金陵少年道："尧舜之时，尚有君臣，以鄙人之见，难称公天下。"

刘讞道："然则，何谓公天下？"

金陵少年道："晋时鲍敬言倡导无君之论，无君而后才有公天下可言。"

刘讞道："鲍敬言，一个狂生罢了。帝王之制万世不移，天不变道亦不变。无君之论，纯属空中楼阁，葛洪《抱朴子·诘鲍》早有驳斥。"

金陵少年道："不然，《礼记·礼运》已经提出大同之世，必将在人间出现。先生谓帝王之制万世不移，天不变道亦不变，岂不悖于《礼记·礼运》之言乎？"

刘谳一时不知应当怎样回答才好。萧道成已经听得不耐烦了，插言道："义士还有何问？"

金陵少年道："草民只想请陛下与刘先生了解：除了私天下，尚有公天下；除了以天下为私，尚有以天下为公；除了帝王以我为中心，尚有天下以百姓为中心；除了今日，尚有明天。打扰了，告辞。"他纵身出了八角琉璃亭，消失在烟雨朦胧中。

萧道成摇头道："狂生，狂生，真是一个狂生！"

刘谳兀自无语。

十七　扶病游宫嘱后事

暮春三月，江南草长，杂花生树，群莺乱飞。做皇帝不到三年的萧道成却在这春光最为明媚的时候病倒了。

太子萧赜被召进了萧道成的寝宫。萧道成丧失了当年马上的英姿，脸色枯黄，身体虽然仍胖，但给人一种臃肿虚弱的感觉。他靠在病榻上，榻前立着中书舍人纪僧真。这位中书舍人，倒显得举止风流，颇有士风。

太子请过安，垂手侍立。萧道成睁开一双失神的眼，望了望他，有气无力地说道：

"为父称帝虽然短暂，但也有三年。这三年中，天下财色，尽归朕有，乐人之所不能乐，纵使病无可治，又何憾乎？先朝宋武代晋称帝，不过二年，朕犹过之而无不及，皇儿无须为朕伤怀。倒是后事乘朕还有一口气在，要嘱托皇儿。"

他用手指了指纪僧真，又道："大儒刘谳教朕，帝王应以我为中心，而帝王要做到事事为我，必须亲亲，靠帝王一个人是无用的。僧真是朕做齐王时的中书舍人，又是朕做皇帝时的中书舍人，与朕最亲。褚渊、王敬则虽然助朕杀掉刘昱，夺到帝位，但非近臣。政事、武事只能交给僧真等人去办，而不可交给褚渊、王敬则。"

纪僧真闻言匍伏于地道："陛下洪恩浩荡，臣虽万死犹不能补报陛下知遇之恩！"

萧道成唤他起来，又道："可惜朕留给皇儿的，只有纪僧真、刘系宗二人。废刘昱时，刘系宗也是中书舍人，处分敕令及四方书疏，都是刘系宗所写。现在他是建康令。以后皇儿称帝，便可用僧真、系宗为中书舍人，政事都托付给他们。"

纪僧真又向太子叩头，太子扶他起来。萧道成又道："舍人最好有四个，掌管四户，以便处理天下万机密事。皇儿东宫通事舍人茹法亮，虽是先朝面首，山阴公主的情夫，但朕知他对皇儿忠心耿耿，可以起用。还有一人，便要靠皇儿自己选择了。外监专制兵权，也应该交给亲近的人。总之，用人要亲亲，亲亲而后才可以为我。亲亲为仁，完全符合先儒之教。"

太子道："父皇教导，孩儿永记心头，时刻不忘。"

萧道成道："现在扶朕起来，朕携皇儿遍历后宫，以后事一一相嘱。"

他们穿过曲廊，绕过几处殿阁，来到黄藏所在地。黄藏令吕文显上来向齐高帝萧道成与太子萧赜叩头。萧道成命吕文显打开上库两扇金漆铁门，铁门开处，但见金光耀室，金光中又有白光腾起，有的高达二尺，有的形如佛光。萧赜惊讶得目瞪口呆。吕文显一一为他们介绍：这是金车，这是金人，这是金楼，都是用最上乘的金子紫磨金铸造。这是黄金合盘，锻以紫金，缕以烛银。这是"小浑天"，以白、青、黄三色宝珠为日、月、星三象。置于暗室，二十八宿齐明，光跳一尺。又指着一颗光跳二尺的大珍珠说：这叫明月珠，夜间置于壁上，望之有如明月朗照，通室皆亮。

看到此处，萧赜不由叹道："贵为天子，富有四海，此言不虚。"

萧道成道："天子当聚四海奇珍异宝于帝廷，不然，怎可叫作帝王以我为中心？此库所藏虽然无价，但四海遗宝犹多，皇儿仍须努力。"

纪僧真叩头道："臣等当效死助太子尽搜天下宝货，以完成陛下心愿。"

他们又来到斋库，吕文显开了金漆库门，萧赜看到库内高耸着八座钱山。吕文显介绍道："这八座钱山每座有钱一亿万，八座有钱八亿万。全是梅根（钱溪）钱，成色十足。都是折课田租、绢帛、杂物得来。"

萧道成道:"八亿万过少,至少应当有十亿万,堆成十座钱山。僧真!"

纪僧真匍伏道:"臣在。"

萧道成道:"加派台使,催缴三课(又名三调:调粟、调帛、调杂物),折成梅根钱,上交斋库,务满十亿万之数。"

"领旨。"

他们从斋库来到昭阳殿。此殿为皇后所居,可是萧道成的原配,太子的生母刘智容死得很早。萧道成称帝以来,未立皇后,昭阳殿无主人,画屏寂寥,宝镜尘封。太子叹道:

"父皇为纪念儿母,不立皇后,用心也太苦了。"

萧道成咳了几声,苦笑道:"皇儿只知其一,不知其二。朕已病入膏肓,不想再瞒皇儿。朕后宫佳丽,有万人之多。不立皇后,可以任由朕纵情声色;一立皇后,就多有限制。立后何如不立后?美女如同宝货,后宫万人,朕犹恨其少。帝王为我,无有极限。采新宫人入宫,放旧宫人出宫,也是仁政。儿其思之。"

他们从昭阳殿来到华林园。一入华林,萧赜傻了眼。原来萧道成事先命阉人徐龙驹把佳丽万人集中到华林园,萧赜一眼望见园中美女无数,穿着赤、橙、黄、绿、青、蓝、紫各色春装,或坐、或立;或于水边逗弄鸳鸯,或于花间笑扑采蝶;或倚绿树凝望青云,或调弦索弹奏怨诗;或穿林捉迷藏,或描凤绣彩帕;或揽镜自照,叹年华将逝;或曼声歌唱,引凤鸟来仪;或点绛唇,或描柳眉,……真是好一幅华林万美图!

萧道成、萧赜一出现,佳丽一个个垂手伫立于水边、花间、林中、栏杆旁、假山上、曲廊里,如芰荷争艳,如玉山竞秀。萧道成目光似有了神采,笑向萧赜道:"她们是朕留给皇儿的又一笔遗产。皇儿自可以新换旧,只可多过万人,不可少于万人,要不,又怎可叫作帝王以我为中心,天下美女皆为我有?"

萧赜已经飘飘然,心想:"我做了皇帝,天下财富都是我的了,天下美女也都是我的了,占尽财色二字,方知当上皇帝,其乐无边。"

一阵春风吹来，萧道成打了一个冷战，向后倒去。纪僧真、徐龙驹赶忙趋前搀扶，叫唤"万岁"。萧赜这才神魂归舍。萧道成乘辇车回到寝宫，已经人事不省。

十八　政交四户为亲亲

桂子飘香，明月朗照。秦淮河北岸，酒楼灯火辉煌，商女歌声曼妙。秦淮河中，有一艘大船，窗棂黑漆金描，玲珑剔透。船中有四人围着酒席而坐。一人面白无须，正是面首出身的中书舍人茹法亮；一人也很漂亮，正是前任黄藏令，今任中书舍人的吕文显；一人相貌堂堂，谈吐风雅，正是武帝朝继任中书舍人的纪僧真；一人瘦削身长，八字胡须，正是前任建康令，今任中书舍人的刘系宗。船桅上亮着四盏气死风灯，船舱中挂着四盏宫灯。四人谈兴正浓。这四人被视为"四户"，是天子一人之下、人间万民之上的红人。连当时宰相都有"我权寄岂及茹公"之叹。

酒过三巡，茹法亮粉脸泛红，笑向三人道："我们四个中书通事舍人，虽然地位不及三公宰相，但与皇上最接近，诏命出于我四人之手，天下文簿版籍虽由尚书外司掌管，但要将副本送给我们。我们的权力实在中书、尚书二令之上。这正是我们发财的好机会。"

刘系宗绽开八字须笑道："以权谋私，首推皇帝，其下百官皆然。我们手中既有大权，岂可丧失发财机会，但要有门径。"

吕文显目光一闪，诡笑道："要发财还不容易，守、令宰人之官，原来六年为满，后来改为三年任满，谓之小满。我们可以不依小满之制，迁换去来，长短任意。要得新官，非贿赂不办。诏命掌握在我们手上，授官非我们不可。我们只要随时迁换四方守、宰，还怕他们不向我们送礼？一户之内年办百万可期。我们四户就是四百万，这是发财的一条最宽之路。"

纪僧真微笑道:"吕公此言甚妙,按吕公的话去做,可以不与皇上争利。皇上就是知道,也会默允。"

"哈哈!四户共醉,忘了我这个外监老弟。"笑声发自舱门。四人知是吕文度来了,迎出舱来。吕文度抱拳道:"不速之客,打扰打扰。"茹法亮道:"好说好说,老弟新任外监,武事正忙,故未相邀,还望恕罪。"说罢一揖到地。

茹法亮命操舟人在船桅上加悬一盏气死风灯,舱内加悬一盏宫灯。坐定之后,吕文度笑道:"适才闻纪公之言,不与皇上争利,弟尚有一计,可令皇上大增其利。"

纪僧真道:"计将安出?"

吕文度道:"奸民为逃避课役,在户籍(黄籍)上盗注爵位,冒充士族,不纳三课,不服徭役,以致岁课日少,兴造无人。公等既掌诏命与天下文簿板籍副本,可下令严加检校,户籍不实的悉充远戍。如此可使奸民无所遁逃,巧伪绝迹,家家都成了课户,黄藏宝货充溢。"

吕文显道:"文度公此计妙绝。我辈生财之道既丝毫不受影响,先皇高帝所希望的尽聚四海奇珍异宝,高堆十座亿万钱山,也可变成现实,不仅皇上天颜可开,先帝有知,亦必含笑。"

纪僧真插言道:"我记起来了,先帝尚曾要求后宫美人突破万人之数。"

茹法亮道:"无妨,此事可交给阉人徐龙驹去办。"

这时,水面上出现了一条灯光明亮的花船,舱中慢板轻敲,琴瑟和鸣,有女唱道:

"夕殿下珠帘,流萤飞复息。长夜缝罗衣,思君此何极!"

"影逐斜月来,香随远风入。言是定知非,欲笑翻成泣。"

一曲新声,唱来怨绝艳绝。

吕文度毕竟是军人,不懂音律,问纪僧真"唱的是什么"?纪僧真道:"第一首是谢朓的《玉阶怨》,第二首是沈约的《为邻人有怀不至》。

花船上的雅士，恐怕就是当今永明体诗人沈约、谢朓。"

刘系宗忙问："什么叫作永明体？"

纪僧真道："当今皇上年号叫作永明，永明体是一种新的诗体，是诗歌与声律的结合，声新辞丽。像《玉阶怨》仄起平落，又平起仄落，转读清晰。"

刘系宗鼓掌笑道："怪不得唱得好听，也怪不得皇上会说'纪僧真堂堂，贵人不及也'。纪公不仅博古，而且通今。"

茹法亮笑道："刘公不要看轻自己，刘公书疏名动四方，皇帝曾说：'学士辈不堪经国，唯大读书耳。经国，一刘系宗足矣。沈约、王融数百人，于事无用。'"

吕文显道："说得好！那些才子自以为有学问，只会空发议论，吟风弄月，顶个屁用。经国还要靠我们。"

花船歌声又起。

"秋夜长。夜长乐未央。舞袖拂花烛，歌声绕凤梁。"

纪僧真道："这次唱的是王融的《秋夜》，倒合时令。看来王融也在船中。听歌声似为秦淮名妓孟珠所唱。"

吕文显接话道："我们何不出重金唤孟珠过船一唱，杀杀沈约辈的傲气也是好的。"

吕文度道："此事由我来办。"

吕文度乘小舟跃上花船，见船上坐着三个学士打扮的人，抱拳一揖道："三位当是沈、谢、王三位大人，邻舟中书舍人茹公、吕公、纪公、刘公愿出千金请孟珠姑娘过舟一唱，还望赏光。"

三个学士打扮的人都皱起了眉头。琴师起立道："敢问阁下何人？"

吕文度见这个琴师四十开外，目蕴神光，骨格清奇，不由抱拳道："在下外监吕文度。"

三个学士打扮的人听说是吕文度，都站立起来抱拳答礼。内中一个紫袍中年人含笑道："在下沈约，这两位正是谢公、王公。秋夜月明，特邀孟珠姑娘同作竟夕之乐，孟珠姑娘也有与我辈切磋新声之愿，茹公等欲请孟珠姑娘过舟，恐难……"

琴师打断他的话道："既然茹公相邀，敢不如命，切磋可以改在来日。珠妹，我们过去。"说罢，向沈约使了眼色，二人发出会心的微笑。

孟珠与琴师下了轻舟，花船荡桨远去。

吕文度领着孟珠与琴师上了大船，茹法亮等出舱相迎。吕文度笑道："小弟幸不辱命，请来孟珠姑娘。"茹法亮借着月色一看孟珠，几疑天人。常言道得好，月下看美人，越看越美。四人都看呆了，真以为是月殿嫦娥临下界，瑶台仙子谪人间。

舱中歌声伴着琴声飘向水面，飘向两岸，飘向人居。歌声时而清越，时而顿挫，时而怀怨，时而含恨。人们却可清晰听到：

"食苗实硕鼠，点白信苍蝇。凫鹄远成美，薪刍前见凌。申黜褒女进，班去赵姬升。周王日沦惑，汉帝益嗟称。"

吕文度拍手大笑道："唱得真好！来，大家共干一杯。"他端起酒杯就喝。

纪僧真却在苦笑，心想："她怎么唱起鲍照的《代白头吟》来了，硕鼠、苍蝇不是在骂我们吗？周王、汉帝不是在骂皇上吗？"他看到琴师面含冷笑，觉得再唱下去也唱不出好的来。他招呼吕文度，踱出舱来，向吕文度低语了一阵。吕文度突然跳进舱去，指着琴师骂道：

"好个大胆狂徒，你竟敢指使贱婢骂我们是大老鼠、苍蝇，用周幽王、汉成帝比皇上。我要灭你九族。"

吕文度一拳击向琴师胸脯，琴师伸双指轻轻一弹，吕文度右臂立感如受重击，腕骨脱臼，垂了下来。茹法亮四人惊得一起离座。琴师缓缓道：

"你们又没有指定我们唱什么，鲍照的《代白头吟》好得很，为什么唱不得？唱了就是骂你们，骂皇帝？"

茹法亮注视琴师良久，忽然想起一人，问道："阁下丰度武功非凡，莫非是先朝传诵一时的金陵少年？"

琴师道："不敢，小民正是金陵少年，但现在已经老了，不能再叫作少年了。茹大人既知贱名，小民不能再留，就此告辞，深望诸位大人好自为之。"他携着孟珠的手便向舱外走。茹法亮吩咐左右以轻舟相送。

吕文度自有人扶去接骨，四户舍人相对发出苦笑。

水在流淌，船在漂移，灯在摇曳。

十九　旧宫怨女话新朝

石头城下，江船万艘，熙熙攘攘，争入秦淮。吵闹殴斗翻船事件，时有发生。石头津主曹道刚大声叫道：

"奉诏皇船先进，第二宫船，第三民船，争入者格杀勿论。"

秦淮河入江处，禁卫兵持矛夹岸而立。叫声、骂声、惨呼声渐渐停止下来。入淮次序规定是昆仑舶、采女船、皇家运木船、州船、郡船、县船、民间商船、渔船、游船。次序定下了，至于何州、何郡、何县、何商船、何渔船先进，那就是向津主行贿的多少了。

在青溪与秦淮交汇处，立着一个中年妇女、一个七八岁的小女孩。中年妇女面貌清秀，纤肥合度；小女孩柳眉笼罩，凤目含波，桃腮羞花，肌肤欺雪，真个是玉质天生，秀绝人寰。两人穿的虽是青衫、青裙，但掩不住逼人秀色。中年妇人指着青溪说：

"当年太子兵变，文帝和潘淑妃遇害，妈妈我就是从青溪逃出宫来的。这条水由玄武湖流入台城，再流入秦淮河。妈妈服侍淑妃，原来有名无姓。因为想起淑妃待我好，她遇害我难过，才用了她的姓，叫潘小绢。"

小女孩插嘴道："啊！我晓得了，我叫俞尼子，是跟爸爸姓，又叫潘玉儿，是跟妈妈姓，也是跟淑妃姓。"

潘小绢叹道："你爸爸不务正业，以后你就叫潘玉儿吧。倒是金陵大叔很关心你，教了你很多本事。"

小女孩望着远方，幽幽道："金陵大叔又不知到哪里去了，何时会再来看妈妈和我。"

潘小绢道："他济困救危，指责权奸，连皇帝都怕他。行踪不定，当来则来，当去则去。他有个义妹叫孟珠，是秦淮名妓，等会我们去看珠姊姊。"

玉儿指着秦淮河下游欢叫道："妈妈，好多船，一条接一条过来了。"

小绢拉着玉儿隐入树林，轻声说："我们就在这里看，别让他们发现。"

昆仑舶拐弯进入青溪，玉儿看到船上的人又长又黑，还有一只像猴又不像猴的异兽，奇道："妈妈，那船上的人又长又黑，是什么人呢？还有只像猴子又不像猴子的东西，我也没见过。"

小绢道："那又长又黑的人叫昆仑奴，那像猴子又不像猴子的东西叫狨然，都是从很远很远的地方用船运来的，这船叫昆仑船，又叫昆仑舶。昆仑人晋朝就来了，晋孝武皇帝的母亲形长色黑，宫人都叫她昆仑呢。"

玉儿道："那狨然呢，晋朝有没有，怪好玩。"

小绢道："晋朝没有。当今皇上搜罗四海奇珍异宝，搜到昆仑去了。除了狨然，船内还有很多昆仑出产的珍珠宝贝，都是皇上要的。连昆仑人也是宝贝，他们将在皇宫服侍皇帝，不会回去。"

玉儿恨道："这个皇帝心真贪，连人也要。"又指着秦淮叫妈妈："那些船怎么装的都是女孩子？"

小绢叹道："那是采女船。都是从江南江北抢来的民女，送到皇宫做宫人，当年妈妈也是被皇帝采来的宫女。"她不由长叹了一声，又道："皇帝把天下美女都看成是他的妻妾，当今皇帝派阉人徐龙驹，采择天下美女，采到穷乡僻壤。哪家不妻离子散，哪家不痛哭失声？"她眼中泛出了泪光。

玉儿见妈妈流出了眼泪，也盈盈欲泣。忽然又叫妈妈看："那条船中怎么都是像我一样七八岁的小女孩？"

小绢叹道："采女采到幼女了，真是造孽！"

玉儿忽然问道："采女这么多，连七八岁的小姑娘也要，难道皇后不反对吗?"

小绢道:"你怎会知道皇上学父皇,不立皇后,纵情极欲。他要突破后宫佳丽万人之数。就是有皇后也反对不了,因为这是旧制。"

玉儿天真地道:"一万人,还要突破一万人,皇帝一个人应付得过来吗?"

小绢道:"所以皇帝都早死,前朝开国皇帝刘裕做皇帝不到二年就死了,今朝开国皇帝萧道成做皇帝不到三年就死了。而他们做皇帝以前,都是武将。"

采女船一条条进了青溪,接着而来的是运木船。玉儿奇怪地问母亲:"皇帝要这么多大木头做什么?"

小绢道:"听说新采的宫女太多,旧宫人又舍不得放出去,宫内住不下,连太乐、景第、暴室都住满了宫人。当今皇帝叫新任舍人綦毌珍之主持盖新宫。要盖凤华柏殿,让他的宠姬居住;寿昌画殿南阁,让他的内御居住。船上大木头就是运进皇宫盖新宫的。这些大木头据说都是从湘水上游砍来的极为贵重的百年楠木,沿途征发民工拉纤,死了好多人。"

玉儿气得直跺脚,恨道:"这皇帝真该死!"

小绢道:"玉儿,这里没有什么好看的了,我们沿着秦淮河边,向下游走走吧。"

她们走到朱雀大桥,看见河内停着很多官船,正在启运。两人抬一口箱子,上岸后放到一辆马车上,转身下船又抬出一口箱子。

玉儿又感到惊奇,问道:"妈妈,他们都是来做京官的吗?把家当都搬来了。"

小绢道:"京里哪要这么多官,他们都是离任来京,等候新职的。那箱子里的东西都是金银珠宝,是送给四户中书通事舍人的。舍人掌管诏命,新官职由舍人委派。金银珠宝送得多,才有好官做。"

玉儿又看到一条船上站着一个武官,命人抬箱子。又问:"那个武官也是来京要新官的吗?他箱里的东西也是送给四户舍人的吗?"

小绢道:"既是送给四户舍人的,也是送给外监的。武官的委任要经过外监。"

玉儿想了想，又问："这些官哪里来的这么多金银财宝？"

小绢道："还不是离任以前，在地方上刮来。那都是民脂民膏。"

玉儿恨道："当皇帝的该死，当官的也该死。"

小绢道："你金陵大叔说过，以前他相信晋朝鲍敬言的话，要废掉皇帝、官吏，无君无司，世界才能太平。现在他明白离无君无司的世界还很遥远，皇帝和官吏的权力要有一个限制，先限制，后来才可谈到无君无司。但怎么限制呢？他也没有想出来。"

玉儿杏眼里放出了光彩，娇声道："金陵大叔真了不起，他想得真多，真好！"

她们往秦淮河口走去，有些商船进入了秦淮河，还有些商船就在石头城下卸货。卸下来的不是山珍海味，就是南北杂货。小绢道：

"这些商人都是民间的商人。沿途都有关卡，货物通过，都要交税。石头津是一个大关卡，荻、炭、鱼、薪过津，也要十分税一。运到建康大市、小市出卖，又要交市税。税官多，税敛重，商人无不叫苦连天。商税是朝廷的一笔大宗收入，少一个也不行。那些进了秦淮河和在石头城下货的船，都交过津税了。"

玉儿似有所悟道："我看到建康大市那么热闹，开店的，摆摊的那么多，以为商人真会赚钱，却不知他们也有苦处。"

小绢道："建康的繁华热闹，是民间的商人工人带来的，没有他们可不行。官府也做买卖，可是货劣价昂，很少人问津。朝廷尚方也制造东西，精美是精美，可是都归皇家享用，不拿出来卖。地方上最好的产品要进贡给皇帝，也不拿出来卖。朝廷、官府与民争利，商人、工人谈起来就摇头。"

玉儿笑道："妈妈，你知道的事情真多。"

小绢道："妈妈先在皇宫做宫女，后来流落江湖，总算懂得了一些世道。玉儿，我们走吧，找珠姊姊去。"

她们走到秦淮河北岸一个酒店林立的地方，看到地上坐着一个衣衫褴楼的老人，身旁站着一个七八岁的女孩子，颈上插了一块出卖女儿的木牌，地上铺了一张白纸，纸上写着："今年天旱，粒米无收，无钱交三课，不得已忍痛出卖女儿，只卖十两银子。"小绢看得直摇头。玉儿见这个女孩年纪与自己差不多，相貌也很秀气，不由产生了同情心，向妈妈道：

"妈妈向珠婶婶借十两银子，把她买下来吧！"

小绢道："玉儿，卖儿卖女的多着哩，你忘了我们自己也是靠卖艺为生。走吧！"

玉儿把身上的铜钱都掏给了老人，走了老远，还回过头来看那个可怜的女孩。

二十　建康卖艺生分离

　　靠近秦淮河的一处大市里，人山人海，潘小绢母女好容易找到了一个小场子，用树枝彩条围起，敲起鼓来。不一会围过来很多人，潘小绢道：

　　"出外靠朋友，我们母女江湖卖艺，赏脸的请解囊，多少任便。无钱的白听白看，我们母女也不会怪罪。如能获得各位指教，我们母女感激不尽。今天由我小女表演，先唱一支曲子，后表演技巧。"她拿起一支琵琶，坐在地上，叫道："玉儿，你把妈妈编的那支《乱离曲》唱一遍吧。"

　　琵琶声扬起，玉儿轻启檀口唱道：

　　"静锁深宫十年整，太子生变乱皇廷，

　　文皇遇难淑妃死，只身逃出旧台城。

　　嫁得钱唐人好赌，薄田五亩无人耕。

　　为人缝洗抚幼女，含辛茹苦知几春？

　　永明三年查户籍，贫富都成三课人。

　　东南烽烟遍地起，血染钱唐最堪惊。

　　江湖流落经风雨，茫茫何处可存身？

　　不靠天来不靠官，但凭卖艺求生存。"

　　其声如泣如诉，一曲未终，玉儿已唱得泪流满面。围观的有人在流泪，有人在抽泣，有人在叹惜。唱到最后两句，音调忽变高亢，琵琶声激昂，戛然而止。

　　有人在投钱，有人在议论。

"这唱的是历史，又是现实。"

"宫廷多变，亏她唱了出来。"

"朝廷严厉检查户籍，冒充士族逃避三课的要充军，不料激起民变，唐寓之占了钱唐，朝廷派台军镇压，血洗钱唐，亏她谱入了曲子。"

"我真佩服她母女二人，一不靠天，二不靠官府，但靠卖艺为生，真有志气。"

"我们老百姓都得靠自己啊！"

"曲名'乱离'，太好了。也不知哪一天乱离要找到我们啊。"

"百姓乱离，朝廷却运来昆仑异宝，成千采女。地方官搜刮金银珠宝，孝敬四户舍人，真叫人寒心，也真叫人气愤。"

"气愤有什么用，……"

议论未已，鼓声又震。潘小绢道："现在请看我女儿表演技巧。"

场子上支起了两根柱子，横空一条绳索。

潘小绢道："现在表演走索。"

潘玉儿一扭身，凑空飞上索子，姿态美妙，赢得一阵喝彩声。她来回走了几趟，突然一个倒翻身，人依旧立在索子上，观众掌声如雷。玉儿穿的是一身杏黄劲装，在索上如风摆芰荷，如莺燕腾舞，观众越看越出神，最后连喝彩、鼓掌也忘记了。

潘小绢道："现在表演舞剑。"

玉儿飞身下索，拾起一柄宝剑，纤手一分，赫然银光耀日，双手各执一柄宝剑。右剑一指，左剑跟进，由慢到快，只见剑影缤纷，剑风逼人。潘小绢拎起一盆水向剑影泼去，水珠四溅。日光照在水珠上，形成七彩颜色，好看煞人。剑光突然一收，玉儿含笑玉立婷婷，却不见身上有半点水迹。观众醒悟过来，叫好声、掌声此落彼起。

"老兄，既听歌，又看表演，此曲只应天上有，此舞只应瑶池看，不花钱不行。"说话的投了一把钱币。老兄、老弟、老爹、老娘，以至小孩也跟着投钱。

这时走来两个人，一高一矮。高个子指着玉儿对矮个子说："她就是我的女儿，叫俞尼子。"

矮个子仔细端详着玉儿，对高个子说："真美，送进宫内，必会得皇上宠爱。"

高的是玉儿的父亲俞宝庆，矮的是东冶营兵俞灵韵。俞宝庆一到建康，便跟俞灵韵结识，因为同姓，认了兄弟。俞灵韵是兄，俞宝庆是弟，阿兄、阿弟叫得不亦乐乎。两人天天在一起喝酒赌钱。俞宝庆谈起他有一个漂亮的女儿，俞灵韵灵机一动，对阿弟说："皇上派徐龙驹采天下美女入宫，阿弟何不将女儿送进宫去，做个国丈？这是天大的富贵。"俞宝庆动心了，拜托阿兄找门路。俞灵韵拍着胸脯道："此事包在阿兄身上。"俞宝庆知道今天小绢要带玉儿到秦淮大市卖艺，特地邀了俞灵韵来看他的女儿。

潘小绢对俞宝庆不加理睬，俞宝庆却笑嘻嘻走到她跟前说："小绢，富贵来了。"他指了指俞灵韵说："那位是我新认的阿兄，与我同姓，叫俞灵韵，是朝廷红人徐龙驹的朋友。我已托他把尼子送进宫去，将来做了妃子，我们就是皇上的丈人、丈母娘了。"

啪的一声，俞宝庆的左脸被打得通红。潘小绢怒声道："你这个没廉耻的人真不配当人父。你想把女儿送进火坑，我万万不答应。你滚，你滚，你快滚！"

俞宝庆连连叫道："好呀！好呀！你敢打我，你不答应我答应，你不要富贵我要富贵。尼子，跟我走。"他就去拉玉儿，玉儿玉手一震，俞宝庆感到手腕麻木，怔怔看着玉儿。玉儿冷冷地说道：

"要我去做采女，除非日出西方。妈妈，我们走。"

母女收拾了一下东西，双双含怒而去。观众一哄而散。有的边走边骂："什么父亲，竟想把这么好的一个女儿，送进宫去当宫女。无耻，无耻。"

阿兄、阿弟愣在当场。忽听人声嘈杂，"关门，关门，宫内又有人来赊绸缎了。""说是记账，却从来不给钱，实际是抢。"关门声，敲门声，骂娘声响成一片。刹那间大市变得静悄悄。铺门关了，摊贩跑了，市内只有宫中出来的人还在叫骂。

到市场上来赊购绸缎的领头人正是徐龙驹。俞灵韵上前向徐龙驹耳语了一阵，徐龙驹笑向俞宝庆道："仁兄愿意把女儿送给皇上，此事好办。我马上派人去追，抢也要把她抢来。我可以介绍仁兄入宫，父女随时都能见面，长保富贵，长享天伦之乐。"

俞宝庆谄笑道："如能玉成，小人当追随徐大人，永效犬马之劳。"

徐龙驹回头向手下人说道："皇上叫我们来赊绸缎，不给现钱。绸缎商关门不赊，我们总不能真个去抢。绸缎抢不到可以抢人，你们快去追赶刚刚离去的母女二人，把女儿抢来，以便向皇上交差。抢到人后送往我处。"

手下人闻声赶去。

俞宝庆却弄不懂皇上有的是金山银山，为什么买绸缎要赊账呢？他偷偷问俞灵韵，俞灵韵笑道："这你就不知道了，哪个皇上肯花钱买东西。有道是平生只恨聚无多，及到多时眼闭了。"

徐龙驹装着没有听到，招呼俞宝庆道："你同我一起进宫，马上你就可以看到你的女儿了。"

也是事有凑巧，骠骑大将军王敬则出巡，他听到人们在谈论母女二人卖艺和后来发生的事情，派手下人问明。正好见母女二人拿着剑器、竿器，气冲冲走来。王敬则曾四处托人谋个艺伎，长久没有谋到。他既闻此女技巧之高，又见此女容貌之美，心想："不如先下手为强，好在不是皇上指名要人，而是父亲相送。"他决定先文后武，派人拦住潘小绢母女二人，下马笑吟吟向潘小绢自我介绍道：

"我是骠骑大将军王敬则，骠骑府缺少一个艺伎，我谋求不得。刚才听说贤母女在市场卖艺，令媛技艺惊人，很想请贤母女随我回府，同享富贵。"

潘小绢气在心头，哼道："我们母女不图富贵，你让我们走。"说着就要硬闯。

王敬则还笑吟吟要说话，忽听左右叫道："不好，宫内人追来了！"远处十几个宫内人正在快步跑来，口中呼叫："徐大人叫留下女儿，你们母女二人休走。"

王敬则也感到不妙。略一思索，便道："把女儿抢上马，回府。"

左右便去抢人，却被玉儿一个个撂倒。王敬则骂了一声："无用的东西，来不及了。"他轻舒猿臂，挟起玉儿，飞身上马，绝尘而去。左右也纷纷上马，扬鞭追赶。只有潘小绢一边大哭女儿，一边狂奔赶去。赶了一阵，终于栽倒。她耳内似犹闻玉儿哭叫妈妈的声音。

宫内人跑上来问："你女儿被谁抢去了？"潘小绢哭道："被天杀的骠骑抢去了。"宫内人一个个垂头丧气，只恨来晚了一步。

潘小绢毕竟历经风霜，心想再哭也没有用，还是去找孟珠妹子想办法。她拖着沉重的脚步，向前走去，心犹在狂跳。

二十一 勾搭太妃杀皇孙

　　且说，永明十一年，齐武帝萧赜在宠姬环绕中死去。皇太子萧长懋已死，由皇太孙萧昭业继位。因为不知生母是谁，尊萧长懋的妻子王宝明为皇太妃。可怜王宝明年轻守寡，做皇太妃时，还不到三十岁。萧昭业的皇后叫何婧英，永明三年嫁给萧昭业，那时萧昭业不过十四岁，何婧英只有十三岁。

　　武帝与叔伯兄弟西昌侯萧鸾很要好，临死的时候，遗诏命他做侍中、尚书令，加镇军将军，辅佐萧昭业。此人四十出头，年富力强，心计很深，对六宫粉黛、皇帝宝座早图染指。武帝叫他辅政，正中心怀，喜在眉梢。

　　萧鸾觉得要称心如愿，先要在皇太妃王宝明身上用功夫。论辈分王宝明是他的侄媳，他却装着毕恭毕敬的样子，每天到宣德宫向皇太妃请安，以眉目传情。皇太妃是名家王氏之女，冰雪聪明，哪会不知萧鸾的心意。花信之年，寡居寂寞，日子一长，也有意了。

　　一个闷热的中午，蝉声噪耳，萧鸾借口有机密事上奏皇太妃，进了宣德宫，见王宝明薄衫遮体，斜倚榻上，媚眼如丝，慵态撩人，不觉眼红耳热，心跳手颤。他跪在榻前，颤声说道："臣有事……上奏。"手却抓着一只裸露于外的雪白的脚，王宝明笑道："你不是要上奏吗？"萧鸾如奉纶音，说道："臣上奏，臣上奏。"

　　话分两头。萧昭业和何婧英一对，也不是甘心寂寞的人。还在萧昭业当王的时候，便带着何婧英到营署去玩，与兵家子女鬼混。乘着萧昭业被营女包围，何婧英也向对她垂涎的美少年，投怀送抱。萧昭业有个书童马澄，年少色美，何婧英看中了他，又与他私通。两人常常斗腕较力，嬉笑无忌。马澄是个浪子，爱情不专，在秣陵县恃势抢民女，被逐出了王宫。这时又有一个少年郎，宫中女巫之子杨珉之，闯进了何婧英的心田。萧昭业爱上了父亲的宠姬霍氏，把她留在宫内，为了瞒人耳目，改姓徐氏。霍氏长得白，萧昭业长得也很白，宫人说他们正是一对金童玉女。这倒成就了何婧英与杨珉之二人。

不晓得是什么原因，何婧英竟对杨珉之动了真情，杨珉之也是个多情种子，两人难舍难分，但愿同生共死。萧昭业很少来皇后寝宫，何婧英乐得与杨珉之双宿双飞。

七夕，何婧英约杨珉之在花间相会。二人同坐花丛，借花枝作掩护，何婧英叹道：

"我也不瞒你，虽然我接触过很多少年男子，却没有一个是我心爱的。自从见了你，一颗心萦绕在你身上，做梦也只梦见你，这是情是孽？"

杨珉之搂着她的细腰说："我这一辈子不会再娶妻了。跟皇后在一起，我就是死了也无遗憾。只是不知道怎样才能报恩？"

何婧英伸纤指掩住他的口道："不要再说什么皇后不皇后，报恩不报恩。做皇后哪有做平民自由。我常想还不如做平民，与你做一辈子夫妻。"又用手指着天上的牛郎、织女星说："牛郎织女虽然一年只有一度相会，但无论千年万年，他们的爱情都不会冷却。天长地久，我对你的爱也不会变。"

杨珉之叹道："牛郎织女虽然一年只有一度相会，但年年总能相会。我常做噩梦，刀架在颈上，真怕过不了多久，便要与你人鬼殊途。"

何婧英急得娇声道："不要瞎说了，你看天河上鹊桥已经架起来了，牛郎织女相会了。"说着拥紧了杨珉之，两人沉浸在爱情的蜜汁里。

也是合该有事，他们的情话被一个不速之客听进了耳内，他们的相会，也被这个不速之客瞧进了眼里。这人就是萧鸾。

萧鸾本是色中饿鬼。何婧英是他的孙侄媳，年龄还不到二十，花容月貌，雪肤冰肌，娉婷婀娜，萧鸾早就食指大动。何婧英的秽声，他也有所闻，以为容易上手。却不知何婧英对他这个叔祖公公，有一种由来不明的厌恶之感。萧鸾常在何婧英面前表现他的中年男子特有的风度，用言辞勾引，何婧英对他却非常冷漠。这次给他抓住了把柄，他以为机会来了，直等杨珉之恋恋不舍远去，他现身在何婧英面前，看到何婧英云鬟蓬松，星眼流波，不禁神摇魂夺，嘻嘻笑道：

"好一对牛郎织女，幕天席地，我都看见了。婧英，你是要官休呢还是私休？"

何婧英正色道："官休怎样？私休又怎样？"

萧鸾又嘻笑道："官休，告诉皇帝；私休，也分我一杯羹。"

何婧英冷笑道："我和杨郎都求同日死，官休吓不到人。你比我大两辈，什么分我一杯羹，亏你说得出口。"

萧鸾嬉皮赖脸，突伸两臂，将何婧英拦腰一抱，就往落花上倒。

"放开我，放开我！"何婧英叫唤起来。

何婧英这一喊，如果被宫女听到，非同小可。萧鸾只得放开了她，悻悻说道："你既然拒绝我，休怪我心狠手辣。"他穿花走了，没有两步，又回过身来，以为何婧英会扑到他怀里，哪知已失去何婧英身影。

萧鸾心神不定，来到宣德宫，见皇太妃面向床里而卧，便坐到床边。王宝明转身朝外，嗔道：

"牛郎织女都会过来了，你又来缠我做什么？"

萧鸾低声说："宋废帝刘子业曾为山阴公主置面首三十人，我选择了三十个美男子孝敬你。"

王宝明道："谁稀罕。"桃腮上却绽出了笑容。

萧鸾笑道："我想好了，援引前朝山阴公主置面首三十人例，为皇太妃置面首三十人。明天就送来。"

皇太妃沉吟了一会，说道："好吧，你要怎么办就怎么办，但我也不感你的情，我知道你的外遇很多，你是怕我缠着你，才想出了这个法儿。

你快说实话，今天晚上是谁缠着你，你来得这样迟?"

萧鸾心中一动，笑道:"我看到了一幕好戏，倒没有人缠着我。"

王宝明诧异道:"你看到了什么好戏?"

萧鸾把花间的一幕，加油添酱，说给王宝明听，王宝明的脸色变换了好几次，听罢才说:"我早已知道你对何婧英那妮子有心，你一定插了一手，碰了钉子。你不说，我也知道。这我不管，倒是皇宫内院，不能再容一个男子插入，何况杨珉之又是外姓贱人。"

萧鸾喜道:"杨珉之是皇上的左右，有你这几句话，要除掉他，包在我身上。"

萧鸾有心腹二人，一是掌管宿卫兵的卫尉萧谌，一是征南咨议萧坦之。这二人都出自皇族，出入后宫，无所避讳。有一天，萧昭业在昭阳殿，与何婧英同席而坐，萧谌、萧坦之进来了，萧坦之附耳对萧昭业低语道:

"外间都在说杨珉之与皇后有情，秽声远播，皇太妃命陛下立诛杨珉之。"

何婧英责问萧坦之:"有什么事不敢对外人明讲?"萧昭业说:"杨珉之秽乱后宫，皇太妃说其罪当死。"

何婧英不由惊得一颗心狂跳，泪流满面道:"杨郎年轻，性情又好，他有何罪，怎可枉杀?"

萧谌道:"我们是奉皇太妃的命令而来，陛下要拿定主意。"萧昭业不得已，只好点头。

萧鸾得报，怕中途有变，立即命令行刑。果然，皇帝的免死诏令来了，可人头已经落地。

要得人不知，除非己莫为。真正秽乱宫廷的是萧鸾，有皇太妃撑腰，他的野心也逐渐显露。萧鸾自知难瞒皇帝耳目，心想:"先下手为强，杀掉萧昭业，皇帝宝座、六宫粉黛都是我的了。"他假造皇太妃懿旨，说萧昭业耽于女色，与父亲宠姬通奸，又将先帝所聚钱帛，赐给群小，不堪守业。他密与萧谌、萧坦之商量，定好计策。可悲萧昭业尚在梦里。

七月还未过去，事变便发生了。一天入夜不久，明月在天，云龙门外，黑影幢幢。萧鸾身着戎服，外加朱衣，带兵来了。虽然他顺利地进入了云龙门，可禁不住心头恐惧，步履趑趄，鞋子掉了三次。萧昭业在寿昌殿，闻变措手不及，携霍氏走入房中。宿卫将士手执弓盾，保卫寿昌殿，萧谌走来喊道：

"我是卫尉萧谌，奉皇太妃懿旨，所要逮捕的自有人在，汝等不得乱动。"

宿卫放下弓盾，萧昭业逃出西弄，黑暗里一刀砍来，只听萧鸾狞笑道："你的宝座是我的了，你不会寂寞，霍氏将追随你于地下。"萧昭业微弱地哼了一声道："西昌侯，你好狠！"

二十二 双手沾满亲人血

萧昭业被杀后，萧鸾在寿昌殿召开了一个紧急会议，参加的有萧谌、萧坦之、茹法亮、吕文显。这四人是宿卫兵与诏命的执掌者。会上做出了三条决定。

一、援引宋明帝贬刘子业为苍梧王例，用皇太妃诏令贬萧昭业为郁林王。

二、用皇太妃诏令立萧长懋第二子萧昭文为帝，以作为一个过渡。任期不超过三个月。然后再用皇太妃诏令，贬萧昭文为王，册立萧鸾。

三、斩草除根。凡齐高帝、齐武帝的子孙，一个不留，统统杀死。分三步进行。第一步，先杀京师最危险的两个敌人司徒鄱阳王萧锵、中军大将军随郡王萧子隆，继杀带刺史衔的高、武诸王，免得他们在地方上造反。第二步，杀京师带将军与监、令衔的高、武诸王。第三步，杀所余高、武诸王。杀京师高、武诸王，由茹法亮、吕文显传令，由萧谌、萧坦之执行。夜间派兵围宅，人尽诛，财尽封。杀各州高、武诸王。由茹法亮、吕文显传令，由各州签帅执行。必要时派出台军。

大屠杀开始了。

萧鸾最怕的是鄱阳王萧锵，萧锵为齐高帝萧道成第七子，性谦和，好文章，素有令誉。历任领军将军、骠骑将军、尚书左仆射、侍中等军政要职。萧昭业死，他不知情。萧鸾见到他，谈及国家之事，声泪齐下。他还以为萧鸾是个大好人呢。及至萧昭业死讯传出，大出他的意料，怀疑凶手到底是不是萧鸾。那时，萧昭文刚立，萧鸾住在东府城。制局监谢粲、马队主刘巨劝萧锵和随郡王萧子隆"挟天子以令诸侯"，萧锵迟疑未决。他被萧鸾的眼泪搞糊涂了。

就在谢粲、刘巨劝他举事的当天晚上，他还未就寝，忽听宅外马蹄急骤，人声嘈杂。他觉得不好，与谢粲登西楼观望。只见火炬错落，红烟滚滚，王府已被成千上万身穿甲胄，手执刀、枪、弓、盾的宿卫兵围得滴水不透。谢粲叹道："不意萧鸾动手如此之速，出兵如此之多！"

萧锵反而镇定异常，笑向谢粲道："我终于明白了一个道理：好话不足信，痛泪不可凭。"

"通，通，通，通！""轰，轰，轰，轰！"数千宿卫兵斩关排墙，叫喊着拥入了鄱阳王府。看到远处影子，不管是人影还是树影，便"嗖嗖"一排强弓射去。遇到男女老幼，便狂叫着扑上去枪挑刀砍。他们不愧是魔王手下的凶神恶煞。未及一个时辰，鄱阳王府已被杀得一个不剩。财产虽有命令封存，但死人身上的，房里摆设的，无不往腰包里塞。

凶神恶煞抢东西抢得自己打起来了，萧谌拔刀杀了几个，大喝道："宣城公（萧鸾）指令由萧坦之萧大人封存，为皇家所有，哪个敢抢，立斩不饶。走！杀随郡王萧子隆去。"凶神恶煞又嗥叫着向随郡王府扑去。

武帝第七子江州刺史晋安王萧子懋听到鄱阳与随郡二王被杀，欲起兵赴难，与参军周英、防阁董僧慧等商议。董僧慧攘袂道："宣城公之心，路人皆知。宋孝武帝曾以江州定天下，今以兵横长江，指北阙，质问郁林（萧昭业）无过，何以见杀，谁能回答？谁能不箪食壶浆以迎州师？"

周英扬眉道："我等誓以死追随殿下，入讨杀君之贼萧鸾。"

萧子懋慨然道："大家既然同心，吾计已决。周参军即为本王传檄荆、郢，共讨萧贼。事成则宗庙可安，不成犹为义鬼。"

萧子懋想把在建康晋安王府的母亲，秘密迎到江州。却不料他母亲把江州消息告诉了母舅于瑶之，于瑶之骑快马驰往东府城，密告萧鸾。萧鸾立刻派台军军主裴叔业与于瑶之袭击寻阳，并指示裴叔业，江州事平，立即进兵湘州，杀南平王萧锐。又派人喊来中书舍人吕文显，命他携带毒酒前往姑孰，传萧昭文令，杀南豫州刺史宜都王萧铿。

当晚，东府堂中，挂上了道教的创始人——张陵、张鲁与蒋王三张神像，设起了香案。案前有一个人头扎绛帕，身穿绛衣，手上捧着已经点燃的几十支香烟，呜咽涕泣，向神像叩头。口中喃喃说道：

"弟子萧鸾哀恳祖师与大神保佑弟子杀尽高帝、武帝子孙，弟子一定大弘道术，使祖师、大神普享香烟。"

哭罢，又大笑道："祖师，大神勿谓弟子不仁，弟子将大做法事，普度亡魂，天上地下，普皆欢乐。"笑声如枭鸣。

自杀萧昭业，萧鸾时常心惊肉跳。他向神道求出路，越来越相信道术了。每杀一个王，他总要先烧香呜咽涕泣一番，人们还以为他难免"亲亲"，殊不知他在哀恳神明，保佑他杀人顺手。可多杀一个，他就多一份胆怯。要到东府则诡称到西府，要向南则诡称向北。将行之前，必先占上一卦，看是吉是凶。他生活在恐惧、迷信与哭笑无常中。

却说，萧子懋日夜在寻阳翘首盼望母亲到临，谁知母亲还未来，溢城却为裴叔业、于瑶之占领。于瑶之单马来到寻阳城，游说萧子懋："而今还都，必无忧患。宣城公许你做一个散官，不失富贵。我是你舅舅，我说的话，你应该相信。"原来萧子懋还想出兵夺回溢城，经于瑶之一游说，变得举棋不定。

于瑶之的哥哥于琳之在江州做中兵参军，对萧子懋说："如果能用重金收买裴叔业，使他归附江州，则建康不难攻取。"萧子懋以为这不失为一个办法，便命于琳之携金银珠宝前往溢城。哪知于琳之一到溢城，便请裴叔业乘萧子懋举棋不定，一举打下寻阳城。裴叔业派徐玄庆率领台军随于琳之袭击寻阳。

于琳之回寻阳，守军开城迎候。台军发喊冲入城中，轻轻易易地占领了寻阳。于琳之带台军二百人往见萧子懋，萧子懋笑向于琳之说："不意渭阳（渭阳君），翻成枭獍。"也许是于琳之自知他这个大舅舅不过是个大骗子，愧对外甥，以袖遮脸，叫台军动手。萧子懋就这样死在他娘家人手上。

裴叔业马不停蹄，又率台军向湘州扑去，传天子令，命湘州签帅速取湘州刺史南平王萧锐之首献军。自齐高帝以来，仿照宋朝，为诸王置典签帅，典签或签帅都由皇帝亲信担任，一州之事，全由签帅节制。连刺史衣食住行，也要由签帅批准，刺史不敢妄为。诸州惟闻有签帅，不闻有刺史。高帝、武帝却未料到他们所设置的签帅，竟作了萧鸾用来屠杀他们子孙的工具。

湘州萧锐既死，郢州签帅不等台军临境便杀刺史晋熙王萧铱。

中书舍人吕文典携毒酒到了姑孰，来杀南豫州刺史宜都王萧铿。萧铿上高坐，问吕文显："何事乃有今日之行？"吕文显答道："王命在身，出不获己。"签帅执毒酒逼萧铿饮下，萧铿倒有一些骨气，笑道："何须相逼，死则死耳。"取过毒酒，一饮而尽。

江、湘、郢、南豫在建康之西，东边最重要的一个州，是南兖州，刺史镇京口，京口又称北府。当时任南兖州刺史的是安陆王萧子敬，萧鸾怕萧子敬不会甘心就死，派平西将军王广之率领台军直趋京口，袭杀萧子敬。

第一步大屠杀完成，第二步大屠杀接着进行。

那时高、武诸王在京城的，有新除中军将军桂阳王萧铄、抚军将军衡阳王萧钧、侍中秘书监江夏王萧锋、镇军将军建安王萧子真、左将军巴陵王萧子伦。这些人已成了惊弓之鸟，待宰的羔羊。

他们熟悉了萧鸾杀人的手段与自己将于何夜被杀。依据就是萧鸾杀人前的流涕呜咽。一天，桂阳王萧铄对侍读山惊说起："我前些日子偶尔看到宣城公呜咽流涕，当晚，鄱阳王萧锵、随郡王萧子隆被杀。今天他对我呜咽流涕，恐怕我活不过今夜。"果然，三更光景，萧鸾派出台军包围桂阳王府，呼噪排墙而入，萧铄全家遇害。

其中也有不怕死的。侍中秘书监江夏王萧锋见萧鸾滥杀无辜，写信诘责萧鸾。萧锋有武力，萧鸾不敢夜派兵围江夏王府，乘萧锋夜往太庙祭祖，发兵把太庙包围。萧锋仗剑出门，格杀数人，力战而死。萧锋能书能文，书法在诸王中，被推为第一。他的死曾经引起人们的惋惜，以为"芳兰当门，不得不锄"。

但也有怕死鬼。镇军将军建安王萧子真临死前，叩头哀恳为奴，以赎其死。他被萧鸾的眼泪骗了。

第二次大屠杀完成，十八岁以上的高、武子孙扫地以尽，剩下的都在十七岁以下。萧鸾并未留到慢慢杀，而是在他废掉萧昭文，登上宝座后，一次杀尽。被杀的有十四岁的临贺王萧子岳、西阳王萧子文、衡阳王萧子峻、南康王萧子琳，十三岁的湘东王萧子建，七岁的南郡王萧子夏，还有萧长懋的遗孤十六岁的巴陵王萧昭秀、八岁的桂阳王萧昭粲。

可是，在高、武子孙被萧鸾斩尽杀绝后，不到半年，萧鸾便双目深陷，脸如金纸，下巴尖削，骨瘦如柴，行步气喘。他胆战心惊，怕人谋杀。日夜宣淫，仍嫌不足，损伤了他的中气，掏空了他的身子。他离死已不远了，然而却在做着长生的美梦。他每天都要吃一粒金丹，身体越支持不住，吃得越多，躯体逐渐硬化。

二十三　可怜王公事无成

　　钱塘江南岸的会稽郡，群峰竞秀，山花争艳，树木青葱，泉水叮咚，风景秀丽，素有"山阴道上，目不暇接"之称。郡府所在地山阴，店肆错落，热闹异常。歌楼酒馆，入夜生意不衰。红灯高挑，送往迎来。

　　出任会稽太守的大将军王敬则，已经六十多岁了。他虽然一字不识，可附慕风雅。游山玩水，常常乐而忘返。晚上偶尔也到酒楼，喝上几斤状元红，听听歌曲。他的儿子王仲雄善于弹琴，号称国手。女儿文采风流，嫁给了大诗人谢朓。他常对僚佐说："敬则一介武夫，蒙高帝看重，才有今日。殊荣愧受，大恩难忘。"

　　可是，近来他却为悲哀与恐惧所扰。萧鸾屠杀高、武子孙的消息传到会稽，他既痛心高、武子孙的惨死，又忧惧萧鸾不会放过他这个高、武旧臣，整天长吁短叹，浓眉深锁。

　　千里莺啼绿映红，会稽已入深春，王敬则愁怀未开。王仲雄见他心情大异寻常，知道所为何来。一天，月色清明，王敬则正在花间蹀躞，王仲雄抱琴走来，对他说："孩儿为爹爹弹奏一曲，叫玉妹来唱如何？"

　　"不要你叫，我已来了。"声似莺啼，一个绿衣仙子，已自分花拂柳，娉婷走来。在月下看来，只觉得她眼比明星还亮，肌比冰雪还白，神比秋水还清。高低、纤秾、凹凸恰到好处。削肩膀，水蛇腰，韵出天然。这位仙子叫潘玉儿，本在建康卖艺，被王骠骑抢来。那时她才八岁，在王府已经度过八个春秋。王敬则非常喜爱她，把她当作义女来看待。也许是这个原因，金陵大叔虽然受她母亲潘小绢之托，来过王府，却未把她救出。

王仲雄将琴安放在石几上，琴声激越扬起，竟是曹孟德的《步出夏门行》。玉儿曼舒歌喉唱道：

"神龟虽寿，犹有竟时。腾蛇乘雾，终为土灰。老骥伏枥，志在千里，烈士暮年，壮心不已。盈缩之期，不但在天。养怡之福，可得永年。幸甚至哉！歌以咏志。"

玉儿吐字清晰，声调清扬，虽不如关西大汉沉雄，但抑扬顿挫，唱来声声扣人心弦。王敬则听得胸怀激荡，热泪横流。曲声终了，他破涕为笑说："弹与唱双绝，老骥志在千里，烈士壮心不已。今日之事，为父自有打算，不会再愁苦了。"

忽然，有个家人跑来禀报道："天使到。"王敬之不由一惊，旋即镇定，朗然道："准备香案接旨。"

圣旨加封王敬则为大司马寻阳公，征寻阳公世子王仲雄入京伴君。王敬则明白，这明是加封示恩，暗是以他的儿子为人质。王敬则迟疑未决，王仲雄道："孩儿随天使入都，爹爹无须挂念。"王敬则凄然道："只是为父放心不下。"王仲雄道："有道是：是福不是祸，是祸躲不过。爹爹好自为之，孩儿决不会替爹爹丢人。"

潘玉儿饱含热泪，送别了她的义兄。王敬则陪伴天使，直至十里长亭，父子才挥泪道别。

王仲雄入都，萧鸾唤左右抱来东汉末蔡邕的焦尾琴，命他在御前鼓琴。王仲雄作《懊侬曲》，唱道："常叹负情侬，郎今果行许。"又唱道："君行不净心，哪得恶人题。"萧鸾脸色泛青，心道："这不是在骂朕吗？"他几乎想马上就把王仲雄杀掉，但又想到杀了王仲雄，手上无人质，何以钳制王敬则老匹夫？最后还是隐忍下来，言不由衷说："不愧国手、名琴。此曲本是民间有，朝廷哪得几回闻。"

王敬则在会稽日夜担心王仲雄的安危，忽报朝廷以张瓌为平东将军，吴郡太守，手握兵符，待机而动。又得密告，朝廷将以鸩酒赐王会稽。王敬则笑道："平东，东府有谁，不就是要平我吗？我不是宜都王，绝不会接受毒酒。"他咏曹孟德诗道:"老骥伏枥,志在千里。烈士暮年,壮心不已。"他想造反了,但又心挂王仲雄。

王仲雄秘密派人送来了一封家书,说是:"爹爹不起兵,父子准死;爹爹起兵,不到最后关头,皇帝还要把我当人质,不会杀我,父子犹可望活。"王敬则心意遂定。

阳春三月,王敬则在会稽起兵了。江东人民厌恶屠夫萧鸾,王敬则以旧将举事,百姓担篙荷锸,追随王敬则的,竟达十余万之众。王敬则进至武进齐高帝、齐武帝陵口,痛哭道:

"老臣受先皇大恩,必为先皇报仇雪恨,以贼子萧鸾头颅,献于陵前。"

然而追随他的十多万百姓,毕竟是乌合之众,手中又无兵器。当进至曲阿长冈之时,遭到了台军将领左兴盛、胡松马、步精兵三千多人的阻击。左兴盛指挥步军死战,胡松马领军突向王敬则军背后冲来,没有武器,只有篙锸的百姓抵挡不住,四下散走。王敬则举事,凡十日而败。

潘玉儿随军,兵败时,她负了伤,为台军所虏。台兵哪里见过这样一个美人儿,兽性大发,突见两个军官操刀跑来,内中一人大叫道:"你们想死吗?她是我的女儿潘玉儿。"他砍伤了正在欲行非礼的台兵,拉起了潘玉儿。另一人又大叫道:"潘玉儿是太子的人,谁敢碰她一指,满门抄斩。"来人正是潘玉儿之父俞宝庆与他的义兄俞灵韵。潘玉儿得救,被她父亲带走了。

深夜,战场来了两个妇女,一个中年妇女对着遍地尸体喃喃说道:"玉儿,妈妈为你收尸来了,为什么我们母女这么苦呀!"说着不由痛哭起来。她正是潘小绢。

另一个年纪较轻的妇女,望着遍地尸体,恨道:"皇帝,皇帝又欠下了百姓一笔血债。"她是秦淮艺妓孟珠。

二人来回查看女尸,不见潘玉儿。孟珠安慰潘小绢道:"也许玉儿未死。"

潘小绢泪流满面道:"纵使玉儿未死,也被台军掳去糟蹋了,这比死还要惨。"

孟珠道："也有可能混在百姓中逃走了，我们慢慢寻访吧！"

孟珠扶着潘小绢走向来路。

三个月后，齐明帝萧鸾寿终正寝。他信道术，服仙丹。临死那天，宫人还以为他仙去了呢。

二十四　不及金莲步步来

　　齐明帝萧鸾死后，太子萧宝卷做了皇帝。萧宝卷本来也是一个很淫乱的人。可自得到潘玉儿后，他好像换了个人似的，把六宫粉黛全疏了。

　　潘玉儿被她的父亲俞宝庆送入宫中，恰逢萧鸾病死，萧宝卷登基。萧宝卷年方十六，与潘玉儿同年，从小好爬杆、戏马，长得一表人才。潘玉儿哭闹着要出宫找妈妈，不知同俞宝庆吵闹过多少次。一天，在宫中看到很多岁数与她差不多的男孩，围着一根很粗的杆子，有七丈多长。这根杆子竖在一个肩阔膀粗的将校身上。突然有个戴金薄帽，衣着华丽的男孩，缘杆直上，上下三次，捷如猿猴。男孩同声喝彩。潘玉儿却把嘴一撇，冷笑道："有什么了不起，差得远哩。"男孩子见发话的是一个小姑娘，有个大一点的孩子说："小妞儿，别说大话，有本事你也上一上。"潘玉儿也不答话，像一朵彩云一样，飞上了杆顶，立即一个倒挂，白玉似的手臂伸向两边，细腰微仰，星眼凝视远方。杆底爆发出雷鸣般的掌声，那个表演过猿猴爬杆的男孩欢呼道："好一个凤凰展翅，太美了！"忽然，潘玉儿又翻过身来，蓦见她一只脚独立在杆上，另一只脚高举过头，两只玉手围成一个弧形，攀住了这只脚。男孩子们看得眼都傻了，他们以为是仙子下凡，独立云端，展示她的仙姿与仙术。又是那个表演猿猴爬竿的男孩在欢呼："好一个金鸡独立，更难也更美。"潘玉儿突然离开了杆顶，在男孩的欢呼声中，轻盈地向后连翻了几个跟斗，轻轻地落在地上。男孩欢声雷动，围了上来。那个表演猿猴爬杆的男孩向前问道："你叫什么名字，是什么时候入宫的。"潘玉儿见这个男孩个子高高，很有神气，面如冠玉，对他颇有好感，微笑道："我叫潘玉儿，才入宫不久，你呢，你叫什么名字?"其他男孩几乎同声叫着："他是皇上。"潘玉儿一惊，敛衽为礼道："恕玉儿不知之罪。"萧宝卷这时注意了她的美，心想："这样一个倾国倾城的美人，又有这样高妙的技艺，恐怕通国再也找不出第二个了。"他脱口就道："朕封你做贵妃。"潘玉儿倒一时窘得说不出话来。男孩子们却在旁边鼓噪："快谢恩呀!"要说潘玉儿不愿意，倒也未必。她对面前这个男孩已有好感，只是做贵妃就是做老婆，有点腼腆，心里也有点发慌。迟疑了一会，才跪下道："玉儿谢恩。"萧宝卷先还用两眼逼视着她，见她跪下谢恩，才笑着扶起她来。孩子们都在大笑，顶杆的将校也走来向他们道贺。

"三千宠爱在一身"。萧宝卷从此与潘玉儿形影不离。

萧宝卷为潘玉儿起造了神仙、永寿、玉寿三殿。玉寿殿用玉儿的名字命名。潘玉儿日常住在玉寿殿中。此殿四面绣绮，窗间尽画仙子，锦帐也名飞仙，含有"神仙居处"之意。而萧宝卷心目中的仙子就是潘玉儿。萧宝卷把建康庄严寺的玉九子铃、禅灵寺宝塔的宝珥都取来装饰玉寿殿。潘玉儿带的琥珀钏，价值一百七十万。在萧宝卷看来，这些东西放在和尚庙、皇帝宝库里是暴殄天物，只有用来装扮玉寿殿和玉儿，才能显露它们固有的光彩。

潘玉儿觉得太奢华了，有天问萧宝卷："陛下这样宠我，不觉得大臣会讲话吗?"

萧宝卷笑道："那些大臣特别是忠臣，是剥脱皇帝爱一个人权利的专家。皇帝如果爱上哪个人，问题没有发生，他们就会说这个女人是祸水。一旦发生问题，就更振振有词。他们根本不去追究发生问题的真正原因。王莽本来就要篡权，人们却把赵飞燕说成是祸水。刘劭本来就想整死父皇，人们却把潘淑妃说成是祸水。"

玉儿插话道："我妈妈和我姓潘，就是跟潘淑妃姓，潘淑妃是个好人。"

萧宝卷道："对了，潘淑妃是好人，但大臣们以为皇帝只能爱皇后，而皇后却是父皇和母后聘定的，皇帝并不认识她，所以，皇帝和皇后之间，往往没有感情。"

玉儿插话道："我倒不希望陛下和褚皇后如此。"

萧宝卷道："你心地善良，所以会有这个想法。皇后却不一定会这样想，她会妒忌你，说你夺了她的爱。大臣也会站在皇后一边，说皇后是正配，要求皇帝心向皇后，并说这是孔夫子的教导。"

玉儿插话道："我就不明白，既然大臣都要求皇帝心向皇后，为什么又容许后宫佳人多到万人呢？"

萧宝卷道："他们说后宫佳丽万人是传统，是制度，是皇帝应有的权利与享受。他们宁要求皇帝泛爱，却不准皇帝除了皇后以外，对后宫某个佳人发生特别的感情，特别不准皇帝对后宫某个佳人爱情专一。"

玉儿闪着明亮的眼睛道："我明白了，大臣宁支持皇帝采女入宫，讨一万个老婆，却反对皇帝专爱一个人，娶一个老婆。"

萧宝卷越看玉儿越觉可爱，恍疑她真是天上仙子下凡，忽发奇想，深情地说道："玉儿，六宫佳丽如敝屣，我真想和你一起，策马江湖，那真是神仙生活。"

潘玉儿听说，不禁想起母女江湖卖艺的生涯，悠悠神往道："真的吗？那可好呢！"

萧宝卷一下把她拥在怀里。

第二日，风和日暖，潘玉儿乘卧舆出了宫门，萧宝卷骑白马紧随卧舆，后面有五六十个"骑客"跟随。马蹄飞驰，顷刻离开了建康城。

萧宝卷笑向潘玉儿道："今天策马江湖，是个预演。黄门怕我们有失，一定要跟来当骑客。来日江湖策马，只有我和你，才真适情快意呢。"

潘玉儿幽幽道："策马，策马，你怎么不让我骑马，一定要我乘车，叫四匹马拉，怪不快意的。"

萧宝卷笑道："怕你在马上翻跟斗，累了你呀。"

"嗖嗖"弓弦连响，几只野鸡被骑客射中，坠落田野。一只雪白的兔子从林中奔出，萧宝卷张弓欲射，玉儿急道："别射，这只白兔太可爱了，把弓箭给我。"正好有三只乌鸦从林中飞起，玉儿一连三箭，乌鸦凌空下坠。骑客赶了过去，见三箭都中咽喉，一齐欢呼道："贵妃神箭，三中咽喉！"萧宝卷也很得意，可他却没有什么可射，急得兜马团团转。蓦然林中又飞出一只苍鹰，他急从玉儿手中取回弓箭，搭箭便射，苍鹰呱的一声，坠于玉儿车前。骑客们又是一阵欢呼："陛下神箭！"但他却没有射中咽喉。

这天，他们在野外烧烤野味，吃了一顿丰盛的野餐。

回宫路上，经过建康大市，看到市内热闹非常，买卖人笑脸迎人，观光客怡然自得。萧宝卷叹道："皇宫内院，寂寞冷落，哪能比得上建康大市热气腾腾。"他看到一家酒店，卖酒的是一个穿红的少女，笑脸盈盈，殷勤招呼客人。又听她发出银铃似的声音，频道："我店有苍梧缥青、宜春美酒、琼苏绿酒、酃水美酒，还有乌孙国的青田美酒，色色齐全，欢迎光顾。"他看到不断有人进入她的酒店，又不断有喝得满脸通红、烂醉如泥的酒客蹒跚走出她的酒店，不由笑向潘玉儿道："真有意思，我们回宫也卖酒去。你卖酒，我卖肉，宫人阉人当顾客。强似当寂寞皇帝、寂寞皇妃。"玉儿笑道："你这个主意很好，将来并马江湖，倦了便开酒店，我当卓文君。"

宫里的大市开业了。酒店设在莲花池边，自莲花池开渠立埭，肉铺设在埭上。开业之日，正值盛暑，池中莲花齐开，红白相映，清香四溢。酒店肉铺，红旌高挑，鞭炮齐鸣，顾客如云，笑语连连。顾客多是花枝招展、一袭薄装的宫女。她们坐在池边预设的席子上，饮酒吃肉，深宫何曾有过这种生活。她们个个喝得杏腮带赤，燕语莺啼，不知日之将夕。

卖酒的潘玉儿，这天穿着薄薄的杏黄衫子杏黄裙，笑靥如花，裸露着美玉似的手腕，替买酒的宫人送酒，宫人看看她，又看看池内莲花，都道："卖酒人比荷花还要美呢！"

潘玉儿兼市令，萧宝卷在肉铺卖熟肉，故意提高市价，宫人告到潘玉儿处，潘玉儿道："按市规处罚，打屁股二十板。"打皇帝的屁股，这还了得，但萧宝卷却愿挨。宫女都不为萧宝卷求情。阉人王宝孙走来说："看在初次，罚两倍退还多收的肉价吧。"潘玉儿这才饶了他。

风摆芰荷，如玉人碎步。正好潘玉儿细腰款摆，走到宫人席上问酒。有个十三四岁的小宫女对同席的宫人说："她真像芙蓉仙子，碎步走在荷花上。"萧宝卷为邻席送菜，听到小宫女的话，又生遐想。他笑对宫人们说："明天请你们看芙蓉仙子下凡。"宫人们笑着说："陛下说话要算数，要不，还要叫市令罚你。"萧宝卷微笑不答。

第二天晚上，莲花池边，张灯结彩，水波荡漾。明月临空，倒影池心，池中似有无数银光在跳动。满塘荷色，更显得清丽绝俗。池边宫人，个个屏息凝神，等待芙蓉仙子降临。忽然空中落下一片金色莲花，金莲尚未落地，已被凌空飞来的一位白衣仙子，赤脚踏上。脚色如美玉，踩着金莲，金玉相辉，光华夺目。白衣仙子第二只玉脚刚刚踏出，脚底又飞来一叶金莲，恰好被她的玉脚踩到，好像这叶金莲是从她脚底下生出来似的。白衣仙子娉婷向前，她每踏出一步，脚下就生出一朵金莲。宫人们看得眼也不眨。仙子从宫人们面前走过，忽然回头嫣然一笑，可不是潘玉儿吗？不知是谁发出了一声赞叹："脚下步步生莲花，人比莲花美十分。"

唐人李商隐诗云："谁言琼树朝朝见，不及金莲步步来。"后一句说的便是潘玉儿。"金莲步步来"即"步步生莲花"，无小脚之意。明人小说《金瓶梅》中的女主角潘金莲，则含美貌、娉婷、小脚、淫荡四义。取潘为姓，金莲为名，未免唐突潘玉儿。

二十五 永元事变一何多

萧宝卷正在暗处向潘玉儿脚下投掷金莲，王宝孙轻轻走来附耳语道："右卫将军刘暄有机密事求见。"萧宝卷手中金莲仍在不断投掷，漫应道："要他在芳乐殿等候。"

萧宝卷和潘玉儿一同来到芳乐殿，刘暄借着宫灯灯光，偷看了一下潘玉儿，心道："如此绝色，人间哪曾见过！"萧宝卷问他何事，他慌忙俯伏道："臣有事密奏陛下。"萧宝卷道："此间无外人，你就起来说吧。"

刘暄说出了一件惊人的事：始安王萧遥光要求右仆射领太子詹事江祐、侍中江祀、领军萧坦之、尚书令徐孝嗣与刘暄，支持萧遥光称帝。江祐、江祀兄弟表示赞同，萧坦之、徐孝嗣犹豫，他则坚决反对。

萧遥光、江祐、江祀、萧坦之、徐孝嗣与刘暄，当时被称为"六贵"。齐明帝死，萧宝卷继位，朝政由六贵辅弼。萧遥光与萧宝卷为堂兄弟，徐孝嗣为萧宝卷三弟萧宝玄的岳父。萧宝卷何曾想到六贵竟要把他除去，代之以萧遥光。他很惊异。

刘暄又道："始安王派人于青溪桥道中行刺为臣，托陛下之福，臣幸无恙。"

他这句话不说还好，说了反而引起萧宝卷怀疑他的忠诚。萧宝卷心想："如果不是萧遥光要刺杀你，你还不来呢。"他沉吟一会，神色如常，说道："朕知道了，你去吧！"

刘暄走后，萧宝卷对潘玉儿苦笑道："想不到父皇杀了那么多王，还有王要抢宝座。"

潘玉儿闪着一双清澈的明眸说:"我听妈妈说过:有皇帝就会有人抢皇帝的宝座,杀是杀不尽的。事情既然发生,陛下还是少杀为好。"

萧宝卷向她注视良久,笑道:"自从得到你,我好像有点变了,这或许是爱的力量吧。我不想多杀人。"

萧宝卷唤来王宝孙,对他说:"传朕的话,命茹法珍、梅虫儿收捕右仆射江祐、侍中江祀,问以谋叛之罪。召始安王前来见朕。"

萧遥光怀着鬼胎到了芳乐殿,萧宝卷目含煞光,冷冷地道:"江祐、江祀兄弟谋反,朕已收捕问罪。"

萧遥光乍听此言,惊得发抖,忙道:"臣不知江氏兄弟包藏祸心,敢为大逆,罪该万死!"

萧宝卷笑了笑,又道:"朕封你为司徒,解除中书令、扬州刺史之职。望卿好自为之。"

萧遥光产生了一线希望,眼珠转了一转,奏道:"据臣所知,右卫将军刘暄欲立鄱阳王萧宝夤为帝,其罪当死。"

这倒是个新情况。萧宝卷道:"朕自有主张。"萧遥光唯唯而退。

萧遥光刚退出芳乐殿,潘玉儿便说:"陛下把江祐兄弟谋反的事告诉他,我见他手足都在颤抖,刘暄说的当是实情,陛下不可不防。"

萧宝卷笑道:"朕让他以司徒归第,他岂不知事已败露,不出三天,他必然要造反,那时杀他便有名了。"

果然,萧遥光回去不过三天,便破东冶,出囚徒,夺取尚方所造兵器,据东府城造起反来。

萧宝卷派台军三面包围东府城,夜间,台军发射火箭,烧着了东北方的角楼,攻入东府城中,萧遥光造反不旋踵而败。

萧宝卷采取了一个不同于前朝滥杀的办法,宣布罪止萧遥光一人,原其诸子,收葬萧遥光的尸体。

萧遥光事平,领军萧坦之、右卫将军刘暄因参与谋反密谋,先后被杀。六贵只余徐孝嗣。徐孝嗣是文官,萧宝卷本想缓手,可徐孝嗣因曾参与密谋，心难自安，想乘萧宝卷与潘玉儿出游，关闭建康城门，以尚书令身份召集百官，宣布萧宝卷"失德"，废掉萧宝卷。而他所说的"失德"，就是宠爱潘贵妃，频杀大臣。可是事机不密，萧宝卷比他早一步召集百官集议，宣布他的罪状，把他召到华林省，派外监茹法珍赐给他鸩酒，令他自尽。

事情并未结束。

豫州刺史裴叔业以寿春城降于北魏，萧宝卷用崔慧景为平西将军，率军征寿春，亲出琅琊城相送。崔慧景军至广陵，突然南渡长江，奉正在京口的南徐兖二州刺史江夏王萧宝玄为主，向建康进兵。萧宝玄曾经是六贵议立的人物之一，早想做皇帝。崔慧景以北征军奉他为主，他大喜过望。崔慧景占领了建康的东府、石头、白下、新亭等城，那时宣德太后王宝明仍旧健在，崔慧景居然效法明帝，假称太后诏令，废萧宝卷为吴王，可又迟迟不立萧宝玄。崔慧景以为胜利在望，不为营垒，住在法轮寺中，对客高谈佛理。萧宝卷密令豫州刺史萧懿自采石济江援台。崔慧景围台城凡十二日而败。

萧宝玄、崔慧景包围台城之日，不断有人向萧宝玄、崔慧景二军投递名帖，表示效忠。萧宝玄、崔慧景既败，名帖为台军所得，送到了萧宝卷案前。萧宝卷微笑道："事由崔慧景、江夏王二人而起，这二人罪无可赦，岂复可罪余人？"他立即命令左右把所有名帖，一齐烧掉。

不久，又发生了雍州刺史张欣泰、前南谯太守王灵秀等于新亭谋反的事。他们把鄱阳王萧宝寅从石头迎来，进攻台城，一战而溃。萧宝寅逃到建康草市市尉家里躲避，市尉上告朝廷，萧宝卷召萧宝寅入宫。萧宝寅以为必死无疑，哪知萧宝卷对他很客气，笑向他说：

"宝玄和你都是朕弟，有些人想利用你们，伺隙而动。你是被迫的，与宝玄不同。朕不仅不会杀你，且仍旧封你做鄱阳王。

萧宝寅叩头道："臣感谢陛下不杀之恩。"

萧宝卷道："你应当感谢潘贵妃，她是个挨骂的人。人们造反往往以她为口实，其实是她劝朕少杀人。是她对朕说，你被制不自由，叮嘱朕不要杀你。"

萧宝夤又叩头道:"臣感谢陛下和贵妃不杀之恩。"

萧宝卷和潘玉儿是深宫关不住的人。起初,他们出游,尚能自由自在,进出市场巷陌。一连串的事变,使左右感到很危险。在萧宝卷身旁出现了一群应敕捉刀之徒,著名人物有茹法珍、梅虫儿、俞灵韵、俞宝庆等。萧宝卷称俞宝庆为"阿丈",可这个阿丈并未得到特别的优待,只有成天抱怨她女儿潘玉儿。"刀敕"在宫应敕传话,出外提刀保驾。当他们护驾出游时,要他们不扰民是困难的。潘玉儿觉得这是个问题,对萧宝卷说:"何苦为了出游,驱赶沿途百姓?"他们想出一个办法:西游为长江所限,不如东游。从台城万春门经东宫以东至东郊,划出回避范围。沿途两旁官居民宅在划线以内的叫围内。因为路线较长,又叫"长围"。在长围以内,无论官民,当皇帝出游时,都应回避。皇帝回宫后,可以回家。皇帝驻足之处,悬帐幔为屏障,派人防守,叫作"屏除"。围外居民从此时常可以听到屏除内鼓角横吹之声。当皇帝回宫,火光照天之际,也就是围内居民回家之时。

此法实际是将临时驱赶路上行人改为事先驱赶沿途人户。富贵人家都数处立宅,以为避围之用。怨言并不能止息。潘玉儿又对萧宝卷说:"还是停止出游为好,宫内也可屠肉沽酒。"萧宝卷苦笑道:"人们都说皇帝无事不可为,可一来怕人行刺,二来怕人埋怨。出游路线不长,最后还得退回深宫。策马江湖,只在我俩的幻想中。看来真不如当老百姓。"

出游停止了。

雪花扑窗,凉风穿户,永元二年的深冬已经来临。在一个风雪交加之日,后宫莲亭中传出了洞箫之声。有女唱道:

"堪嗟身世如转蓬,长年漂泊任西东。

武进陵口身被虏,何幸君王恩意隆。

并辔江湖记私语,梦醒依旧困深宫。

莲池一夜风雪紧,底事芳春太匆匆?

比翼愿作同命鸟,冲风冒雪在严冬。"

　　歌声玉润珠圆，顿挫时，如风振琼林，激扬时，如凤鸣九霄。听得池面金鲤翻波，林中宿鸟穿亭。唱歌的是潘玉儿，吹箫的是萧宝卷。

　　萧宝卷笑道："你写的这首歌词情文并茂，就叫《女儿子》歌吧。"

　　潘玉儿笑道："谢陛下赐名。"

　　萧宝卷道："我有一种预感，事变又要发生了。谢卿愿作同命鸟，共迎风和霜雪。"

　　潘玉儿道："陵谷可变迁，妾心不可移。"

　　一阵寒风吹来，雪花飘进莲亭。萧宝卷脱下了自己的轻裘披风，盖在潘玉儿身上。

二十六　襄阳鼙鼓动地来

就在永元二年雪花纷飞的时节，襄阳雍州刺史府中，有个三十多岁的人，站在走廊里，背着双手，时而凝望满庭白雪，时而低头沉思；时而面色凝重，似未想通；时而双眉轩动，似有所得。他逐渐明白了几个长久没有解开的问题。

"明帝废立，滥杀高、武子孙，荆州行事萧颖胄之所以从容不为异同；大臣对于改朝换代，废立皇帝，大杀诸王，之所以都像萧颖胄一样，漠不关心；老皇死了，少皇即位，大臣与方镇之所以各怀异计，如'六贵'之所为，是因为现在这个时代，正统观念、忠君观念都淡薄了。当前是一个'争强弱而较愚智'的时代，强者为王。只要是个强者，做了皇帝，人们都会抛弃旧朝代、旧皇帝，向新朝代、新皇帝表示效忠。我要起兵，民心向背，大可不必考虑。要考虑的倒是荆州萧颖胄……"

他正在思索着如何把荆州拉拢过来，突见咨议参军张弘策快步向他走来。张弘策递给他一张纸条，上面写着两句童谣："襄阳白铜蹄，反缚扬州儿。"他笑道：

"弘策兄对这两句话如何解释？"

张弘策正色道："这两句话应在萧雍州你和当今天子萧宝卷身上。白铜蹄谓金蹄，马也。襄阳白铜蹄，谓雍州兵马。扬州儿谓十九岁的萧宝卷，反缚扬州儿，谓萧宝卷成禽。二语主雍州当兴，齐朝当亡。卑职敢为萧雍州贺。"

萧雍州便是这个刚才还在沉思的三十多岁的人。他叫萧衍，与齐皇室同族。永元之初，出任雍州刺史。

萧衍听了张弘策的话，沉吟一会，断然地说道："有道是违天不祥。当断不断，反受其乱，难得弘策兄与我同心，我心已决。明日召集雍州僚属，宣布起兵决定，征集船只人马。"

当天晚上，萧衍与参军张弘策、长史王茂在刺史内室秘密商议行动计划。张弘策、王茂都认为不如先打荆州，然后自江陵沿江东下。萧衍说：

"我考虑了很久，觉得打荆州不如拉荆州。萧颖胄虽是齐宗室，但此人在废立问题上，素抱中立态度，既不表示赞成，也不表示反对。近闻萧宝卷以刘山阳为巴西太守，溯江西来。萧颖胄亲人王天武现在襄阳，我想写下书信多封，就说刘山阳奉命来打荆、雍二州，派王天武带到江陵去，送给萧颖胄和荆州僚属，荆州必然人心惶惶。等到王天武回来，再派他带两封空函给萧颖胄兄弟二人，但云'一二天武口具'。而王天武不知是空函，萧颖胄兄弟问他，他无话可说。宣扬出去，不仅荆州僚属而且刘山阳都必疑荆雍二州在谋反上已有默契。江陵素畏襄阳人。嫌疑一起，矛盾必生，吾等可以坐待江陵把刘山阳的头送来。如此，则驰两空函而定一州矣，何须出兵？"

王茂拊掌笑道："明公高论，我心服口服。"

张弘策道："然则，我们无须由荆州进兵，而可沿汉水直下郢州。"

萧衍道："对了，预料雍州兵马到达郢州之时，荆州必然引兵来会。"

王茂对此尚有怀疑，萧衍说："这次起兵，行之在我。我动则荆州动，我快则荆州快。荆州不能影响我们，而我们则可影响荆州。反复协商，只能误事，打到郢州，则荆州不请自来。"

室中炭火甚旺，三人红光满面，谈至深夜，张弘策、王茂才告辞而去。

果然，萧颖胄不久就把刘山阳的头送到襄阳。当时的荆州刺史是南康王萧宝融，萧颖胄以南郡太守行荆州府州事。他给萧衍带来口信，欲立萧宝融，并说，现在天寒地冻，且快过年了，要起兵最好等到来年二月。萧衍付之一笑，对张弘策、王茂说：

"他要立南康王就让他去立吧，至于起兵日期，绝对不能推迟到过年以后。如果推迟，不仅浪费军粮，而且必然影响士气。"

王茂迟疑地说："如果让萧行事立了萧宝融，他不是可以挟天子以令诸侯吗?"

萧衍笑道："茂兄可能不明白，挟天子以令诸侯现在不行时了。我们按我们的计划行动，到头来萧颖胄还是要听我们的。"

张弘策笑道："萧雍州妙算，万无一失。我双手赞成即日起兵。"

雍州兵马冒着汉江大雪，分水陆二路，直扑郢州。郢州刺史张冲迎战，被王茂等打得大败而逃。不出萧衍所料，荆州派西中郎外兵参军萧颖达等率军到达郢州，与雍州兵马会于夏口城。萧宝卷派宁朔将军吴子阳等率十三军救郢州。吴子阳军至加湖，去郢州三十里。萧衍乘夜间加湖水暴涨，指挥众军，乘流齐进，发动猛攻。喊声与风声齐厉，刀光与雪光并耀，这一仗打得吴子阳等落荒而走，十三军尽溺于江。郢州开城投降，建康为之夺气。

萧宝卷派冠军将军陈伯之镇江州。陈伯之意怀首鼠，坐在江州观望形势，按兵不动。萧衍对荆雍二州将领说："我可乘陈伯之犹豫不定，进逼江州，陈伯之必定出降。"果然，在荆雍二州兵威紧逼之下，陈伯之束甲请罪。江州唾手而得。

大军进薄南豫州，刺史申胄弃姑孰逃走。这时，萧衍得到前军王茂送来的情报：萧宝卷命征虏将军李居士、辅国将军王珍国率精兵十万，列阵于朱雀航南。李居士已将朱雀航以南、新亭以北的房舍烧得荡然无存，准备迎战。萧衍笑向张弘策道：

"吴子阳、陈伯之、申胄都被萧宝卷看作心腹将领，所以命吴子阳救郢州，命陈伯之屯江州为后盾，命申胄守建康南大门南豫州，可自吴子阳十三州兵败加湖，接着陈伯之便以江州投降，申胄又弃南豫州逃走。将无必死之心，军无必战之志。李居士、王珍国虽有十万之众，又能有什么作为? 李居士火烧航南房舍，畏惧之心已见。大军可马不停蹄，直指建康。"

萧衍到达新林，与张弘策登高望见台军沿朱雀航南大路，纵深布阵，笑道："纵深列阵，而不进攻，适足为我擒也。"

他立即召来王茂等将领，对他们说："各军马上布成犄角，向台军发起突击，务求全歼。"

王珍国还在观望，突然听到前方与左右两侧鼓声大震，喊杀连天。前面台军在后退，左右台军在崩溃，不由惊骇莫名，策马便向后逃。李居士在新亭看见大势已去，插上白旗，下令投降。十万大军就这样葬送在王珍国、李居士手中。

此战之后，台城成了一座孤城。萧衍命令众军筑长围围困台城，与张弘策坐在石头城内，日日置酒高会。

王茂忍不住了，自台城前线跑到石头来问萧衍："明公何故只命令众军包围台城，而不向台城发起进攻？"

萧衍笑道："茂兄何必着急，萧宝卷的头不久就会有人送来了。"

王茂疑道："有人会把萧宝卷的头送来？这人是谁？"

萧衍道："王珍国。"语气十分肯定。

"王珍国？他会送来？"

"现在是强者为尊。对于王珍国来说，萧宝卷并不重要，重要的是我们。何况，航南兵败之后，他天天都在担心萧宝卷会把他杀死。他的眼光是向着我们的。但此人素以贪得闻名，不建大功，他不会来。而大功莫过于杀萧宝卷。"

语犹未了，门卫来报："王珍国派人奉明镜献诚。"

萧衍回顾王茂，大笑道："如何？"

王茂眼闪光芒，也大笑道："明公，我真服了你。"

萧衍断金回报，又命军士安排酒席，与诸将共饮。席间，诸将问起何以断金回报？萧衍微笑说：

"断金者，你得一段，我得一段，所谓富贵与共也。只有断金回报，才合王珍国贪得之心，才能叫他早早把萧宝卷的头送到。"

诸将都发出会心的微笑。这次酒宴，居然个个都喝得酩酊大醉，一任江风怒号，浪花翻滚。

二十七 君死妾岂肯独生

永元三年的冬天到临。

台城六门，鼓角悲鸣。萧宝卷与卫尉张稷、辅国将军王珍国登宣阳门观看敌军阵势，见当城一道长垒，垒后是数不清的军旗与人马，不由苦笑道："看来垓下之围重演了。只是朕非楚霸王，潘贵妃也不是虞姬。"

张稷道："台城有众二十万，仍堪一战，陛下何须忧虑。"肥胖的身躯转动了一下。

萧宝卷回顾王珍国笑道："十万精兵，尽丧航南，二十万人，何可凭借？"

王珍国不由吓得脸色如土。张稷道："航南之败，在于李居士投降敌人，不忠于陛下。"

王珍国心神稍安。萧宝卷又道："忠不忠看皇帝神圣不神圣。朕闻许多文武大臣，平时以忠臣自命，可是今日却络绎不绝，前往石头城，向萧衍表示效忠，看来今日神圣的是萧衍而不是朕了。但当萧衍变得不神圣的时候，人们又会抛弃他。"

张稷、王珍国都听得脸上阴晴不定。萧宝卷望了望他们，又笑着说："君臣关系，自古如此，没有什么奇怪的。当王莽神圣起来时，西汉大臣不是转而尊奉王莽吗？当司马懿神圣起来时，魏国大臣不是转而尊奉司马懿吗？"

王珍国害怕萧宝卷再说下去，转移话题道："臣闻荆雍所立萧宝融已到建康。"

萧宝卷应声道："宝融是朕八弟，今年十四岁，是萧衍的傀儡。他将来也只有死路一条。同室操戈有三种，自己起来为一种，如萧遥光；既是自己起来，又是被人利用，为一种，如萧宝玄；完全被人利用为一种，如萧宝融。这恐怕是有皇帝以来的通例。"

张稷现在感到萧宝卷不仅不是一个昏君，而且明得有点可怕。也许是为了表白自己是个忠臣，他问道："历史上难道没有一个忠王、忠臣吗？"

萧宝卷道："如果孔夫子宣扬的愚忠收效，会有几个文死谏、武死战的人，可这种忠也很可怜。死谏，不过是要求皇帝轻点赋、薄点徭而已，此外就无事可做。死战，则除了拼死疆场，他事一概不问。"

王珍国忽然插话道："臣愿为陛下效命沙场，死而后已。"说话时双手下垂，毕恭毕敬。

萧宝卷枉顾左右而言他："你们看，萧衍来了。"

城下旌旗飘扬，万头攒动，似乎都在欢迎萧衍的到来。萧宝卷冷笑道："别看他现在神气，将来就是他做了皇帝，即使能做个轻点赋薄点徭的皇帝，也会有人起来造他的反，结局并不一定美妙。走吧，到万春门看看去。"

萧宝卷三人冒着寒风，下了城楼。

王珍国日夜坐立不安。那时都督台城众军的是张稷，自收到萧衍的回报——断金，王珍国便想把张稷拉拢过来，与他一同在城内举事。可他不知道张稷的心。张稷有个心腹叫张齐，王珍国与张齐相识。一天，王珍国请他过舍，盛宴款待。酒过半酣，王珍国叫一个紫衣丫鬟捧出一只黄金打成的盒子。王珍国拿过，送到他面前，笑着说："兄弟，你我结识一场，为兄的没有什么礼物送给兄弟，只有这只盒子盛的并不值钱之物，望兄弟笑纳。"

王珍国打开了盒子，忽见光华跳跃，里面竟是一颗价值连城的宝珠。张齐不由吓了一跳，忐忑说道："小弟万万不敢受此厚礼。"

王珍国屏退丫鬟，正色说道："为兄的思之久矣。台城朝夕可破，文武百官都在另谋出路，投奔萧衍的大有人在。如果死守下去，你我的命运，好则当俘虏，坏则杀头。不如乘台城未破，做一番大事，将来投效萧衍，不愁没有富贵。只是台城军队掌握在张卫尉手中，贤弟为张卫尉腹心，如能以言辞说动张卫尉同举大事，将是贤弟的莫大的功劳。为兄的言尽于此，贤弟如果同心，那请将这只盒子收下。"

眼前的宝珠，唾手可得，未来的富贵，并非梦呓，张齐怎能不动心？他眨眨眼笑道："小弟未想到将军是个欲举大事、成大功的大人物，佩服，佩服。为了表示小弟与将军同心，不负将军重托，这盒子小弟就收下了。小弟敢凭三寸不烂之舌，说卫尉与将军共举大事。这就告辞，将军但坐听小弟送来的好消息。"

张稷的心，其实也早已动摇，张齐不是不知道。当张齐把王珍国的话告诉他的时候，他喜得眉开眼动，立即要张齐请王珍国晚上过舍密商。这天晚上，两个胖瘦不一的鬼魅似的人影，直到夜半，还在纸窗下倒映出来。

第二日清晨，中书舍人茹法珍来到萧宝卷、潘玉儿所住的含德殿，萧宝卷正在为潘玉儿梳妆，茹法珍满脸忧色，跪奏道：

"长围至今没有解除，一在大臣怀有二心，二在军无斗志，臣冒死请求陛下杀几个靠不住的大臣，以维人心，将库藏金钱拿出来赏赐士卒。士气必然振作起来，解围犹有可望。"

萧宝卷漫应道："杀人？要知大兵压境，怀有二心的人很多，萧宝玄、崔慧景兵临建康，不是有许多人向他们投递名帖，表示效忠吗？杀是杀不尽的。杀了这个，换了那个，二心仍旧。杀不如不杀，杀了更会使人心惶惶，不可终日。赏赐，说是赏给士卒，都会落入将军手上。现在哪个不想多捞金钱，以图后计。赏不如不赏，赏了不见得就会卖命，可是贪心必起，反而扰乱军心。"

茹法珍大概有点激动，说话的声音放大了很多："陛下，难道就这样等……等到城破吗？"他原来想说"等死"，觉得不妥，改成"等到城破"。

萧宝卷倒是镇定异常，一边为潘玉儿梳头发，一边回答说："兵临城下，无可挽救。萧衍如果攻城，城早就破了，所以围而不攻，是在等待台城内部生变。这对萧衍来说，要好一些，可以保全宫殿，作为他登基之用。朕为皇帝，必死无疑，死了人们还会给我安上一个"昏君"的绰号。但朕想提醒你，皇帝就是皇帝。等萧衍做了皇帝，人们会称颂他是明君，其实比朕好不到哪里去。"

茹法珍叩头流血道："陛下何作此言？臣肝脑涂地，也不能报陛下洪恩于万一。"但心里却在想此言不无道理，我或许可以不死。

月黑风高，夜渐渐深了。后宫黑影幢幢，两条鬼魅似的人影靠近了含德殿。殿内传出笙歌之声，只听唱道：

"堪嗟身世如转蓬，长年漂泊任西东。

武进陵口身被虏，何幸君王恩意隆。

并辔江湖记私语，梦醒依旧困深宫。

莲池一夜风雪紧，底事芳春太匆匆？

比翼愿作同命鸟，冲风冒雪在严冬。"

黑影扑到窗前，蓦然为歌者的美貌、端庄怔住了。他们从内心发出惊呼："绝世无双，绝世无双！""潘贵妃，潘贵妃！"

"张齐、黄泰平，看什么，还不快进！"两条黑影，一条是张稷心腹直后张齐，一条是阉人禁防黄泰平。他们回头见到张稷、王珍国站在身后，立即冲入殿内。

"哈哈，张齐、黄泰平，朕已看到你们站在窗前听贵妃唱歌。你们手中的刀很亮呀，来，朕的头颅在项上，虽然比不上楚霸王的头，也可拿到萧衍面前领赏呀。"

萧宝卷昂然而坐，张齐、黄泰平的手在发抖。张稷、王珍国进殿喝道："还不与我下手！"

萧宝卷笑道："二位何故姗姗来迟？二位事朕多年，克忠克勤，朕无以报。头颅一颗，尽可换得黄金万两，万户侯爵。"

张稷、王珍国两颗头都低了下去，心在扑通扑通地跳。黄泰平向前举刀想砍又不敢砍，在萧宝卷腿上刺了一刀，鲜血渗出。还是张齐胆子壮一些，一刀向萧宝卷项上砍来。潘玉儿扑到萧宝卷身上，哭道：

"本是同命鸟，妾岂忍独生。"

举起匕首，就向自己的心窝刺去。

王珍国一个箭步冲了上去，夺下潘玉儿的匕首，胸前白衫，红了一片。

张稷、王珍国请萧衍的好友国子博士范云将萧宝卷的头送给萧衍。萧衍观看良久，向范云叹道："萧宝卷胜过明帝多矣，三年风水轮流转，奈何皇帝非一人所得而专。"

萧衍进入台城，下令安民。王珍国以为断金犹在，自己杀了萧宝卷，自可得到台鼎之位。可是，萧衍却叫他出去当梁、秦二州的刺史。他大为不满，萧衍为他饯行，他喝了几杯酒，借酒发话道："我近入梁山便哭。"

萧衍懂得他是借哭梁山发泄胸中对出任梁、秦二州刺史的不满心情，佯作惊诧道："阁下若哭萧宝卷，则为时已晚；若是哭我，则我还未死呢。"

王珍国只好乘船，郁郁西行了。

萧衍毕竟有些头脑，进入台城之初，下令保护后宫妃嫔，不得侵犯。过了几天，便问王茂："潘玉儿何在?"

王茂笑道："她自杀未死，坚持不肯离开含德殿，说是要陪伴萧宝卷亡灵。卑职已派人保护，专等明公召见。"

"那你就请她来见我。"

王茂去了不久，便回报道："她不肯来。又说明公如果肯屈驾去含德殿，她可以一见。"

萧衍果真去了含德殿。潘玉儿虽然卸去贵妃衣饰，人也瘦了许多，但仍掩不住她的国色天香。萧衍看得屏住了呼吸。

潘玉儿上前施了一礼，轻启贝齿说道：

"妾见遇时主，死而后已，义不受辱，请求明公赐妾一死。"

萧衍道："有道是皇帝易人，妃从新主，不失富贵，卿何必固执?"

潘玉儿道："富贵于妾如浮云，妾岂朝秦暮楚之辈。情有所钟，死有所安，何能叫作固执？"

"卿既情有所钟，仍居此殿终老如何？"

"妾与宝卷义同生死。妾死志已决，留下何益？"

萧衍毕竟不是一个好色狂徒，见潘玉儿辞色凛然，沉吟良久叹道："有妃如此，萧宝卷可以无憾矣。好吧，赐卿三尺白绫，卿死后与萧宝卷合葬。"

潘玉儿施礼道："谢明公成全。"

三骑快马奔驰到了潘玉儿的墓地。马上下来一个中年妇女，抚碑痛哭道："玉儿，妈来了，你听到妈妈的哭声吗？"她晕倒了。

另外两个人一男一女，男的是金陵大叔，女的是孟珠。孟珠扶住晕倒的妇人，等她醒转，金陵大叔安慰她道："小绢，玉儿死得其所，不要再悲伤了。白云苍狗，帝制如旧，此祭之后，我们可以退隐了。"

他摆好祭品，三人燃香致祭。

朔风怒吼，天上下起鹅毛大雪。

二十八　法于权贵何独轻

　　梁武帝萧衍和贵嫔丁令光在显阳殿谈《净名经》，太子萧统在一旁侍立听讲。中书舍人严亘来告："西丰县侯萧正德自魏逃归。"萧衍抬头似无表情，说了一声："要他在文德殿见朕。"

　　萧正德是临川郡王萧宏之子，萧衍之侄。萧统未生的时候，萧衍养以为子。齐亡梁兴，太子萧统出世，萧正德还本，回到萧宏家，萧正德心想："这一下可好，太子本来应该由我当，将来皇帝由我做，现在都像泡沫一样破灭了。"想来想去，恨声不绝。最后想到"投敌"，到北魏去。临行写了一首诗《竹火笼》，放在案上。诗云："桢干屈曲尽，兰麝氛氲销。欲知怀炭日，正是履冰朝。"他到北魏后，自称"梁废太子"。可是遭到了比他先逃到北魏的萧宝寅的排挤，没有受到北魏的礼遇。他又想道："我在梁是个侯，在北魏什么也不是，不如归去。"因此他这个桢干、兰麝又从北魏逃回江南。

　　萧正德到文德殿，看到萧衍一脸怒色，吓得连忙叩头道："父皇恕罪，父皇恕罪。"

　　萧衍大声道："谁是你的父皇，你拿去看，这是什么？"

　　萧衍掷下一张白纸，萧正德拾起一看，正是他写的《竹火笼》，又连忙叩头道："孩儿知罪，孩儿知罪。"他抬头忽见萧衍在落泪，不由一怔。

　　萧衍哭道："凭这首《竹火笼》，你就该判死罪，何况你又投奔敌国，叫朕如何是好？"

萧正德大概是受到了感染，大哭起来，哀哀说道："孩儿死不足惜，只是……"

萧衍收泪道："不要说了，念你是皇侄，朕赦你无罪，恢复你的侯爵。"

萧正德大喜过望，连忙谢恩。但像他这样的人，总是贪心不足的。恢复本封是得陇，"既得陇"，他就要"又望蜀"。念念不忘做太子，做皇帝。从这时起，萧衍身旁埋下了一颗"定时炸弹"。

严亶又来禀告："奉诏修订《梁律》的蔡法度、沈约、范云候旨晋见。"萧衍道："召他们来文德殿，朕在殿相候。"

坐定以后，萧衍首先讲了话。他说：

"这次修订《梁律》，是件大事。朕有一个原则性的意见：古诗既有'刑不上大夫'之说，又有'王子犯法与庶民同罪'之说，不管古时怎样，江左士族犯法，便不与庶民同罪。法为王者而设，故称'王法'。朕以为制定《梁律》，应以'刑不上大夫'为原则。"

沈约道："周有八议：议亲、议故、议贤、议能、议功、议贵、议勤、议宾。为法而议，则有所开脱。陛下的话无疑是对的。臣以为按周制，凡亲、故、贤、能、功、贵、勤、宾，可于法外立议。"

范云道："依周、汉旧事，有罪者赎。其科：凡在官身犯，罚金。为体现刑不上大夫的精神，臣以为可将赎罪之科，写进《梁律》，耐罪（徒刑）可赎，死罪也可赎。"

蔡法度道："臣同意沈仆射、范吏部的意见，在草拟《梁律》时，将八议与赎罪之科写入。臣尚以为可以明白规定：士庶、官民不同罪，刑不上士族，但设禁锢之科。"蔡法度是尚书删定郎，《梁律》由他起草。

原则既定，萧衍谈起萧正德，说他既心怀怨望，又叛变投敌，依律当死。赦免的话尚未说出，沈约便道：

"西丰侯是皇亲、贵人，犯法属于八议之列，判不判罪，可依议而不依法。"

范云接着又说："对西丰侯来说，臣看连议也不需要。自古以来，王言都在法律之上，陛下说句话就行了。"

萧衍不由大笑道："好个王言在法律之上！不过，朕本身有一个原则：百姓有罪按法，朝士有罪优借。所以，朕的'王言'与法律一致。卿等都是朝士，不畏法律而惧王言。朕今日说过，卿等就再也不必害怕王言了。"

沈约等都伏地称谢圣明。

文德殿会议后，萧衍来到临川王府，萧宏、萧正德在府外接驾，萧宏一再称谢萧衍不仅赦免了萧正德，而且恢复了他的侯爵。回头又喝骂萧正德："不肖子以后要学好。"

萧宏爱妾江无畏，人谓美艳不下于潘玉儿，可却爱以鱼头解酒，饮酒不醉不散。萧衍来临川王府，一是因为萧正德初归，来安慰萧宏，二是因为萧衍曾对江无畏说过："他日当来就汝欢宴。"这天临川王府酒席摆得特别丰盛，单鱼头就有几百个。江无畏伸出像葱管一样的玉手，为萧衍频频斟酒。三人都喝得半醉。萧衍忽然立起来说："六弟，朕到你的后房去看看。"

萧宏脸色突变，由红转紫。但皇上要看后房，哪能拒绝，只得与江无畏一起，陪着萧衍去参观。

萧衍刚走进后院，便听到一片莺声燕语，眼光略一扫射，只见院子里，走廊上，房檐下，绣户旁，都是千娇百媚的女子。或坐或立，或手攀花枝，或调弄鹦鹉。见到皇上来了，一个个都微笑站着迎候。萧衍笑道："六弟，你的艳福不浅嘛，后房妻妾多少？"

萧宏讷讷说道："不多，约有一千人。"

萧衍大笑道："皇帝后宫有女万人，王者后房有女千人，应该应该。"

萧衍来到一间房子门口，见是库房，要萧宏打开来看看。萧宏手在发抖，还是江无畏笑着向前接过钥匙，打开库门。萧衍一眼看到库中悬有一块紫色牌子，上面写着"此库十聚，有钱千万"。萧衍数了一下，果然是十聚。每聚都有一张黄榜，上书"百万"二字。萧衍回头问萧宏："千万一库，你有多少库了？"

萧宏道："这个……"他不敢说下去。还是江无畏笑着对萧衍说："已有三十多库了。"

萧衍屈指数了数，满脸露出喜色，笑向萧宏说："阿六，你有现钱三亿余万，生活大可！"

萧宏后房女子成千，或是抢来，或是强买而来。库藏金钱三亿余万，都是受的贿赂，收的高利贷利息。萧衍虽然没有问他女子、金钱从何而来，他内心未免恐慌，又讷讷说："陛下，……陛下不会见罪吧？"他仍有疑惧。

萧衍愕然道："阿六，你是怎么搞的？你有这么多女子、金钱，朕喜欢还来不及呢，怎会怪罪你。"

萧宏这才放下心来。江无畏笑道："酒还未喝完呢？我们只喝了半醉，还去喝吧！"

萧衍笑道："你说得对，今天不醉不休。"

三人喝到晚上，萧衍真个醉了。萧宏、江无畏扶着他上了辇车。

此后，萧宏父子，更加肆无忌惮，为非作歹。萧宏放高利贷，规定以田宅邸店作抵押，立文卷，写明还钱期限。到期还不出来，没收田宅邸店。萧正德与乐山侯萧正则、潮沟董当门世子董暹、秦淮河南岸夏侯夔世子夏侯洪，以淫、盗、屠杀为业，被称为"四凶"。萧衍睁一只眼，闭一只眼。

可是，有个建康女子名叫任提女，被控告拐卖人口。她的儿子作证，母亲确实犯了拐卖人口之罪，买主中有临川王。任提女被判处死刑。她的儿子指证母亲有罪，违反了儒教"子之事亲，有隐无犯"的原则，上报到萧衍处。圣旨批复："流于交州。"至于临川王，自然无罪。

一日，萧衍来到建康南郊祭天。忽有一人，年约六十，步履如飞，眼闪神光，排开警卫，直奔萧衍车前，向萧衍一揖，问道：

"陛下为法，何以急于黎民，缓于权贵？"

萧衍吃惊非小，反问道："阁下何人？"

老者道："山野之民，久忘姓名，人称金陵老人。"

萧衍一怔："金陵老人，阁下莫非前朝遐迩闻名的金陵少年？"

老者道："不敢。"

萧衍沉吟了一会，抬头笑道："朕年轻时便闻阁下之名，心慕已久。阁下所提问题很好，朕有意请阁下出仕朝廷，为朕辅佐，未知意下如何？"

金陵老人道："山野之民，归隐久矣，官岂我之所欲。陛下作法，权贵百姓，如能一视同仁，于愿足矣。山野之民，言尽于此，如蒙采纳，天下幸甚。"

老人缓步越众而去。萧衍一直看着他，直到背影消失。

远处传来了歌声："嬴氏乱天纪，贤者避其世。黄绮之商山，伊人亦云逝。……奇踪隐五百（自秦至晋约五百年），一朝敞神界（桃花源）。淳薄既异源，旋复还幽蔽。借问游方士，焉测尘嚣外！愿言蹑清风，高举寻吾契。"

所歌竟是陶潜的《桃花源诗》。声调铿锵，裂石穿云。

萧衍回头问站在身旁的中书舍人朱异："你认识此人吗？"

朱异道："臣闻此人文武全才，可是心胸褊狭。"

萧衍冷冷地笑道："不是心胸褊狭，而是想得太远。此人是晋朝鲍生与陶潜的传人，五百年帝制的否定者。自少至老，不改其衷。这种人如果多了，朕这皇帝就难当了。"

二十九　既留《文选》应无恨

飞燕穿户，阳光洒窗，东宫书房，传出了吟哦之声：

"众女嫉余之蛾眉兮，谣诼谓余以善淫。固时俗之工巧兮，偭规矩而改错。背绳墨以追曲兮，竞周容以为度。忳郁悒余侘傺兮，吾独穷困乎此时也，宁溘死以流亡兮，余不忍为此态也。"

吟哦之声，戛然而止。书房又传出一声叹息：

"这真是至性至情之文！秦朝以前的文章可以入选的，看来只有屈原的作品。姬公之籍，孔父之书，但以立意为宗，恐……"

太子萧统将整个心神都投入了《文选》的编纂中。先秦文章，他读来读去，感到只有屈原和宋玉的作品，是出乎性情之作，合于他编纂《文选》的宗旨。他头痛的是周公、孔子之书，从中找不到一篇出于性情的东西。篇篇都在立意，篇篇都在说教。如果一篇都不选，不仅将受到那些以儒学为安身立命根本的士大夫的责难，而且还可能受到正在提倡佛儒合一的父皇的白眼。

萧统又将《礼记》《论语》等书从书架上搬到书案上，正襟危坐，燃香仔细阅读。越读却越皱眉头。

"不能入选，不能入选。《文选》以能文为宗，文发乎情，情见乎文。既不合我标准，安能勉强选取？世俗之议，顾不得了。"

他一眼瞥到案头放置的《陶渊明集》，眼睛一亮，随手取来，正翻到《饮酒二十首》。他读到第三首起头一句"道丧向千载"，不禁自语道："这与《感士不遇赋》中'自真风告退，大伪斯兴'一个意思。"他读到了第五首，忽然口吟起来，一双俊目闪闪发光。

"结庐在人境，而无车马喧。问君何能尔？心远地自偏。采菊东篱下，悠然望南山！山气日夕佳，飞鸟相与还。此中有真意，欲辨已忘言。"

他心想："陶潜意不在酒，不过寄酒为迹罢了。语时事则指而可想，论怀抱则旷而且真。他厌恶的是'嬴氏乱天纪'，他向往的是'桃花源'。这真是个奇人！"

萧统忽觉心血来潮，文思泉涌。他铺开素纸，飞笔疾书："陶渊明，字元亮，或云潜，字渊明，浔阳柴桑人也。曾祖侃，晋大司马。渊明少有高趣，博学，善属文；颖脱不群，任真自得。……"一篇七百余字的《陶渊明传》，顷刻写成。

他读了两遍，觉得意犹未尽，又为《陶渊明集》作序，把他刚才想到的"寄酒为迹"，"语时事则指而可想，论怀抱则旷而且真"，都写到了序中去。

写完，掷笔大笑道："我这个皇太子成了陶渊明的知音了。"萧统年轻俊美，笑时灿若春花。

"好呀！陶渊明有皇太子为知音，当笑吾道不孤矣。"

发话的是东宫通事舍人刘勰。萧统见他来到，问道："《文心雕龙》写了多少篇了？""第三十一篇《情采》已经写成，正想请太子过目。"

萧统就他手中取过《情采》篇，读道：

"故立文之道，其理有三：一曰形文，五色是也；二曰声文，五音是也；三曰情文，五性是也。五色杂而成黼黻，五音比而成韶夏，五情发而为辞章，……故情者文之经，辞者理之纬。经正而后纬成，理定而后辞畅。此立文之本原也。"

萧统不由拍案赞道："好个情者文之经！情文、形文、声文虽然应当并茂，但情为立文之本。无病呻吟，岂能成文？君之文心，实同我心。"

刘勰谢道："能得太子这席话，我写《文心雕龙》也有信心了。"

萧统笑道："我编《文选》，接触的诗文多了，感到情因人而不同，因事而不同，因时而不同，因地而不同。情有万千，但唯有至性至情之文才能感人，引起共鸣。如陶渊明诗。"

刘勰插言道："钟嵘说陶渊明为隐逸诗人之宗，并将陶诗列入中品。"

萧统道："钟记室（晋安王萧纲记室）不懂得陶渊明是一个穿上隐士外衣而语时事、写怀抱的诗人。最可叹的是钟记室主张'直寻'，陶诗为直寻的冠冕，他把陶诗列入中品，就是不可原谅的了。"

谈到这里，门人来报，车马已经准备好了。萧统笑向刘勰道："整日埋头书堆，辜负大好河山，我欲往南州一游，看看谢朓青山。舍人是否有兴同往？"

刘勰笑道："人们都说皇太子不好丝竹，但爱山水，在古今贤王中少有。太子挟书游栖霞山，人们称太子坐处为太子读书台。将来江南不知会有多少处太子读书台哩！我能与太子同游，无上光荣，哪有不去之理。"

萧统略作整理，与刘勰一同出了东宫。

一个耽于书籍、山水，不好声色的皇太子，偏偏有人妒忌，有人中伤。萧统的母亲丁贵嫔病故，葬后，不知从哪里跑出来一个道士说："葬地不利于长子，如果在墓侧长子位置埋上蜡鹅等物，可以缓解。"那个时代人很迷信，以看风水为业的人很多。宫监鲍邈之力劝萧统听从道士的话，埋上蜡鹅，而他又跑去告诉皇上萧衍。萧衍有前朝刘劭埋玉人之鉴，最怕巫蛊为害。派人去发掘，果然掘得蜡鹅等东西。蜡鹅本来不同于玉人，可萧衍却从此对萧统心存芥蒂。暗中称快的却是曾经觊觎皇太子地位的四凶之一萧正德。这件事情发生以后，萧统更加纵情于山水。

一日，萧统从石城倦游归来，被召至华林省。萧衍正在讲他自己撰写的《五经讲疏》及《孔子正言》，五经博士贺场预讲。萧衍见皇太子来了，突然把手中书卷一放，满面怒容，骂道：

"你对先圣究竟抱什么态度，《文选》中五经文章，一篇也没有。陶渊明是五百年帝制的反对者，而你却为他立传，这还不够，又为他的诗集作序。你为什么薄于圣人而厚于陶渊明？"

天颜发怒，把贺场吓坏了，伏地不起。

萧统却侃侃回答道："圣人的书，怎可芟夷剪裁。不入《文选》，正是尊崇圣人。至于为操行高洁不涉于世者立传作序，汉人早已为之。今则杂传多矣，高士、逸士、逸民、高隐、名士，无不有人为之立传。孩儿为陶渊明立传作序，何奇之有乎？深望父皇鉴谅。"

萧衍未想到他的儿子竟这样回答，一时语塞，只好叫他退下去，以后多读圣贤之书。

皇太子失宠，立即在诸王中传开。萧正德喜得心花怒放，暗想："你也有今日。"

中大通三年三月三日，是桃花节期。这天阳光明媚，百鸟争鸣，花树灿若铺锦蒸霞。萧统郁郁寡欢，泛舟游于后池。荡舟的女姬把小舟划到芙蓉深处，突然一只水鸟冲天飞起，萧统凝望着这只高飞的水鸟，心神驰向了高空，驰向了白云。他想这只水鸟多么自在，多么逍遥，比自己强过何止百倍。

"哎呀，不好。"小舟向右侧翻覆。原来荡舟二女挤到右边采摘芙蓉，萧统与二女一齐落水。

萧统虽然得救，但半由于忧郁，半由于落水，从此一病不起。一颗文星陨落了。他死时才三十一岁。

萧统死后，按照儒家教义，应立他长子萧欢为皇太孙，将来继承帝位。可是萧衍虽然以发扬儒学自命，却迟迟不立萧欢。这喜坏了萧正德。他还在做当皇太子与皇帝的梦。

时节已到仲夏了。诸王还有西丰侯萧正德，都在把眼睛盯着萧衍，萧衍也在为立嗣一事，辗转反侧。他把自己关到净居殿，冥思苦想。

"立孙欢为皇太孙吗，于儒家教义符合，可是，这个孙儿颇有父风，不能立他。统儿就是不死，朕也会把他废掉。大儿子死了，二儿（萧综）又自以为是萧宝卷的遗腹子，步正德后尘，跑到北魏去了，至今不归。三儿（萧纲）颇有文采，但脂粉气太重，遇事无决，疑虑太多。四儿（萧绩）已经死了，五儿（萧续）英勇果决，朕之任城（曹彰）。六儿（萧纶）也有文采，但骄纵过甚。七儿（萧绎）瞎了一只眼，生性猜忌。八儿（萧纪）宽和，喜怒不形于色。到底立谁好呢?"

萧衍把八个儿子，一一想了一遍，就是没有想到萧正德。他想来想去，既不能立萧欢，"按照兄终弟及的办法，还是立三儿吧。别的孩子也不一定比三儿强"。

萧纲被立为皇太子的诏书下达了。萧正德在临川王府听到消息，恨道："我要叫萧衍父子不得好死!"他在等待机会。

在萧纲被立为太子不久，一个满山夕阳红的傍晚，萧统墓前燃起了香烛。有个和尚打着稽首，默默念诵经文：

"皇太子，你安息吧，既然留下了三十卷《文选》，九泉应无遗恨。四大皆空，何计子孙。贫僧曾蒙你以知音相待，特来一祭。此祭之后，贫僧也要去云游了。"

这位僧人正是萧统生前的好友刘勰。他看破红尘，在建康定林寺出家，改名慧地。后来不知所终，只留下五十篇《文心雕龙》。

三十　丝竹从此满东宫

　　自萧纲进入东宫，东宫变了。原来到处都是书橱、书架，藏书多达三万余卷，现在则是丝竹盈耳，粉黛成阵。原来是千百年来至性至情文章的讨论与编辑中心，现在则是"思极闺闱之内，止乎衽席之间"的艳丽的宫体诗与甜歌金曲的产地。

　　东宫画阁，丝竹齐奏，有女唱道：

　　"宿昔不梳头，丝发被两肩。婉伸郎膝上，何处不可怜。"

　　"自从别欢来，奁器了不开。头乱不敢理，粉拂生黄衣。"

　　唱的是《子夜歌》，歌声哀苦。突然一转，节奏急促，虽有哀思之音，但欢快多了。歌者又唱道：

　　"花色过桃杏，名称重金琼。名歌非《下里》，含笑作《上声》。"

　　歌声刚歇，忽听画阁响起了年轻人的大笑声："这真是初歌《子夜》曲，改调促鸣筝，听我歌《上声》了。金珠，想不到你的歌曲造得这么动听，既不失古音，又有新声。"

　　说话的二十六七岁，生得脸如敷粉，目如点漆，十分俊美。他正是太子萧纲。金珠姓王，是个宫人，以善唱新声，为太子所喜爱，随在太子身边。他听到太子称赞，上前敛衽为礼道：

　　"永明诗人已在诗歌中用了四声，贱妾以为清商曲自铜雀三调以来，虽是人们喜爱的歌曲，但变化不大。现在应当改创，运用四声，这才会得到人们的欢迎。调子老了，就没有生命了。

"慢来，"太子道，"清商曲中的《吴声歌曲》，以往只唱而不能舞。你造的《上声》吴歌，我听了似可以伴舞。"

王金珠道："贱妾所造《上声》歌正是舞曲，这也是一个新变。"

太子立即唤来八个宫女，丝竹重新奏起《上声》曲，八女应着节拍起舞，舞步由缓而急，罗裙飘举，犹如八朵彩云，御风飞翔。歌声刹住，八女如彩云飘降，云鬟低垂，玉腮见汗。

太子大笑道："低鬟逐《上声》，要跟上节奏，真不容易呢。曲美舞姿也美，人呢，更美。"

王金珠笑道："乞太子以诗相赠。"

太子道："好好，你不央求，我也要写呢，但不是赠给你的。"

太子铺开素笺，王金珠为他染墨。他挥毫写了二十五个真草字。

"《绝句赐丽人》：'腰肢本独绝，眉眼特惊人。判自无相比，还来有洛神。'"

王金珠边看边笑道："永明诗人要自叹不如了。太子这首诗平仄相间，运用准确。题作'绝句'，是个开创。这是开天辟地第一首绝句。"

太子笑道："你是我的知音，我，也是你的知音。"

王金珠望着他，也报以微笑。转身招呼八个宫女道："还不快过来谢太子。"

八女近前敛衽齐声谢道："奴婢谢太子赐诗。"

太子笑道："不谢，不谢。我能耳听甜歌金曲，眼览腰肢眉眼，余愿已足。"他想起了一件事，问王金珠：

"《吴歌》原有《子夜》《上柱》《凤将雏》三曲，你造了《上声》，已有四曲。除了《上声》，不知你还有没有新造？新声越多越妙。"

王金珠道："妾友秦淮名妓包明月在造《前溪》舞曲，妾思再造《欢闻》《欢闻变》《阿子》《丁督护》《团扇郎》五曲，共为《吴歌》十曲，庶几可与《西曲歌》比美。"

太子大喜道："包明月芳名，我已久闻。请她入宫才好。等到《吴歌》十曲全备，我再请家令徐摛、舍人庾肩吾与学士徐陵、庾信等人开一次新声演唱会，为新曲制新辞。"

王金珠笑着接道："为新声造影响，为音乐留佳话。"

春去夏来。

秦淮河畔变得十分热闹，勾栏乐户，竞唱新曲。一天，来了一位翩翩佳公子，由一个红粉佳人和一个家院打扮的中年人陪伴着。他们走过一座朱楼下，听楼上歌女歌声悦耳，不由伫立谛听。

"艳艳金楼女，心如玉池莲。持底报郎恩，俱期游梵天。"

忽然歌声一转，变得很凄苦：

"南有相思木，合影复同心。游女不可求，谁能识得音？"

公子问佳人："金珠，这不是你造的《欢闻》《欢闻变》二曲吗？在这里听来更饶情趣。"

王金珠正待回答，忽听楼上传来一阵喝彩声。有人喊道："宫体辞曲，果然不同凡响。"又有人道："虽然叫作宫体，可都是时新歌曲呢，但不知是哪一位名手所造？""哈哈，问我，我知道是王金珠。"

王金珠吓得牵了牵公子的衣袖，低声道："太子，走吧，别给他们认出来了，麻烦可多哩。"

太子笑了笑。三人向秦淮河边一座绿树围绕的华丽院宅走去。

进了朱漆大门，一个花信之年满头珠翠的妇人跪迎道："遵命不敢惊动诸姐妹，包明月在水阁迎候。"

三人来到水阁，包明月领着八个姐妹跪迎。太子搀起包明月，笑着说："芳春院前有孟珠，今有包明月，艳名远播。孟珠已随金陵少年遁世，本宫欲迎明月入宫，无奈三请三拒，今日特亲自来相请，幸勿再辞。"

包明月贝齿微启，谢道："妾本烟花女子，敢劳太子玉趾亲临。幸《前溪》一曲，已经谱成，请太子批评。"

她但请听曲，不谈入宫，太子还想说什么，王金珠抢着道："先听明月妹妹的新曲吧。"

水阁奏起笙、筝，包明月演唱，八姐妹伴舞。歌声如黄莺出谷，八姐妹踏着歌声，由树林中舞出。歌声唱的是：

"生长石城下，开门对城楼。城中美少年，出入见依投。"

太子道："这是《西曲歌·石城乐》。"语还未了，又听唱道：

"当曙与未曙，百鸟啼前窗。独眠抱被叹，忆我怀中侬，单情何时双？"

王金珠道："这是明月妹妹谱的《前溪》舞曲。《西曲》悠远，《前溪》深挚。"

太子道："舞也不同，《西曲》重意，舞姿轻快。《前溪》重情，舞姿婉娈。"

这时，那个家院打扮的中年人突然插言道："《前溪》胜过《石城》，《吴歌》胜过《西曲》，我为太子贺，为金珠、明月贺。"

演奏已歇，余韵无穷。包明月走来称谢。太子笑道："刚才庾舍人已有定评，佳会不能无诗，就请庾舍人挥笔。"

庾肩吾呵呵笑道："我写，我写，博明月一笑。"

这次是包明月染墨，庾肩吾写了一首《咏舞曲应令》：

"歌声临画阁，舞袖出芳林。石城定若远，前溪应几深？"

包明月微笑藏入袖中道："谢庾大人。"

庾肩吾笑道："你这一曲《前溪》，更使太子非要你入宫不可了。"

太子从怀中取出一颗光芒四射的宝珠，持赠包明月，笑着说："古人说红粉赠佳人，太俗了。这是一颗明月珠，你的名字又叫明月，明月珠赠明月，才是人间佳话。"

包明月不敢接受，王金珠笑道："妹妹接着吧，这是太子赠给你的定情之物。明天我们用黄金万两来聘妹妹，八人大轿来抬妹妹。"

包明月含羞收下。太子一阵大笑道："宫体辞曲，时新清商，又多了一位创造人。我呢，也得了一位美人，不用再跑勾栏了。"

勾栏大唱宫体辞曲的风声，传到梁武帝萧衍耳里，武帝十分震怒，把太子召来，责问他为什么不去读圣贤之书，而沉溺于靡靡之音。太子早有准备，从容道：

"请父皇看这首宫体曲辞。"

武帝取过一看，原来是王金珠写的《欢闻歌》，武帝读到"心如玉池莲，持底报郎恩，俱期游梵天"三句，顿感这真是一首他从来未见过的最妙的佛教歌曲，如果人人都会唱，信佛的人可不是多起来了吗？他不由展颜笑道：

"皇儿，是朕错怪你了，这样的歌曲越多越好。今后我也写写，也算个宫体诗人吧。"又道：

"艳情诗不是不可以写，只要不像统儿称赞陶渊明就行了。"

宫体辞曲得到了皇帝的支持，丝竹从此满东宫。

三十一　敕答《神灭》宣正乐

建康突然刮起了一阵围剿神灭论的狂风。

形尽神不灭，是佛教的理论基础。不然，什么佛国净土、阴司地狱、六道轮回、因果报应，便都谈不到了。陶渊明写形、影、神三诗，第一个驳斥了佛教"体神入化，落影离形"的说法。继而何承天写《达性论》，说"生必有死，形毙神散，犹春荣秋落，四时代换，奚有于更受形哉"？范缜写《神灭论》，说"形即神也，神即形也"，"形者神之质，神者形之用"，"形存则神存，形谢则神灭"。他们在摇撼佛国的大厦。而佛教所说五戒十善，正是儒教忠孝仁顺所需要的东西。

一日，建康僧正光宅寺法云禅师，刚刚领着僧众做完早课，知客僧忽报接旨。法云在大殿外摆设香案，率领全寺僧人稽首接过圣旨，圣旨上写着：

"神灭之论，既背经以起义，乖理以致谈，语言可息。着僧正法云宣示朕所作《敕答臣下审〈神灭论〉》，并分送王公权贵，以息神灭，用弘大教。附《敕答臣下审〈神灭论〉》。"

光宅寺钟鼓齐鸣，大殿上香烛齐燃。《敕答臣下审〈神灭论〉》被安放在佛祖座前，众僧合掌肃立，法云朗读道：

"观三圣（佛、孔、老）设教，皆云不灭，其文浩博，难可具载，只举二事，试以为言。《祭义》云：'唯孝子为能飨亲'。《礼运》云：'三日斋必见所祭。'若谓飨非所飨，见非所见，违经背亲，言语可息。神灭之论，朕所未详。"

众僧一阵欢呼："萧天子是我圣主！""萧天子是我真佛！"

法云的信和《敕答臣下审〈神灭论〉》送到了各个王公权贵家里和各个寺院。这几天，建康可热闹了，《答释法云书难范缜〈神灭论〉》像雪片一样飞到了光宅寺，寺院击鼓鸣钟，经呗新声，全城可闻。店肆香烛，抢购一空。佛助王政，孔孟信徒，个个念佛；政弘大教，如来弟子，人人颂孔。

法云空出一间禅堂，作《答释法云书难范缜〈神灭论〉》的陈列室。梁武帝的那一篇，用黄缎衬托，摆在正中。他自己的《奉敕难范缜〈神灭论〉与王公朝贵书》，放在最后。参观的人，每天络绎不绝，有王公贵人，有普通百姓，有和尚道士，还有许多年隐居不出的江湖异人。

有一天，来了一位青袍老者，看了梁武帝萧衍的《敕答臣下审〈神灭论〉》，摇头道："'子不语怪力乱神'，在天子笔下，变成子语怪力乱神了。"他信步来到侍中、领军曹景宗的文章前，读到"枉告所宣答《神灭》敕，理周万古，旨包三世，六趣长迷，于此永悟"时，又一连串摇头道："奉承奉承，吹牛吹牛，毫无内容，读来口臭。"他快步离开，一眼瞥见沈约也有文章，不由伫立观看。他读到了"孔释兼弘，于是乎在"两句，点了点头道："到底不愧是学士文人，懂得天子的意图。"旁边是侍中萧琛的文章，他不由又驻足看下去。当他看到"妙测机神，发挥礼教，实足使净法增光，儒门敬业"几句时，不禁笑道："萧公比沈公看得更深刻，知道天子弘佛，在于崇儒。"他信步走到丹阳尹丞萧眕素的文前，读到"神灭之起，则人出楼伽，经名《卫世》，虽义屈提婆，而余俗未弭"之句，笑道："这人倒有点学问，知道天竺早有神灭之论。"当他向下读到"法师禀空慧于旷生，习多闻于此运，法轮转而八部云会，微言发而天人摄受"四句时，不由大笑："这位尹丞真是个可人，把法云禅师的名字，嵌入句中吹捧，他必定可以成为法云的座上嘉宾。"

老者身旁忽然有人发话道："形尽神灭，形尽神不灭，我看肉体成仙，形既不尽，神亦不灭。"

老者转头见发话的是一位道士。道士也注意了这位老者，相视良久，二人同时大笑道：

"我道是谁，原来是江湖奇士金陵老人。"

"我道是谁，原来是华阳隐居陶真人（陶弘景）。"

二人就在陈列室交谈起来。

陶真人道："萧天子明讲'三圣设教'，可是沈约等人的文章都讲孔、释，他们似乎不懂'三圣设教'一语的含义。"

金陵老人道："敢问其详。"

陶真人道："释氏讲形尽神不灭，讲报应，忠臣孝子死后灵魂可以往生极乐世界，叛臣逆子死后灵魂则被打入地狱。这当然是天子所乐于接受的东西。可是沈约等人忘了天子还需要长生不老，永远当皇帝。释氏形尽神不灭学说或涅槃学说，是满足不了天子的长生欲望的，这就要依靠我教了。我教尸解灵魂成仙之说，与释氏相近，但肉体成仙之说，则释氏尚未入门，何论登堂。肉体成仙也就是形神都可以不灭。试问，自秦皇、汉武以来，有哪一个皇帝不想自己的形与神永远存在？"

金陵老人笑道："高论高论，原来我还不太懂萧天子为什么要说'三圣设教'，真人这一解释，使我茅塞顿开。皇帝是离不开儒、佛、道三教，孔、释、老三圣的。"

陶真人也笑道："贫道知道阁下是陶渊明桃花源思想的拥护者，自然也是陶渊明形、影、神三诗，范缜《神灭论》的赞赏人。人各有志，要阁下跟我走不行，自然，要我跟阁下走也不行。"

金陵老人笑道："开明开明，至少比萧天子要人们都跟他走开明。"

他两人这种旁若无人的谈论，引得观者如堵。很多人都不去看陈列的文章，而来听他们的议论。招待僧听到他们近乎异端的谈话，吓得脸无人色，赶忙去禀报法云。法云刚刚现身，陶真人拉了一把金陵老人道：

"秃驴来了，与他没有什么好谈的，快走。"

法云想要招呼他们，可他们已走出了山门。法云苦笑一声道："道不同，不相与谋。"

　　一个小和尚走来告诉法云："御赐正乐演习时辰已到,请不请观众来听?"

　　法云道："不必,他们自己会来。先听后说比先说后听好。"

　　仍在陈列室流连的参观者,忽闻大殿钟鼓法乐齐奏,接着传出了歌唱声,声调既低沉又悲切。都不约而同离开陈列室,挤到大殿门口观看。法云宝相庄严,向门而立,单掌举起,口中不知在念什么。两旁各有八个年轻的和尚,也是单掌举起,口中在唱歌,乐队坐在大殿两边的蒲团上,手中不时拨弄着琴、筝。间或法号长鸣。观众听到歌辞中有"善哉"二字,不知是什么歌。

　　歌声停止,法云请观众进入大殿,然后宣布："刚才唱的是萧天子御制的《善哉》曲。"这句话引起了轰动,待静了下来,法云又道："萧天子自制大教正乐十篇,除了《善哉》,还有《灭过恶》《除爱水》《断苦轮》《大乐》《大欢》《天道》《仙道》《神王》《龙王》九篇,首先颁赐我光宅寺,这是我寺的无上光荣。现在演唱御制正乐《除爱水》。"

　　琴筝与歌声又起,声调既清且悲。演唱刚刚结束,有个官儿模样的人便说:

　　"贵寺既有天子的《答〈神灭〉敕》,又有天子的释教正乐。既破神灭,又宣佛法。我这个官也不想当了,妻妾也不想要了,想除爱水,到贵寺为僧。"

　　法云合掌道："善哉善哉,施主听正乐而思除爱水,入我佛门,萧天子必然欢喜,我佛必然接引。"

　　有个年轻的女子忽然扑哧一笑说："正乐,怎么我听来与我们芳春院唱的时新曲调差不多呢。除爱水,这官儿昨天还在我们芳春院过了一夜呢。"在她身边的女子都笑了起来。

　　法云正色道："罪过罪过。女施主怎能这样说。听正乐而顿悟,正可见萧天子的伟大。现在再演唱《灭过恶》。"

　　年轻的姑娘们却离开了,男人也有离开的。听到钟鼓法乐折回的金陵老人与陶真人,迎着姑娘们发笑。金陵老人对刚才讲话的姑娘说:

"你这个姑娘真会讲话，你是在坍萧天子的台。"

陶真人也笑着道："还坍了法云秃驴的台。"

金陵老人道："话又说回来，新声作为正乐，进入寺院，不仅姑娘们唱，和尚也唱，未尝不是一件好事。这还应当感谢萧天子。"

说得姑娘们都大笑不止。

三十二 舍身同泰欲何为

台城北掖门外路西出现了一座巍峨的大寺，由梁武帝命名为同泰寺。四周凿有池堑。寺内有大殿六所，小殿及禅堂十余所。东西有般若台，各高三层。西北有柏殿，东南有璇玑殿，殿外积石种树为山。禅窟、禅房隐于山林之内。宝塔高达九层。梁武帝在台城北面别开一门，名大通门，正对同泰寺南门。全寺金碧辉煌，为梁武帝拜佛的圣地。每当晨暮，钟鼓之声，巷陌可闻。人们说："皇上去做早课了。""皇上又去做晚课了。"时间一长，就习以为常，再无人提起。

仲春的一天晚上，武帝来到了吴淑媛的寝宫，见到吴淑媛正在望着一件小衣服出神。"你又在想综儿了。"吴淑媛抬头见是武帝，凄凉地一笑。"你想他，就把这件小衣服托人带到北方去，送给他吧。朕虽信佛，人子之情也还未断。"

"陛下，你清减许多了。"

武帝淡然一笑道："朕五十岁便断了房事，近来又断了酒肉，怎能不清减？朕今晚来，是告诉你一件事，明天朕要去同泰寺开四部大众（僧、尼、善男人、善女人）无遮大会，讲《涅槃经》，并舍身为奴。舍身后，朕就不再与女人同房了。朕已准备了一间便殿与绳床瓦灶。朕来见你，也是向你告别。"

吴淑媛怔怔地听着，没有说话，似乎不理解。

武帝又说："宋明帝说过，佛教'妙训渊谟，有扶名教'。可他却信蒋侯神。宋朝的宗炳说得好，编户齐民能持一戒一善，就能去一恶，'一恶既去，则息一刑，雅颂之兴，理应倍速'，如此而可'坐致太平'。朕想过了，要使百姓持善去恶，就要使百姓信佛；要使百姓信佛，皇帝单是倡导还不够，最好的办法便是现身说法。而现身说法，无过于舍身佛寺为奴。因此，朕决定舍身。"

吴淑媛凄然道："陛下舍身之后，妾当青灯黄卷，常伴佛祖。"

春夜花好月圆，吴淑媛宫中，却充满悲凉的气氛，似生离，又似死别。

皇帝定于某日在同泰寺举行四部无遮（无碍）大会的消息，早已传遍了建康全城，传遍了东吴与西楚。这天到临了，同泰寺钟声齐鸣，南门大开，夜半便已赶到同泰寺的僧、尼、善男人、善女人，分男女排两行，善男由僧人带领，善女由比丘尼带领，齐念"南无皇帝菩萨"，进入同泰寺。走到大殿前院子中，分两边站立。至辰时，来同泰寺参加无遮大会的四部大众，竟超过了五万人。连般若台、假山都站满了人。

大通门城楼钟声敲响，一辆金辂车在王公大臣簇拥下，驰出了大通门，向同泰寺南大门直趋而来。车上坐的正是当今天子梁武帝萧衍。大僧正同泰寺法师慧令站在大殿的石阶上，领着全寺僧人与四部大众，齐声高念"南无皇帝菩萨"。武帝下了金辂车，由慧令陪同进入大殿，换上法服。寺僧在殿外石砌上设好香案，武帝慢步走出大殿，来到香案前，回身向供奉佛祖金身的大殿跪下，朗读舍身愿文。刹那间，五万多僧、尼、善男、信女，一个个屏息凝神，显得出奇的安静。

武帝一字一顿，读到了最后两句："朕舍身及以宫人并所王境土，供养三宝（佛、法、僧）。"这时，慧令拿过一条扫帚，持与武帝，武帝开始打扫殿外石阶。"南无皇帝菩萨"的佛号，又在四面响起。

武帝扫完大殿以后，出殿坐上了一乘最不起眼的小车，向殿后而去。接着，慧令宣布：

"皇上舍身我寺为奴，亲为佛祖执役，不再回宫。晚上住在我寺便省，饮食用瓦器，睡眠用绳床。明天辰时，皇上在我寺升法座，为四部大众开讲《涅槃经》。皇上入我佛门，舍身说法，历劫未有。佛法无边，凡我四部大众，同声高诵佛号。"

慧令带头诵起"南无释迦牟尼佛，南无弥勒佛，南无阿弥陀佛，南无药王佛"。

随着佛号起落，四部大众，依次进入大殿，绕行礼佛。太阳偏西了，同泰寺内的四部大众还很少有人离去。

一宿无话。

第二天来听皇帝菩萨演说佛法的四部大众，每人得到一份《金字〈涅槃经〉题》，上面写着："涅槃佛性——常、乐、我、净之真义。人人都有佛性，虽然根性有差异，但都能致无生而得佛道。学得成佛之路：心去贪、忿、痴，身除杀、淫、盗，口断妄、杂、诸非正言。以忠、孝、仁、顺为本，渐积胜业，陶冶粗鄙，经无数形，澡练神明，乃可成佛。孔、老是如来弟子。"这是一份演讲提纲。因为是皇帝写的涅槃要旨，拿到这份提纲的，无不念佛，无不欢喜。

辰时到了，人们看见皇帝身穿法服，从大殿走了出来。"南无皇帝菩萨"的佛号，蓦然此起彼落。武帝今天显得潇洒，与慧令有说有笑。对四部大众来说，昨天舍身是冬天；今天说法，却是阳春了。

慧令笑向大众道："立春风之中，沐花雨之化。皇帝菩萨讲经，现在开始。"四部大众或平视含笑而立，或垂首低声念佛，如果看仔细一些，会发现也有人头是仰着的，不知是心驰佛国呢，还是傲视苍穹？

武帝很会演讲，他由佛在拘尸那国阿利罗拔提河边婆罗双树间"临涅槃"，说到涅槃就是解脱，就是得成正果，精神达到了常、乐、我、净的最高境界。生灭不能迁其常，非乐不能亏其乐，居自在之圣位，净水镜于万法。然后转到前朝的一场争论："一阐提者（断善根人）"到底可不可以成佛？他大声说：

"《涅槃经》说：一切众生，皆有佛性，皆有佛性，学得成佛。只要是有生命的心性之物，即使是畜生，也是有佛性的，可以成佛，何论一阐提者。"

人群在低声议论。武帝似乎知道是在议论什么，他解释说：

"为什么畜生也有佛性，可以成佛？安知今世畜生，不是前生父母？只是今日无有法眼，不能分别，以致还相啖食。佛说凡为善恶，必有报应，形尽神常不灭。经无数生，无数形，积善行，修正果，必可成佛。而无数形自然包括马、牛、羊、犬、猪。畜生可以成佛，断了善根的恶人一阐提者，自然也可以成佛。他们还是人呢，人还可以顿悟成佛。"

善男行列突然传来吵闹厮打之声，只见一位年轻的女子扯住一个鹰鼻鹞目的华服汉子，走出人群，跪到案前大哭道：

"他把我妈妈杀死，把我卖到芳春院。好容易在这里找到了仇人，请皇帝菩萨为民女作主。"

那个汉子倒像不在乎。武帝一眼就认出他正是侄儿萧正德的好友，人称"建康四恶"之一的潮沟董世子董暹，武帝不认识女子，但来同泰寺参与大会的光宅寺禅师法云，却认得她就是曾在光宅寺搅局的那位姑娘，不由摇头叹息了一声。

慧令出面圆场。他问女子叫什么名字，女子说："民女霍小玉。"他说："皇帝菩萨在讲经，你的事会办理，但不是现在就办。能听皇帝菩萨演说大法，是幸中之幸。现在各归原位。"霍小玉哭道："董暹十恶不赦，绝对不能成佛，一定要为民女主持公道。"两边走出了几个和尚和尼姑，硬把霍小玉和她的仇人董暹架了回去。

武帝不愧是个坐朝近半个世纪的皇帝，似乎没有发生过什么事情一样，他仍然从容不迫地往下讲：

"为什么说孔子、老子是如来弟子呢？因为孔、老只说到当今，而未说到过去、未来。只说到此生，而未说到来生、三生、百生、千生。如来要人此生、来生、生生为善，孔、老却只是世间之善。孔、老为化既邪，弟子不如先生。"

"啧啧！"这是赞叹的声音。

"哈哈！"似乎在讥笑武帝此说的荒谬。

讲经结束，四面又响起了佛号："南无皇帝菩萨。"案前跪下了许多男人、女人，要求皇帝菩萨剃度为僧为尼。一辆小车推了过来，武帝坐上小车走了。要求剃度的仍然跪地不起。

天气说变就变，忽然乌云四起，天色晦暗，电光霍霍，雷声隆隆，大雨倾盆如下。那些虔诚的要求剃度的善男信女，依旧伏地不肯起来。头发滴水、颈脖滴水、膝盖跪水。慧令走来，大声道："皇帝菩萨念汝等虔诚，特准全部剃度。"

"南无皇帝菩萨。"那些善男信女一个个合掌肃立在大雨中。

"我要报仇，我要报仇！"是霍小玉的声音，不知道被什么人架走。她的声音逐渐被雨声淹没了。

武帝在寺后便省坐禅。蓦然电光一闪，一声沉雷，震得房舍都动了。武帝看到窗外一片火光，又闻人声嘈杂，十分吃惊。慧令急急忙忙赶到便省，边喘边说：

"九层宝塔被天火烧毁。"

"什么，宝塔被烧?！那火不是天火，是魔是魔，与我们作对。"武帝道。他沉吟一会，又道："魔高一尺，道高一丈，九层宝塔被魔烧毁了，我们再造十二层宝塔。要穷此土木，把魔压倒。"他说得很严肃，很认真。

慧令合掌道："老衲代三宝感谢皇帝菩萨。"

武帝在同泰寺一住就是七天。这七天中，群臣以皇太子萧纲为首，两次携钱来赎皇帝，众僧默许，可皇帝不同意，在答书中说："众卿厚意，我很感激，但我已舍身，奈何奈何。"署名"萧衍顿首"。第七天，萧纲等又来了，慧令设素斋款待。斋后，萧纲说：

"皇上舍身，说过以所王全部境土供养三宝。这次，我等携来两亿万个钱，一为供养三宝之用，二则务请大僧正规劝皇上，允许我等为皇上赎身。"

慧令连宣佛号说："老衲定将太子心意转达给皇帝菩萨。"

武帝同意了。这天黄昏，夕阳犹红，武帝换上天子冠服，来到殿前，与众僧辞行。一个瘦小的和尚忽然大哭起来。众僧刚欲喝止，武帝却走来慈祥地问道：

"你为什么哭？"

"我妈妈向寺里借钱，一个要还两个，妈妈还不起，把我送到寺里当白徒，说是还债。皇帝菩萨有人赎，我想妈妈，谁来赎我？"说罢又大哭起来。

武帝抚着他的头道："孩子，别哭。舍身佛祖，功德无量，连我也不想回宫。"

慧令用感激的眼光看着武帝，却凶巴巴地瞪了小和尚一眼。

武帝坐上金辂车，出了同泰寺，驶进了台城大通门。

武帝许愿的十二层宝塔尚未造成，萧正德却勾结侯景，把刀指向这位皇帝菩萨了。

三十三　羯贼侯景渡江来

太清二年秋，建康临贺王王府来了一位神秘的客人。他的帽檐压得很低，征尘满衣，被临贺王萧正德请入一间密室。

"殿下认得我吗？"那人道。

萧正德看了又看，似曾相识，但又记不起来。

"我叫徐思玉，昔年在北方与殿下曾有一面之识，现在在豫州牧侯将军底下做司马。"

"啊！"萧正德想起来了，"昔年我到魏国，在洛阳曾蒙阁下款待。"他顿了一顿，问道："但不知阁下此来何意？"

徐思玉忽然双眉一轩，正容道："我是为殿下而来。"

"为我而来！"萧正德愕然道。

"是的"

"愿闻其详。"

"殿下曾为当今天子螟蛉之子，皇太子的当然人选，皇位的当然继承人。可是，自从萧统出生，天子却把殿下一脚踢开，只封了个县侯。当年有哪一个人不说天子薄情寡义。无奈思玉等德薄能鲜，不能助殿下登大宝。豫州牧侯景深知殿下才能，一直关心殿下，常向思玉表示：为殿下就是两肋插刀，也在所不辞。侯将军有书信一封，托思玉转交殿下。"徐思玉从怀中掏出了一封书信，双手递给萧正德。信上写的是：

"临贺王殿下：今天子年尊，奸臣朱异等乱国，以景观之，计日必败。

大王属当储贰，中被废辱，天下义士，窃所愤慨。大王岂得顾此私情，弃兹亿兆。景虽不武，实思自奋。"

萧正德越读，脸上喜色越浓。读完，不禁大笑道：

"侯景之意，暗与人同，天赞我也！"

徐思玉知道这次建康之行，任务圆满完成，暗自庆幸。问道：

"殿下需要何种帮助？"

"军队。侯将军需要何种帮助？"萧正德反问。

"内应。尤其是渡江船只。"

两人密议了一阵。徐思玉立即告辞回寿春，萧正德也不挽留，派心腹家人把他送过江去。

寿春城中。

豫州牧侯景在大摆宴席，庆贺徐思玉建康之行的成功。席间谈起用兵方向，谋士王伟道：

"莫若直掩扬都，临贺反其内，大王攻其外，天下不足定也。"

徐思玉道："王将军所说深合我意，但要派人通知临贺过江时间和地点，他好接应。"

侯景道："此事非思玉兄莫办，我想就派思玉兄担任我方与临贺之间的联络。"

侯景起来用大碗敬酒。这伙人都是北方投降过来的枭雄骁将，也许他们知道又有仗打，太高兴了，个个喝得东倒西歪，甚至动起拳足。

初冬，一个月淡星稀的晚上，采石对岸的横江，出现了一支军队。接着，江上又出现了几十条大船，很快在横江拢岸，把这支军队运过江来。军队是侯景的，兵有八千人，马有数百匹。船是新任平北将军、都督京师诸军临贺王萧正德的。

萧正德有投奔北魏的记录，武帝用他做平北将军，都督京师诸军，遭到了都官尚书羊侃的反对。武帝却说："除了我自己生的儿子，要算正德为亲了，不用他用谁？我的儿子都分到外面去当了刺史。"萧正德却在暗笑："该你皇帝菩萨要上西天，我正愁无兵权，你偏把京师兵权给了我。"

到横江来迎接侯景的徐思玉告诉侯景，萧正德做了京师诸军的都督，并说：

"大王之所以能顺利渡江，是因为萧都督把太子家令王质巡江遏防的三千兵调走了。"

侯景大喜道："兄劳苦功高，景必有以报之。"

侯景、王伟、徐思玉最后乘船过江。侯景望着滔滔江水，不由叹道：

"如此一条大江，如果江上有船巡防，岸上有兵把守，我等绝无可能过江来。此天助我也。"

王伟笑道："天给了大王一个萧正德，该萧衍老翁让位。"

徐思玉道："萧正德此人唯权是图，唯利是贪。一不如意，永记在心，皇帝老子都可出卖。此人可利用便利用，一无利用价值，必须立即除掉。"

侯景道："景敬受教。"

等在南岸的军人，都戴好了铁制的面具，凶恶狰狞。几百匹战马在月光下嘶鸣。侯景上岸后，下令直趋建康。五百骑兵，在侯景的骁将范桃棒、任约率领下，借着月光，向北急驰而去，马蹄踢起了一阵阵尘埃。武帝这时还在便殿坐禅。

侯景掩至朱雀航南。萧正德屯于朱雀航北，望见侯军旗帜，遂北向望阙三拜，嘘唏流涕道：

"臣与陛下从此永别了，虽然我是你的过继儿子，非你亲生，但总算是你第一个儿子。你为什么不立我做皇太子？我勾结侯景，其罪在你。你我父子一场，你死后，我会好好超度。"

他立即上马过航，侯景策马相迎，二人交揖于马上。萧正德春风满面，笑道：

"正德之盼大驾，如久旱之望甘霖。"

侯景道："好说好说。景对殿下心仪已久，今日一见，实属三生有幸。殿下有龙凤之姿，久处人下，景实为不平。景愿与殿下风雨同舟。"

萧正德道："多谢多谢。"

萧正德引导侯景八千人进入建康宣阳门。虽然家家关门闭户，但是红墙绿瓦，朱门绣户，引得侯景八千人都在铁面具里吞口水，眼睛射出道道凶光。建康要遭殃了。

侯景兵临城下，武帝才有所知觉。皇太子萧纲来便殿见武帝，武帝坐在绳床上，微睁双目道：

"你的来意，我已知晓。我既事佛，以后一切事务，就由你办理。"他淡淡地笑了一下，又说：

"四十八年前，朕围萧宝卷于台城，现在，侯景又围朕于台城，这也叫天道循环，因果报吧。"

萧纲恨声道："如无贼萧正德做内应，侯景过不了长江，到不了台城。"

武帝没有回答，萧纲看他已经闭目入定，只好离去，布置台军，防守台城。

侯景几次攻打台城，没有把台城打下来，有点懊丧。他唤王伟、徐思玉到中军营帐计议。王伟问他：

"大王何所为而来？"

侯景道："对孤来说，孤非高澄对手，只好退出北方，到南方来争天下，做皇帝。对八千子弟兵来说，既贪得高官厚禄，又觊觎江南子女玉帛。"

王伟道："对于称帝，大王不可忘怀台城尚未打下，梁军尚在集结，萧正德尚在左右。小弟以为可暂奉萧正德为帝，一遂其久欲称帝之心，二以巩固萧、侯联盟，三可拉拢部分汉官汉军。待攻下台城，废之不晚。对于江南子女玉帛，小弟以为可以取之，但当取之乌衣巷、同泰寺、芳春院、建康大市富商大贾，不可强取贫民的钱物。"

侯景大笑道："贤弟不愧为孤第一谋士，但未知思玉兄以为如何？"

徐思玉道："王伟贤弟之言诚为上策，但我只怕八千子弟兵一放纵，建康繁华，将化烟云。"

侯景又哈哈大笑道："思玉兄多虑了。孤虽为羯人，八千子弟兵虽为羯士，但从不屠城。奸淫烧杀，在所难免，但不如此不能巩固军心。再坏也不会比董卓兵更坏吧?"

三人又密商一阵,一同乘马去见萧正德。萧正德据左卫府,闻侯景到来,迎出府外,吩咐左右立即备宴。坐定之后,侍女端上蜜汁,侯景忽然举杯起立,笑向萧正德道:

"恭喜殿下,贺喜殿下!"

萧正德愕然道:"喜从何来?"

侯景道:"我全军上下,一致决定,即奉殿下为大梁皇帝。"

萧正德还有点错愕,良久问道:"真的?"

徐思玉从怀中掏出一张黄纸,含笑道:"殿下即位诏书,已由我等拟定。我等欲奉殿下为帝,为日已久,奈何未逢其时。现在正是殿下取代萧衍老翁的时候。"

萧正德看过诏书,心里只觉得其甜如蜜,不由也举杯起立,满面堆笑道:"正德既蒙见推为天子,必与将军等同心同德,誓殄萧衍老翁。"他与侯景碰了碰杯,共同干了杯中甜水。

酒菜由萧正德指派的八名最美的侍妾端了上来。侯景看到一双雪白的素手,十指尖尖,端上蹄髈,忍不住伸出一只蒲扇大的手掌,在素手上捏了一下。

"哟!"侍妾掩口而笑。好在蹄髈已经放下,要不,连蹄髈也要打翻了。

宴会上最高兴的还是萧正德。他有说有笑,频频劝酒。忽然,他想起皇帝要有年号,眉头一皱。徐思玉道:"殿下在想什么?"

"我在考虑年号。"

王伟笑道:"不劳殿下费心,我等已经商定,改年正平。平者平萧衍也。"

"哈哈。"是侯景在大笑。只见他把刚才送蹄髈的姑娘拉到怀里,坐在腿上。

萧正德瞧了瞧侯景,笑着说:"这女子就给侯将军。她叫素云,是白纻舞的妙手,等下我叫他们跳白纻舞,以助将军酒兴。我还有一个女儿,虽不算国色天香，但不差似素云，愿送侯将军为妻。"

素云哧哧笑道："公主是天人，将公主比贱妾，是将天比地。"

"哈哈，公主配大王，联盟加联姻，何愁萧衍老翁不平。小兄见过公主，堪称艳冠群芳。"发笑的是徐思玉。

酒阑，乐队奏起了《白纻舞歌》，八个女子，身穿白纻舞衣，由素云领头，跳起了白纻舞。古人有诗咏白纻舞云：

"高举两手白鹄翔，轻躯徐起何洋洋。凝停善睐容仪光，宛若龙转乍低昂。随世而变诚无方，如推若引留且行。"

侯景哪里见过这么美的女子，这么美的舞衣，这么美的舞姿，两只豹眼眨也不眨，直愣愣瞧着八个舞女。直到她们收步，敛衽为礼，还在瞧。萧正德笑道：

"这八个女子，都送给侯将军。"

侯景咧着嘴笑。

萧正德即位仪式就在左卫府进行。侯景自为相国、天柱将军。即位仪式结束，接着又举行了相国天柱将军侯景与萧公主的婚礼。

这天晚上，萧正德做梦也在笑："我终于当上皇帝了。"

三十四 城邑丘墟泣使臣

侯景兵来到了乌衣巷。

乌衣巷在秦淮河北、青溪西，是王、谢两大家族在京世居之地。王、谢产业在会稽，自侯景兵掩至建康，王、谢两家便忙着向会稽疏散家小。由于官做久了，福享惯了，他们不能骑马，也怕颠簸，不敢乘车。步行没有走几步便喘气不止，因此只好坐轿子到青溪岸边，坐船入秦淮，再由秦淮河上游过方山津，经破岗渎，入江南运河，往会稽而去。但这样一来，疏散的速度就慢了。侯景兵围了台城，他们等不及乘轿，互相搀扶，到青溪去乘船，只是心里慌急。

自乌衣巷口到青溪岸边，发出了一片狂笑声、嗥叫声、号哭声、尖叫声、闷哼声、惨呼声、淫笑声。老人、小孩血流满地，年轻妇女，有的已被绑上马背。

"老兄，搜到了什么？"一个侯景兵问。

"没，没搜到什么。"另一个侯景兵正用手掩在胸前。

"哎呀。"被问的侯景兵脖子已被砍歪，发问的侯景兵伸手在他怀中掏出了两颗发亮的珍珠。

船已拢向对岸，侯景兵放箭射了一阵，发一声喊，一齐往乌衣巷中扑去。

"通通通通通。"乌衣巷所有的朱门都被砸开了，侯景兵像潮水一样涌入。

"哎，来晚了。人都跑光了，东西都搬空了。"一大群侯景兵从一座朱红大门奔出，又涌进了另一座朱红大门。

"哈哈，贵人是建康令王复吧，看你穿戴县令冠服，坐在那里蛮神气的样子。大爷姓任名约，是侯大王手下大将，只要你交出所藏金银财宝，不仅你可以免死，家口也可免死免辱。本将军勒部有方，说话算数。"

王复因为是建康县令，不能先逃。及至风声一紧，家院替他备好马匹，请他快快上马。哪知突然马嘶，他吓了一跳，自言自语说："这哪里是马，是虎，是虎嘛！"他要乘轿，但已经来不及了。

"你怎么不回话？"任约持刀向前，一看王复已经停止呼吸，他服了毒。

"快说快说，"任约抓住了一个年老的家院，"金银财宝藏在哪里？"

"已，已经运走了。"

"啪"的一声，任约重重打了他一个耳光。喝道："你能骗过大爷，运走的少，大部分都埋起来了。快讲，埋在哪里？"

忽然，有一个操着北方口音的男人跑过来说："将军，俺知道，埋在卧房地板下，花园水池中。"

"你是什么人？"任约问道。

"俺是家奴。原籍北方朔州，被卖到南方为奴。俺原姓侯伏侯氏，单名一个顺字。"

"哈哈，你是朔州人，又姓侯伏侯氏，倒与大王同籍同姓。如果你说的是实话，当有重赏。"

任约一刀砍了老家院，率领士兵，由侯伏侯顺引导，到藏宝之处，真的发掘出了许多金银珠宝。

这一发现，引起了连锁反应。"跑了和尚跑不了庙，挖宝藏去。"

乌衣巷遭了劫，所有的房子地皮都挖开了，或深三尺，或深一丈，有的竟深到两丈。房子里面挖了挖房外，房外挖了挖门外，门外挖了挖巷子。虽然没有放火，但整条乌衣巷，损毁得比火焚还要惨。

唐人杜牧诗云："朱雀桥边野草花，乌衣巷口夕阳斜。旧事王谢堂前燕，飞入寻常百姓家。"写的正是乌衣巷王、谢两家这次遭逢的大劫。

侯景兵来到了秦淮河北岸。

一声呼啸，侯景兵冲进了靠近芳春院的一座大市，大市关门闭户，场中倒了一箩筐散碎的银子，像是仓皇逃命，倒在地上来不及收拾。侯景兵个个眼红，冲上去就抢。晚来一步的，连小块也未抢到，抢刀就夺。一场大武行上演了，刀、枪、拳、足一起上。等到长官喝止，地上已经躺下十几具尸体。

大市所有的门窗都被撞开，搜到的多半不是值钱的东西，宝藏又未挖到。侯景兵放了一把火，火光冲天而起。那时候的房屋多是木板造的，市场连着住宅，火势在蔓延。

侯景兵冲进了芳春院，花厅摆了两桌酒菜，但却不见人，像是避开了。侯景兵上去就抢酒喝，有个兵看到厅后影影绰绰似乎有人，大叫一声："哪里跑！"抢上去拽出了一个如花似玉的美娇娥。

"哈，霍小玉，你不是要报仇吗，大爷我来了。"说话的是建康四恶之一的董暹。这支侯景兵竟由他引导。

董暹歪斜着一双鼠目，嘻嘻笑道："大爷把兄临贺王做了皇帝，你要报仇，跟大爷回家。"

"啪"，董暹挨了一记耳光。"你是什么东西，敢碰大爷逮到的小妞。"侯景兵怒喝道。

董暹惊醒过来，捂着脸，连声道："不敢，不敢。"又向霍小玉喝道："快说，姑娘们都躲到哪里去了。要是不说，有你受的。"

霍小玉的美貌，吸住了所有的侯景兵的目光。先是惊奇，刹那间转变成为贪婪。一双双目光像在燃烧，又像在滴血。只闻一阵野兽似的吼叫，侯景兵从四面八方扑向了霍小玉。拽住霍小玉的兵立刻被毙于刀下。一个侯景兵刚刚拉住霍小玉，立刻又有几把刀砍到了他身上。霍小玉身子一转，侯景兵就死一个。霍小玉转来转去，侯景兵转眼间死了一大片。董暹也挨了几刀，躺在厅角上呻吟。

"哈哈，本姑娘只有一个，你们杀吧，谁最后不死，本姑娘就跟谁。

少陪。"

霍小玉忽然闪入厅后不见。

"你们中计了，快追。"董逞有气没力地在花厅角上叫。

侯景兵追出不远，就到了秦淮河。他们只看到一条纤小的人影栽入水中，未见浮起。

南岸传来了呼叫声，又有火光升起。董逞大叫道："姑娘们逃到南边去了，过河搜。"

自秦淮河南岸到姑孰一带，原田如绣，房屋鳞次栉比。这时遭了劫。侯景兵为了搜寻姑娘和金银财宝，几乎把整个房屋都翻过来了，把牲口都宰了，把粮食都搬了，逃不及的老弱全砍了。

劫后建康房舍倒塌，舍烬未息，血迹未干，尸体未收，地皮未填，满目荒凉。

夕阳残照中，走来了一个身材修长、衣着洁白的中年男子。他神色悲凄、步履蹒跚，走到秦淮河北岸的一根烧剩的柱子下，似乎再也走不动了。他靠在柱子上，忍不住放声痛哭。

"昔日繁华，如今安在，天乎，天乎！"

他这一哭，惊动了侯景兵。两个持刀的侯景兵走上前来喝道：

"什么人，敢在这里啼哭？"

中年男子收泪道："我，百济国使者。七年前出使贵国，目睹秦淮河北繁华隆盛，何今日凋残如斯？"他不禁又失声痛哭起来。

侯景兵不敢动使者，把他请到左卫府，去见正平天子萧正德。使者见他们不像梁兵，问道：

"你们是谁的部下？建康残破可是你们的杰作？"

一个年长一点的兵答道："俺们是侯大王的部下。当兵打仗，杀人放火，家常便饭。"

"什么侯大王？你们是怎样来的？"

"侯大王就是侯大王，俺们是当今天子萧正德请来的。"

"萧正德不是临贺王吗？他怎会请你们来，又怎会当上天子？"

"这个你就不知道了。他本是萧衍老翁的螟蛉子，请俺们大王过江，帮他做皇帝。俺们把萧衍围在台城里头，侯大王就把皇帝给他做了。但这只是暂时的，将来，皇帝还不是俺们的侯大王做。"

"慢来"，使者停住了步子，又问，"我有个问题，你们的大王与临贺王秘密联络，萧衍天子难道毫无不知？"

"嗨，阁下难道不知：萧衍天子亲亲为本，慈悲为怀，对临贺王爱护备至。临贺王逃奔北魏，他不见罪；临贺王为建康四恶之首，他也不见罪，反而叫他都督建康军队。他怎会想到临贺王引俺们侯大王过江，怎会想到临贺王和俺们侯大王都想当皇帝。"

使者脑中灵光一闪，忖道："照这样说来，建康残破，人民遭殃，祸根可从什么侯大王上推到临贺王萧正德，再上推到萧衍天子，再上推到有一个至高无上的皇帝宝座，可供有野心有势力的人抢夺。"

由于不肯将百济国王余明的国书交给萧正德而要交给萧衍，百济使者被关进了小庄严寺。

三十五　台城陷落萧翁死

以武帝第六子邵陵王萧纶为首的援军，到达了蒋山（钟山）。

侯景兵的粮食一日减少一日，过不了多久，便要断粮了。

唯一的出路是打下台城。侯景下令筑土山，向台城猛烈进攻，但一次又一次被台城守军打退。

十二月的寒风，刮得台城下侯景兵的营帐哗哗作响。在一座大帐里，侯景大将范桃棒正与前台城文德殿主帅陈昕在密谈。

"将军最近不时长吁短叹，我看将军定有心事。"陈昕说。

"俺正在为我军胜败担心。"范桃棒说。他两道浓眉一皱，又道："侯大王一面严令俺们攻城，一面又与萧公主日夜淫乐，歌舞不辍。现在萧衍援军已到，我军粮食将断，危险得很。"

陈昕眼睛一转，幽幽说道："大王每令将军率所部二千人打头阵，任约、宋子仙都在后面，我真有点不服。"他在注意范桃棒的神色。

"嘿嘿，金银也是他们分得多，我的部下已经怨声载道。"范桃棒一脸气愤之色。

陈昕觉得可以进言了，脸色一正道："将军何不另谋出路。"

"小声，"范桃棒捂着了陈昕的嘴，"你想到什么出路，不妨说给我听。"

陈昕道："现在谁都知道萧正德不成气候。侯大王纵情酒色，观望有成。如果不早谋出路，终必玉石俱焚。将军何不派人向萧衍天子输情，将来不失富贵。"

范桃棒来回走动，忽然停下脚步，望着陈昕说："俺心已决，就请陈将军晚上设法进入台城，替俺向萧天子输诚。萧天子若肯封俺为王，重赏俺部，俺必持侯景首级来投。"

入夜，风雪漫天。一条黑影飞上了台城，转眼消失在台城内侧墙下。接着，几个飞纵，靠近了文德殿。殿内宫灯犹亮。

正在文德殿与朱异、傅岐商议军情的皇太子萧纲，看到殿外人影一闪，大喝道："谁?"

"臣有机密大事，夜进台城来见殿下。"来人正是前文德殿主帅陈昕。说罢，他用眼看了看朱异与傅岐。

"他们不须回避，无论何事，你都可讲。"

陈昕把范桃棒与他谈话的经过，详细地告诉了萧纲，并呈上了范桃棒致萧衍天子和致皇太子的亲笔信。朱异、傅岐舒了一口长气，感到台城有救了。可萧纲皱着眉头说："这件事太重大，需要请示陛下。"

他们一齐来到了萧衍住的便殿。陈昕发现萧衍被围不过数月，可却像老了几十年。八十多岁的老翁，原来只像五十多岁人，现在倒真像八九十岁的人了。萧纲说明了来意，又把范桃棒的信双手送给萧衍过目。萧衍看过，老眼放出了光彩。向萧纲说：

"你马上派陈昕回报范桃棒，就说事定之后，许封范桃棒为河南王。所部甲士二千人，每人赏黄金一百两，白银一千两。范桃棒另有重赏。"

"这，"萧纲却很迟疑，"我怕，我怕，我怕事情有假。"

陈昕急道："臣敢以头颅担保，事情绝对不假。"

萧衍徐徐道："受降常理，何故怀疑?"

萧纲道："臣儿以为援军已到钟山，侯景不难平定。范桃棒本为贼党，岂可相信他一纸之言。"

朱异忽然插言道："援军到达已久，却迟迟不进。与敌遭遇，马上后退。臣看援军并不可信，可信的倒是范桃棒。"

傅岐也道："以臣愚见，殿下宜按陛下所说，回报范桃棒。如此，台城之围可解。”

萧纲却把脸孔扳起，大声说：“陛下将台城防务交给了我，我不能相信贼人而不相信自己人，援军首脑是孤六弟。

陈昕满脸惶惑，问道：“如果范桃棒带着侯景的头来降，殿下也不相信吗？”

“难保他不是来赚城的。”萧纲说，语气十分肯定。

萧衍像已入定，不再讲话。陈昕含着两眶眼泪，离开了文德殿，朱异、傅岐告辞，二人走出殿外，朱异忽然以手捶胸说：“今年社稷去矣。皇太子只能去写宫体诗，怎可指挥打仗。”

不久，范桃棒的军人鲁伯和向侯景告密，范桃棒为侯景所烹的消息，传到了台城。朱异等人都责怪皇太子不应当拒绝范桃棒来降，皇太子却若无其事地笑着说：“范桃棒不忠于其主，被烹是应该的。”

年关一过，侯景的军粮支持不到三天了。援军渡过了秦淮河，向侯景军队逼来。侯景急得像热锅上的蚂蚁，坐立不安，把萧公主都冷淡了。

“我已想好一计。”站在他旁边的王伟说。

“何计？”侯景急问。

“乞和。”

“乞和？”

“只有乞和，才可以弄到粮食；只有乞和才可以不战而使援军退走。”

“萧衍、萧纲会相信俺们乞和吗？”

“萧衍不会相信，但萧纲会相信。萧纲不相信范桃棒，但却会相信大王。因为范桃棒不过是大王底下的一员将领，而大王是王。萧纲总管台城防务，为人固执，他不信的事，谁也不能叫他相信，他相信的事，谁也不能叫他不信。而只要他一相信，事情也就一定可以办成。”

“那么，谁去乞和？”

“仅次于大王的大将任约。”

日子一天天过去，寄希望于援军的萧纲，却总是听不到援军攻打侯景的鼓声。他渐渐失望了，眉头也很难放开了。一天清晨，阳光明媚，守军带给了他一个好消息："侯景派大将任约到台城城下乞和。"他高兴得几乎跳了起来，命令守军开城接受降表。降表送到了萧纲手上，他捧着跑去告诉父皇萧衍。萧衍接过降表，扫视了一下，冷冷地说：

"侯景凶逆多诈，乞和之言，不可相信。"

萧纲听了，好似一盆冷水，临头浇下，他愣了一会说："侯景以大王的身份求和，不可不信。和了，台城之围也就解了。"他完全被王伟料中。

萧衍迟回久之，说道："现在是你管事，你看着办吧。"双眼一闭，他又入定了。

台城西华门外，筑起了一座高坛。春寒料峭，萧纲和侯景在随从护卫下，走上高坛，刑牲歃血，共结盟好。萧纲举起酒杯饮过，笑向侯景道：

"既订盟好，孤即下令解散援军。"

侯景也举起酒杯道："孤回到河南，必以大河以南报效殿下。"

第二日，救援台城的各路大军，果然开始撤走。侯景以手加额道："此天助孤也，王贤弟好计。"

王伟微笑道："东城梁朝贮粮，足支一年，朝军既退，道路畅通，大王可以派军到东城去搬粮了。"

萧纲下令撤走援军，以为侯景也该命令军队北返了。可左等右等，等到的不是侯景兵的北撤，而是车声辚辚，东府城粮食扫数运进了侯景兵营。他开始感到受了骗，但还未完全失望，因为他觉得以侯景的身份和刑牲歃血的诚心，还不至于骗他。

侯景下令架飞梯四面攻城，喊杀声最后惊破了萧纲的和平好梦。可是这梦一破，台城也破了。

侯景带着甲士五百人去见萧衍，萧衍正在打坐，双目微张，神色不变，问道：

"卿初渡江有几人？"

侯景道："八千人。"

"围台城有几人？"

"十万。"

"今有几人?"

"率土之内，莫非景有。"

萧衍徐徐道:"破'侯景'字，成'小人百日天子'。"

面对这个满头白发的老翁，侯景心里感到阵阵凉意。"此翁不死，景无宁日。"侯景在想。

"怎么还不送饭来呀!"

"送来的怎么是冷饭呀!"

"嘿，蜜水里有蜂子，教朕怎能吃得下去呀!难道不知朕已断酒肉?"

此后的日子里，萧衍过着半饥饿的生活。他又气又愁，终于一病不起，死于文德殿中。

"哈哈哈哈哈哈!"殿外一只夜鸦飞过，既像在哀悼，又像在讥笑皇帝菩萨之死。

台城一破，萧正德便被废除了皇帝的称号。他自知为侯景所卖，想杀侯景却被侯景杀掉。临断气，他牙缝里迸出几个字:

"朕毕竟做了几个月不像样的皇帝。"

侯景立了萧纲。萧纲登基那一天，侯景笑向他说:

"陛下不会再怨臣言而无信，不守盟约吧。"

萧纲报以微笑，说了一句话:"朕但愿卿无往而不胜。"他现在把侯景看作了靠山、保护人。

三十六　徐娘虽老尚多情

台城告急的文书，像飘落的雪片，不断地送到西台江陵城。

坐在江陵城内，担任镇西将军、都督、荆州刺史的萧衍第七子湘东王萧绎，手里拿着告急文书，脸上在冷笑。

"嘿，叫孤带兵东下，那还不是受邵陵王指挥，还不是寄人篱下？孤不会那么蠢。"还能见物的一只眼睛，眼角向上斜起，白眼翻了一翻。

萧绎抛下告急文书，信步走到妃子徐昭佩房里，徐昭佩冷冷地以半边脸相对。萧绎不由勃然大怒道：

"你以半边脸对我，难道是讥笑我瞎了一只眼睛吗？"

"妾怎敢讥笑殿下，殿下大概有两年未上妾房吧，今天是什么风吹来？"

徐昭佩拉着萧绎坐下，自己一屁股坐在萧绎腿上。

"哇！"徐昭佩忽然大吐特吐，一股酒气、酸气冲入了萧绎的鼻管。萧绎摇了摇头，把她扶到床上，一言不发，出了房门。

"哼，算你识相，走得快。"徐昭佩恨道。她拍了拍床沿，声音突然一变，又甜又圆。

"冤家，他走了，还不快点出来。"

床底下钻出了一个光头和尚，猛然扑到徐昭佩身上。

过了一会，智远像贼一样，向荆州后堂瑶光寺蹿去。

寺里有个后生跪在佛像前，竖起一只手掌喃喃念道：

"请佛祖大发慈悲宏愿，使方等父母重修旧好，方等必定大修金身。"

"我的天，是萧方等。他在求佛祖保佑父母和好，却不知他母亲刚才和我……"智远觉得犹有徐妃的余香。他咂了咂嘴唇，向寺后逸去。

智远三日不敢到荆州刺史府与徐昭佩见面。徐昭佩百无聊赖，去世子房看她的儿子萧方等。她踏进房门，窗口有个年轻人据案而坐，似在翻书，侧影对着门口。

"方等。"徐昭佩唤了一声。

年轻人似乎一惊，回过头来，见是一个三十多岁的丽人，眼波微含荡意，心知是萧方等的母亲来了，连忙起立施礼道：

"我叫暨季江，来王府不久，为湘东王管理文书，与世子成了知交。"

暨季江是个风度翩翩的美少年，站在那里，有如玉山映照。徐昭佩看呆了，目不转睛。暨季江见徐昭佩呆呆地瞧他，也不答话，不由脸上一红。

"夫人。"暨季江又深深施了一礼。

徐昭佩惊醒过来，忖道："他这样美貌，这样腼腆，这样多礼，一定是个知情知趣的情种。"

徐昭佩轻启樱唇，含笑道："请先生过妾房小坐，妾有事相询。"眼光已有八分荡意。她转身向门外走去，走到门口，回过头来，嫣然一笑，又道："请先生马上来。"眼光已有九分荡意。

暨季江焉能不解风情？他被徐昭佩特有的魅力吸引住了，两脚不由自主地跟去。

"我知道先生会跟来的。"刚进房门，徐昭佩又回头一笑。这一笑竟是百媚齐生，眼光有了十分荡意。

徐昭佩进了后房，暨季江只觉房中暖香袭来，逗人遐思。两个宫人打扮的少女端来酒食，掩口含笑走出。

徐昭佩坐到他怀里，娇声道："冤家，奴一见到你就爱上了你，是情，是孽？"

暨季江情意迷乱，也道："我一见到你，也爱上了你，是情，是孽？"

两人紧紧拥着。

满庭夕阳红，暨季江要走了。徐昭佩靠在枕上，软语叮咛："晚上你一定要来，别教奴等到天明。"

"我会来的。"

"你如失约，奴会憔悴死。"

暨季江出了刺史府，走到江边，一阵江风吹来，他清醒了一点，叹道：

"徐娘虽老，犹尚多情。"

萧方等每天都要到瑶光寺去，为父母的和好祷告。一天，他从瑶光寺回来，看到许多人拥在一座楼阁前，不知在看什么。他走上前去，有人见他来了，咳了一声，立刻溜走。原来伸长脖子在瞧看的人，回头见他来到，忽然一哄而散。他很奇怪，见阁上贴了一张榜文，也走上去看。不看犹可，这一看，他只觉得有如五雷轰顶，头脑一阵轰鸣。阁在转，天在转，地在转，他倒在楼阁下。

要得人不知，除非己莫为。徐昭佩与和尚智远、与暨季江的奸情，不久便都败露。萧绎发了狠，自忖："贱人讨厌我瞎了一只眼，看不起我，跟和尚、小伙勾搭成奸，丢我的脸。我要报复，我要报复。"他想出一个绝招：把徐昭佩的秽行张榜公布。萧方等看到的就是他父亲写的榜文。他似乎看到母亲被父亲赤裸裸地钉上了耻辱柱，似乎听到四面传来了讥笑声。他，活不下去了。

萧方等被救醒。刚刚醒过来，忽然夺门而出，往江边跑去，向着江中就跳。幸亏被人追上拉住。

"别拉我，我要死，我要死！"他挣扎着，仍要往江中跳。

萧方等疯了，徐昭佩每天以眼泪洗面。

在荆州名医的护理下，一天早晨，萧方等清醒过来。他听到外面人声嘈杂，似有很多人走动，又瞥见母亲两眼红肿，坐在床边看他。

"娘。"

徐昭佩忽听萧方等喊她，心中一喜。

"谢天谢地，你毕竟醒过来了。只是，只是我不配做你娘。"

"娘，不要说这个，外面那些人在做什么？"

"你爹爹要去打湘州刺史河东王萧誉，正在派人。"

"谁做主将？"

"据说还未选定。"

萧方等翻身下床，就往前厅跑。

"孩子，你要做什么？你的病还没有好。"徐昭佩边追边喊。

"我去找爹爹，请求领兵去打湘州。"

"不可以，不可以。"徐昭佩在哭叫。

知子莫若母，徐昭佩知道他这一去，抱了必死之心，再也不会回来了。她知道自己也活不长。她仰首望天，眼泪未干，脸色凄冷。

三十七　缘何叔侄相煎急

荆州刺史府中传出了湘东王萧绎的怒叫声：

"卧榻之旁，岂容他人酣睡。我就是要打萧誉，不打侯景。你们不愿领兵前往，我自己去。"

萧绎独目圆睁，满含杀机。

"孩儿愿意领兵去打湘州。"萧方等闯进了刺史府大厅。

"你。"萧绎很惊诧。

"孩儿病全好了，打湘州的事，交给孩儿，不劳父王烦神。"

萧绎想了一会道："好吧。我任命萧方矩为湘州刺史，由你护送他前往湘州。萧誉无论从命不从命，你都要把他杀掉。"事情就这样决定下来。

炎夏六月，萧方等领兵二万，从江陵出发了。刚过长江，萧方矩便憋不住，向萧方等问道：

"哥哥，湘州萧誉不是大伯父昭明太子的儿子吗，父王为什么要发兵打他？"

萧方等冷冷地道："正因为萧誉是昭明太子的儿子，所以父王要打他。因为他最有资格当皇帝。"

萧方矩猛然醒悟。他看了看萧方等，又问道：

"哥哥是真想替父王出力，去杀誉哥吗？"

半天，萧方等才道："我如果死了，你便领兵回荆州。"

萧方矩忽然感觉天气窒闷。二人再也不说话了，并马默默前进。

军队进至湘州临湘县的麻溪水口，遭到了萧誉七千人的袭击。萧方等忽对萧方矩说道："按照我在路上对你说的话行事。"他一提马缰，向前冲去。却不是冲向敌军，而是冲向麻溪。眼看萧方等被水浪卷走。

"哥哥！"萧方矩大声呼叫，脑中闪过萧方等跳江的疯狂模样，眼泪不禁夺眶而出。

萧方矩且战且退，回到江陵，向萧绎哭诉萧方等丧生经过。萧绎脸色铁青，萧方矩还以为他心伤爱子之死，哪知他却恨道：

"我应该早就知道方等不是真要去打萧誉。死在麻溪是便宜他了，不死，我要问他败军之罪，将他斩首示众。"

萧方矩看到了萧绎独目中射出的凶芒，手足不禁都在打战。

萧绎马上派人喊来鲍泉和王僧辩，分给他们兵粮，命令他们立刻出发，打不下湘州便提头来见。王僧辩觉得太急了，兵粮一下子凑不齐，请求延迟两日。不料萧绎却按剑厉声喝道：

"我下的命令你竟敢不服从。叫你们立刻走，你们就得立刻走。你口头上要求延迟两天，骨子里是抗命，是纵贼。你应当马上死。"

他抽剑斫向王僧辩，王僧辩左腿出现了一条长长的血口，鲜血涌出，人向前一栽，闷绝于地。萧绎喊道：

"来人，把王僧辩送进监狱。"

鲍泉吓愣了，直到来人把王僧辩架走，才恢复知觉。他二话不说，立刻带兵出发。他知道无论讲什么话，都会引起萧绎的怀疑。

鲍泉包围了长沙，萧誉向他的弟弟雍州刺史岳阳王萧詧告急。萧詧接到萧誉的告急信，向参军蔡大宝说：

"我那个七叔野心极大，加上刻薄、寡情、不择手段，把他自己变成了一个没有人性的魔鬼。对他来说，唯一的东西是当皇帝。为了当上皇帝，他不仅六亲不认，而且要把他认为的障碍全部铲除。现在他打萧誉，只是个开端。把萧誉打掉，他就来打我了。为誉哥，为我自己，我都应该出兵救荆州。"

蔡大宝道："出兵是对的，但襄阳距长沙路远，且有大江相隔，我以为可以采用围魏救赵的办法，出兵攻打江陵。"

萧詧道："此计甚好。我带兵去打江陵，你守襄阳。"

萧詧率众二万、骑二千来打江陵的消息，传入了萧绎的耳鼓。他大为惊恐，赶忙从监狱里放出王僧辩，任命他做江陵城防都督。又派人赶往湘州，严令鲍泉即日拿下长沙，杀掉萧誉。不然，治以重罪。

天公帮了萧绎的忙，楚天云雨密布，江陵下起大雨，萧詧无功而还。萧绎放下了半条心，还有半条心悬在长沙。

鲍泉迟迟未将攻下长沙、杀死萧誉的喜报送来，萧绎越想越烦，越想越疑。

"鲍泉该死一千次。长沙不是打不下来，而是他不想打。他一定与萧誉有勾结，要出卖我。我要先下手。"

萧绎唤来王僧辩，大声道："我命你火速赶赴长沙，代替鲍泉攻城。锁拿鲍泉，派人把他马上解来江陵。"

"遵命。"王僧辩这次学乖了，转身就走。

在萧绎的严令催促下，鲍泉亲临长沙城下，指挥军队，猛攻长沙城。但一次又一次被城上的守军击退。萧誉在城墙上望见鲍泉，大呼道：

"鲍将军何苦替那个残忍、刻薄、六亲不认，但图私利的人卖命?!"

说罢，一箭射中了鲍泉的头盔。

鲍泉拍马后退，忽见一骑奔来，马上的人喊道："王僧辩将军已到中军大帐，请鲍将军立刻回营。"

鲍泉以为王僧辩是来帮助他打长沙的，满心欢喜。他命令众军，暂时停止进攻，飞马来到大营，下马就喊：

"王将军，你把小弟想苦了。"

鲍泉大步进入营门，见王僧辩背他而坐，一言不发，不由愕然停步。

"你看，这是什么?"王僧辩反手甩给鲍泉一张白纸。

白纸上写着："鲍泉攻战不力，意图不轨，着王僧辩代替鲍泉攻城，并将鲍泉锁拿，解往江陵。"下面盖着湘东王的大印。

鲍泉愣住了，半日才说："想不到我鲍泉为湘东王卖命，会有这样一个结果。"

当啷一声，鲍泉的双手立被铁链锁上，人被打入了囚车。王僧辩脸色严肃，鲍泉则在苦笑。

囚车到了江陵，恰好萧绎收到了他的六哥邵陵王萧纶从郢州写来的信。这信救了鲍泉一条命。

萧纶本来是台城援军的首领，萧纲与侯景讲和，遣散援军，萧纶率部西上，到了郢州，在郢州，萧纶得到了荆、湘、雍交恶的消息，了解到事起荆州萧绎。他以六哥的身份给七弟萧绎写了一信，信中写有侯景"未除，家祸仍构，料今访古，未或不亡"。又说：

"弟若陷洞庭（湘州），不戢兵刃，雍州（萧詧）疑迫，何以自安，必引进魏（西魏）军以求形援。弟若不安，家国去矣。必希解湘州之围，存社稷之计。"

萧绎把信拿在手上冷笑，心想："你要我解湘州之围，不过是市恩于湘、雍，要萧詧兄弟拥你当皇帝罢了，什么'存社稷之计'。"

他拿起笔来，写了两句话：

"临湘（长沙）旦平，暮便即路。"

门卫来告："鲍泉已经解到。"

萧绎独目一闪，忖道："又多了一个大敌萧纶，鲍泉还有用处。"他吩咐下去："把鲍泉放了，叫他来见我。"

萧绎的回信送到了郢州萧纶手上，萧纶读到"临湘旦平，暮便即路"二语时，投信于案，慷慨流涕道：

"天下之事，一至于斯。湘州若败，吾亡无日矣。"他明白"暮便即路"是来打他。

王僧辩不负萧绎所望，终于把长沙打了下来。萧詧的头传到了江陵，萧绎双手捧着观看良久，忽然笑道：

"詧侄，不是我七叔狠心，你不死，我怎能做皇帝呢！"

他蓦然想起萧纶。萧纶是他的哥哥，萧詧虽死，做皇帝还轮不到他，而只能轮到萧纶。何况还有一个萧詧。想到这里，他立即下了一道命令：

"即着鲍泉会同王僧辩进兵郢州，攻打萧纶。"

"湘州若败，吾亡无日矣。"萧纶不幸而言中了。下一个又将是谁呢？

"哈哈哈哈哈，"这是建康宇宙大将军侯景的笑声，"萧绎叔侄兄弟交兵，长江中上游必为我有。"他命令大将任约攻打荆州。

"哈哈哈哈哈，"这是长安西魏丞相宇文泰的笑声，"萧绎叔侄兄弟交兵，长江中上游必为我有。"他命令大将杨忠（隋文帝杨坚的父亲）攻取汉水以东之地。

宇文泰的笑声压倒了侯景的笑声。宇文泰成功了，侯景失败了。

三十八　巴陵兵败如山倒

"郢州失守，刺史萧方诸、行事鲍泉被俘。"

"侯景命任约、宋子仙沿江西上，自率大军水步继进。"

简文帝（萧纲）大宝二年初夏，军情不断报到江陵。萧绎满面愁容，他未想到刚从萧纶手上取得的郢州，竟落入了侯景之手；未想到侯景居然倾巢出动，沿江西进。现在不跟侯景打不行了。这一仗是决定双方生死存亡的一仗，对双方来说，都只能打胜，不能打败。

萧绎以王僧辩为大都督，率领巴州刺史淳于量、定州刺史杜龛、宣州刺史王琳、郴州刺史裴之横及荆州将领徐文盛等东击侯景。命罗州刺史徐嗣徽、武州刺史杜崱引兵与王僧辩会合。能拿出来的兵都拿出来了，命运系在王僧辩手上。

王僧辩军抢先一步，开到巴陵。巴陵又名巴丘，在长江南岸。有巴丘山，城小而固，便于防守。侯景军自郢州沿长江北岸直扑而来，王僧辩偃旗息鼓，巴陵城中安若无人。侯景军自北岸的隐矶过江，派轻骑到巴陵城下，喝问：

"城内为谁？"

"王领军。"

"何不早降？"

"专等侯贼前来送死。"

侯景闻言大怒道："弹丸之城也想抗拒大军，教他们城破人亡。"

侯景下令肉搏，百道攻城。城上鼓噪，矢石如雨，侯景兵死伤累累，犹不肯退。

城头忽然传来鼓吹之声，侯景在城下望见有个将军著绶、乘舆、奏鼓吹曲巡城，回头问任约：

"他就是王僧辩吗？"

"大概是吧。"

"胆识勇气倒是可嘉。"

侯景昼夜猛攻巴陵不克，锐气已挫。更令侯景头痛的是：军中发生疫情，许多士兵生病，粮食眼见也不够吃了。屋漏更逢连夜雨，行船偏遇打头风。清明前后，巴陵淫雨不让，把一个宇宙大将军搞得坐立不安。

雨中有两个人影，刚从一座营帐中走出。

"病兵这样多，看来我们只有撤走。"说话的是侯景的谋士王伟。

"撤走？病兵如何撤走？敌人追击如何防御？"这是侯景的声音。

"精兵留下断后，病兵乘船先走。"

"这一撤走，无异前功尽弃，再要想占荆州，必定难上加难。如果打下巴陵，医药粮食都能解决。孤不信一个小小的巴陵，就打不下来。"

王伟望了望侯景，见他目露凶光，知道不可强谏，便道：

"是去是留，仍须大王自己决定。"

侯景突见任约从雨中跑来，刚欲问他何事，任约已先开口：

"萧绎派胡僧祐带兵来救巴陵，已到湘浦。"

侯景略一沉吟，便对任约说：

"由湘浦至巴陵必经白塸，你可率锐卒五千即往白塸，据险截击胡僧祐。"稍停，又道：

"我们现在剩下的没有生病的精兵锐卒不多了。这仗如果打赢，巴陵守军军心必然动摇。打下巴陵，我们便有了生路，江陵也可攻占。这仗如果打败，那就不堪设想。"

侯景说话时，脸色很严肃，语调也很迟缓，似有深虑。任约拍着胸脯，大声说道："末将此去截击胡僧祐，必不辱命。如有蹉跌，愿领死罪。"

王伟欲言又止。在这种情况下，他还能说什么呢？

信州刺史陆法和引兵与胡僧祐会合。陆法和原来在江陵的百里洲隐居，听说侯景来打江陵，向萧绎表示：愿意去打侯景，再也不能隐居不出。萧绎给了他一个信州刺史的官衔，士兵由他自己招募。他探知任约以五千人据白塝，向胡僧祐献计：

"任约是想以逸待劳，在白塝截击我军。我们可以示之以弱，由他路去巴陵，不走白塝。任约必以为我们怕他，必领兵急赶。赤亭三面临水，我们可以在赤亭埋伏，打他一个措手不及。这样敌人的以逸待劳就变成了我们的以逸待劳；敌人的埋伏与截击就变成了我们的埋伏与截击。"

胡僧祐连称："好计，好计，天以先生助我。"

任约果然衔尾急追。时值盛暑，烈日当空，流金铄石，追兵又累又热。追到赤亭，看到三面都是水，绿树成荫，凉风习习，再也不想往前赶了，都向水边走去，洗脸纳凉。

密林中忽然响起鼓声，胡僧祐、陆法和两军以骑兵为先锋，由左右两边大呼冲向任约军。任约军处在无备的状态，有的兵刃也未拿起，便被杀死，有的来不及转身便被压向水中。这一仗结束得很快。任约中箭被擒，所率五千精兵全部被歼灭。

任约兵败赤亭，胡僧祐兵临巴陵的消息传到巴陵城内外，王僧辩在欢呼，侯景却流出了眼泪，哀鸣"完了"。

岁月如流，转眼又是中秋。幽居台城的简文帝萧纲，中宵举头望月，未免感慨百端。战乱不停，追根究底，难道不是因为萧正德、侯景、萧绎都想当皇帝引起来的吗？自己这个皇帝还能做多久？怎样一个死法？又岂可逆料。

"陛下。"

萧纲一惊，回头见是侯景，不由问道：

"卿何时回京？想江陵已经平定。"

侯景嘿嘿一笑道："江陵交给任约，孤回京自有公事。"

萧纲见侯景神色不善，想问他有何公事，也不敢问了，侯景却接着说：

"萧绎叔侄兄弟为争皇帝，互相打仗。臣思之再三，都是由于陛下做皇帝名不正引起。昭明太子死后，皇帝本应由他的子孙来做，不应由他的兄弟来做。臣以为陛下宜把皇帝座位让给在京的昭明太子之孙豫章王萧栋，萧绎等就没有借口兴兵作乱了，江陵就可以不战而平。"

萧纲稍一思索，便知侯景必是打了败仗。如果对他的要求有所迟疑，立有杀身之祸。他装出笑容道：

"卿说得对，朕甘愿立即让位给豫章王萧栋。"

第二日，萧栋正在果园里与妻子张氏锄草，忽然鼓吹至门，侯景大步而入，萧栋惊骇莫名。

"臣恭贺陛下荣登大宝，请陛下升辇。"侯景毕恭毕敬地说，只差没有下跪。

"我，我不是在做梦吧？"萧栋怔道。

他被拉上了辇车，在鼓乐声中，辇车进了台城。

土囊压到了大醉的萧纲头上和胸脯上，宫中传出了被废皇帝萧纲薨于永福省的消息。

未几，宫中又传：新皇帝萧栋被废为淮阴王，宇宙大将军侯景称帝，改元太始。

侯景似乎未尝到做皇帝的甜头，有一天，他忽向宰相王伟咆哮：

"俺做皇帝都是你导演的，你却把俺关在台城。难道做了皇帝，就要关在台城里面面墙吗？这样做皇帝，孤孤零零，与被人摒弃又有什么分别？"

"皇帝本来就是孤家寡人嘛，不过，后宫有女万人，可以陪伴陛下。"

"朕要杀人放火。"侯景歇斯底里大喊。

太尉徐思玉大步走进殿来，神色慌急，将一张军事情报送到侯景手上。

"郢州、江州相继失守，王僧辩大军已到芜湖，姑孰告急。"

侯景半天不吭声，两眼瞪得又圆又大。王伟拿过情报看了一下，徐道：

"今日之计，唯有一战。"

侯景道："派何人为将。"

王伟道："侯子鉴将军。"

侯子鉴奉到紧急命令，刻日率步骑一万人、鹛舸千艘赶赴姑孰，打退王僧辩对姑孰的进攻，保卫建康。侯子鉴立即整军出发。

鹛舸船长，两边各八十棹，来去快如疾风闪电。王僧辩与徐嗣徽、王琳、杜龛等将计议：如果将侯景的鹛舸水军歼灭，步骑必然溃退，侯景就再也没有资本可以撑持了。

计议既定。王僧辩立即下令水军细船后撤，大舰留下，夹泊于长江两岸，准备歼敌。鹛舸来得极快，放过两岸大舰，追击细船。忽然鼓声大震，细船不再撤了，掉头接战，大舰由两岸压来，鹛舸四面被围。大江中喊杀连天，箭矢如雨。这一战，侯景水军精锐丧失殆尽，步骑仓皇撤退，溃不成军。侯子鉴只身逃回建康。侯景不能再在建康蹲下去了，与百余骑向东逃命。

建康光复，最欢喜的人要数萧栋兄弟，以为逃过劫数。就在王僧辩进入建康那天，有个将军叫朱买臣，是昭明太子的故旧，来请萧栋兄弟到船上饮酒至半酣，朱买臣取出一封密信给萧栋看，信上写着：

"建康光复之日，六门之内，自极兵威，豫章王萧栋兄弟，着宣猛将军朱买臣秘密处死。"

下面盖的是湘东王萧绎的金印。

萧栋淡然笑道："想不到侯景放过我们，湘东王却放不过我们。"

朱买臣命令手下将萧栋兄弟沉入长江。

侯景从沪渎乘船下海，想回北方。他心神俱疲，睡在舱中，一觉醒来，发现船两边都有陆地，不由大惊。随从羊鹍站在他身旁，他问道："这是哪里？"

羊鹍冷冷地说道："这是京口，离建康已经不远，大家都想要大王的头以取富贵。"

侯景未及回答，白刃已经交加而下。

王伟被俘，送往江陵。萧绎本想用他来对付姓萧的人，有人把他写的檄文交给萧绎看。萧绎读到"项羽重瞳，尚有乌江之败；湘东一目，宁为赤县所归"之句，独目放射出凶狠的光芒，怒吼道：

"何物王伟，胆敢咒孤一目！"

他杀了王伟。

战乱过去了吗？远远没有。江陵战云在密布，建康的战云也将因为半路参加打侯景的陈霸先谋夺权柄与帝位，散而复合。

三十九　争位何论国沦亡

萧绎毕竟当上了皇帝，他是梁朝的第三个皇帝——元帝，住在江陵。

可是不久武帝的第八子、萧绎的八弟益州刺史武陵王萧纪便顺着长江，打过来了。这一交兵，后果不堪设想。

台城被围的时候，萧纪曾派世子萧园照领精兵三万援救台城。萧绎却命令萧园照驻兵白帝城，不准东下。武帝死了，萧纪总戎想去建康城奔丧，并讨伐侯景。兵尚未发，萧绎的信便到了成都。信封中有两张纸，第一张纸上写着：

"蜀中斗绝，易动难安，弟可镇之。奔丧灭贼，兄当代之。"

第二张纸上话就难听了："地拟孙（权）、刘（备），各安境界，情深鲁、卫，书信恒通。"意思很明白，如果你不安分，想到我荆州来，不管什么借口，都必将遭到攻击，后果自负。

萧纪看到这封信，只有苦笑。

侯景平定，萧纪毫不客气地在益州称帝。接着，萧绎又在荆州称帝。一朝没有两个太阳，荆益开战，不可避免。

萧绎没有想到萧纪竟敢以弟跑在他前头称帝，恨死了萧纪。不久，又听到萧纪率军浮江东进，独目闪出了既凶狠又恶毒的光芒。他找来一个会画人像的方士，叫他在一块木板上画萧纪的像。像画成了，萧绎在萧纪的画像上，打下了一颗又一颗铁钉。打一颗，哼一声。打到无处可打，才抛下了锤子，凶恶地望着画像，自言自语说：

"哼，你比萧誉、萧詧兄弟还要可恶，竟敢明目张胆，与我争皇位。我要钉死你，钉死你，钉死你！"

他嗥叫起来。

忽然，他想起萧纪占据上游，人数单是白帝城萧园照的兵就有三万，而自己的兵，大半被王僧辩带到建康去。"这，这，这，这便如何是好？"他猛敲头颅，独目开了又合，光芒闪烁不定。

"哈哈！"他忽然大笑起来，"有了，把益州送给西魏，请西魏太师宇文泰出兵益州，以俯萧纪之背。梁魏合兵，何愁萧纪不灭，朕位不保？"

他马上写了一封信，派侍中王琛星夜赶赴长安，交给宇文泰。宇文泰看了信，目中精光一闪，对在座的将领呵呵大笑道：

"萧纪去打萧绎，萧绎来信向我们求救，要我们去打益州。取蜀制梁在此一举。"

宇文泰热情招待王琛，满嘴兄弟。王琛醉了。

且说萧纪到达巴郡，突闻西魏派大将军尉迟迥率大军自散关攻蜀郡，急命谯淹还军救蜀。尉迟迥乘蜀中空虚，兼程而进，赶在谯淹之前，到了成都，将成都包围。萧纪部下大都是蜀人，心悬成都，日夜思归，萧纪困惑了。

仲夏之夜，巴东的一条大船上，传出了争吵的声音。

"侯景虽平，江陵未服。臣儿以为须先平江陵，大军而后还救根本。"是太子萧园照的声音。

"晚了，臣以为宜立即还救根本，何况将士思归。"是将军王开业的声音。

"现在还救，将两面受敌，臣儿以为出路只有一条，立即进军全力攻打江陵。"

"成都危急，军心动摇。进攻江陵如有蹉跌，益州如为西魏所据，大事去矣。"

太子按剑道："王将军何故说这种长敌人志气，灭自己威风的话？进攻江陵怎么会有蹉跌，益州怎么会被西魏占据？

萧纪双眉皱了又皱。他想来想去，觉得两个皇帝不能并存，头号敌人还是萧绎。如果放过萧绎，还救根本，就不知要到何年何月才能平掉萧绎。如果能很快打下江陵，还兵救蜀，也不算晚，且无东顾之忧。想到这里，他突然拔剑击案道：

"朕决定立即向江陵进军，敢谏者死。"

月涌大江流，一支船队自巴东启航了，月光照见水兵的脸，一张张满含深忧。

再说萧绎听到西魏已向益州进兵，心中大喜。他估计萧纪对江陵不会死心，必求最后一逞。但他知道萧纪军队既有隐忧，锐气必挫，江陵可保。那时，陆法和在江陵当护军将军，他命陆法和去守西陵峡口，从监狱中放出侯景的两员大将任约与谢答仁，做陆法和的副手。又下令急调东军还救江陵。布置妥当，萧绎的独目中，闪出了少见的喜悦光华。他嘿嘿一笑道：

"八弟呀八弟，你为什么要跟七哥争皇帝？你的地盘丢了，身死了，可不能怪你七哥啊。"

萧纪的舰队到达西陵峡口，峡口很沉寂，萧纪站在船上观看，见江流已被大石、铁锁阻断。他哈哈一笑道：

"吴国千寻铁锁，挡不住晋朝王浚的楼船，萧绎的石头铁锁，岂能阻挡于我。"

他下令排石毁锁前进。突然峡口两岸二城箭如飞蝗射来。任约、谢答仁各领一支船队，用火箭开路，突入萧纪船队中，左冲右突，击毁了萧纪不少船只，然后向两岸退走。

萧纪想拔掉峡口两岸二城，然而二城守卫坚固，危急时又有援军突然出现。萧纪毁掉了敌人不少船只，可是敌人后备的船只，似乎不少，毁了一批，又有一批船只突然打了过来。萧纪不得已，在两岸筑了十四城，与陆法和相持。

相持，对萧纪来说，等于死亡。因为益州无援，将被西魏全部占领；萧绎下令召回的东军，也将到达江陵。撤走呢，又不甘心。而且，要撤不如在巴东时就撤，现在撤已嫌晚了。萧纪正在彷徨无计，不知如何是好的时候，突然有人送来了萧绎的一封信，信中先挖苦萧纪以"季月烦暑，流金铄石，聚蚊成雷"之时东进，无乃太劳。再告诉萧纪永丰侯萧撝已以成都降于西魏，东军已至荆州之境，不日到达江陵。最后说我们毕竟是兄弟，小时候"让枣推梨"，长大了"兄肥弟瘦"，我对你"心乎爱矣"，允许你现在还蜀。

"狗屁。"萧纪掷书于地。萧园照拾起瞧看，恨道："魏贼公开声明，进兵益州是应萧绎之请。益州丢了，又大言不惭，允许我们还蜀。天底下再也没有比萧绎更狠毒更奸猾更无耻的人了。"

萧纪又拿出一张纸来，递给萧园照看。这纸竟是萧绎的密令，上面写着萧纪败亡在即，绝对不许萧纪父子生还，人人可杀萧纪父子，能杀而不杀，与萧纪父子同罪。

萧园照看得两眼赤红，大叫道："不灭此奸贼，誓不为人。"他一刀向一块石头上砍去，只砍得火星四冒。

萧纪冷冷地道："你这位七伯，既是有名的独眼龙，又是有名的两面人。现在还要加上一个'有名的卖国贼'。他出卖益州，以为胜券在握，将来还不知道怎样一个死法呢？最后的胜利者将是宇文泰。"

萧纪父子是死了，他们死在西陵峡口的一条船上，头送到萧绎手中。萧绎独目看了又看，心想："兄弟子侄现在只剩一个萧詧，依附西魏，不成气候。梁朝天子，我做定了。"他脸上显出了胜利者的微笑。忽然独目一闪，"呸"的一声，对萧纪的头颅唾了一口，哼道：

"只有你向我争帝位，你该死一万次。你不是我弟，不是我族。我要你死后也不得翻身。"

他提起笔来，立即写了一道圣旨：

"萧纪，赐姓饕餮氏，永绝属籍。"

可是，正当萧绎自以为是强者，陶醉于东西两面胜利的时候，西魏的阴影，却从益州与雍州两面压了过来，萧绎的末日来临了，梁朝的末日也来临了。

四十　江陵何辜遭大劫

秋色满长安，残阳照陵阙。

宇文泰在太师府设宴庆祝尉迟迥占领益州。

预宴的都是原武川镇的军人。酒至半醺，他们就不讲规矩了。或猜拳行令，大呼小叫；或击案唱起武川鲜卑歌曲，声泪齐下。宇文泰有时皱眉，有时大笑，有时又悠然神往，自斟自酌。

天下没有不散的筵席。酒会之后，宇文泰留下柱国于谨、大将军杨忠等人商量下一步军事行动。

烛光映照下，宇文泰脸色显得很红，似多喝了几碗酒，说话时非常兴奋。他道：

"荆雍交恶，萧詧来投，我们占了汉水以东的地方。荆益交恶，萧绎输诚，我们又占了益州。下一步是打高氏的齐国呢，还是打江陵的萧绎？"

行台仆射长孙俭道："齐虽与我交兵，为我死敌，但不好打。好打的是萧绎。萧绎即位，已有三年，看来他不想东下。骨肉相残，民厌其毒，兼弱攻昧，武之善经。我打掉萧绎，兼有江汉，收其军资器械，天下可定了。"

大将军杨忠道："齐恶我畏我防我，萧绎善我友我对我无备，打齐国难望有成，打江陵则必定可克。"

宇文泰转头见于谨双眉皱在一起，似乎在想什么，不由问道："柱国以为如何？"

于谨目光一闪，答道："我在想我们打萧绎，萧绎会怎样应付。"

长孙俭忙问："为萧绎计，他将会怎样？"

于谨道："他有三种选择，第一种，席卷渡江，直据建康。此为上策。第二种，迁移罗郭以内的居民，退保江陵子城，以待援军。此为中策。第三种，据守罗郭，不移不动。此为下策。"

长孙俭又问："柱国以为萧绎将采何策？"

于谨道："下策。因为一、萧绎以为我有齐氏之患，力不能分；又以为与我友好，我不会出兵打他；二、萧绎虽然残忍狠毒，但实际上懦而无谋，多疑少断；三、居民皆恋邑居，不愿迁动。"

宇文泰哈哈大笑道："萧绎肺腑都给柱国看穿了。即请柱国总督六军，出讨萧绎。杨大将军与宇文护为前锋，长孙仆射为荆州刺史，断后。行动要秘密，要快。到襄阳会合萧詧之后，即直扑江陵，切断萧绎东奔南逃之路，彻底消灭萧绎。"

同一个时候，江陵正在争论是留都江陵，还是迁都建康。萧绎在静静地听着臣下的发言。

"臣以为建康旧都，山陵所在，荆镇边疆，非王者之宅，以迁都建康为宜。"说话的是曾奉萧绎密令，处死萧栋兄弟的朱买臣。

"臣不同意，"说话的是太府卿黄罗汉，"建康凋残，王气已尽，江陵全盛，应以留都江陵为宜。"

"臣愿陛下从四海之望，迁都建康。"说话的是黄门侍郎周弘正。

周弘正的话，引起了吏部尚书宗懔的不满，他大声驳斥周弘正：

"你是东人，你所谓'从四海之望'，不过是从东人之望，从你个人之望。"

周弘正双眉一轩，笑道："宗吏部以为东人劝东非良计，难道西人欲西，就是长策吗？"

宗懔想辩，尚书右仆射王褒已经发言："现在，益州已为西魏所占，雍州成了西魏附庸，江陵西北两面受敌，一旦西北有警，深恐江陵难安。臣以为宜迁都建康。"

领军将军胡僧祐尚原来在沉吟，一听王褒的话，他发言了。

"王仆射以为江陵有西魏之患，却不知建康有高齐之患。西魏与我相隔仍远，高齐已占淮南，与建康只有一水之隔。西魏与我交好，臣以为西魏绝不会来打江陵。高齐则难保不向建康进攻，臣以为宜留都江陵。"

胡僧祐是在巴陵赤亭击败任约五千精兵的名将。侯景败亡，以巴陵之战为转折点。胡僧祐既然赞成留都江陵，主张迁都建康的就闭口不讲话了；主张留都江陵的，则一个个喜上眉梢，都说："西魏的敌人是高齐，宇文泰怎会来打我们。""江陵比建康不仅富得多，而且安全得多。""江陵为万世不易的基业所在，我们只能建都江陵。"

主张迁都建康的，把希望寄托在天子萧绎的一言上。萧绎讲话了：

"建康凋残，江陵全盛，梁魏交好，宇文泰可以信赖，朕决定留都江陵。"

两个月后。

武宁太守宗均的紧急情报送到了江陵。

"魏军大举出动，进攻荆州。"

萧绎把这个情报给胡僧祐、黄罗汉等人看。胡僧祐诧道：

"不可能，不可能。梁魏二国通好，没有嫌隙，魏国怎会来打我们？"

到过西魏的侍中王琛也说："臣出使长安之日，曾蒙太师宇文泰接见，宇文泰容色极为诚恳，对陛下极为关心。臣敢断定魏军进攻的消息，必为误传。绝对不会有这种事。"

萧绎半信半疑，对王琛说："朕派你再次出使魏国，有军情立即驰书回报。"

过了几天，王琛的回报来了。

"一路帖然，未见魏兵一兵一骑，武宁情报，纯属儿戏。"

萧绎抱着爱妃，睡大觉去了。可是一夜未过，警报又到：

"魏于谨与雍州萧詧的军队，正向江陵猛扑而来，前锋距江陵不过百里。"

"江边出现魏军，舟船尽为魏军所掳，东路与南路已被切断。"

"完了。"萧绎独目失神地看着远处，手中情报飘到了地上。

站在一旁的朱买臣按剑说道："唯斩胡僧祐、黄罗汉、宗懔可以谢天下。"

萧绎苦笑道："当时是朕不想迁都，胡、黄、宗何罪之有！"

殿外萧条，殿内寂寥。过了好一会，朱买臣唤道：

"陛下，为今之计，唯有南走，或者坚守子城待援。"

"南走？"萧绎淡然一笑道，"船呢？任约在南，他是侯景的大将，我们胜利的时候，可以利用他，现在，他靠得住吗？坚守子城？罗郭与子城之间的民户迁得动吗？"

他想了一下，提笔写了两道圣旨：

"命领军将军胡僧祐率领禁军据守罗郭。"

"命太尉、车骑大将军王僧辩为大都督、荆州刺史，即自建康回军援救江陵。朕忍死待公，可以至矣。"

他把写好的圣旨交给朱买臣道："给胡僧祐的，命他即刻行动，不必再来见朕。给王僧辩的，以最快的速度送出。"

朱买臣应命而去。萧绎突然觉得很孤独。他喃喃道：

"父、兄、妻、子、弟、侄都到另一个世界去了，我，我也要去了。"

"胡僧祐中流矢阵亡，魏军突入罗郭，居民七千家被烧。"

"子城失守。"

"西门士卒打开城门，迎魏军入城。"

萧绎每得到一次急报，就像心上又加了一块大石头。一阵风过，他似乎听到城西喊杀声。他无目的地踱出殿外，一眼望见东阁竹殿，那是藏书殿。他呆呆地瞧了一阵，又摸了摸佩剑，蓦然一声狂笑：

"文武道尽！朕要烧书，朕要断剑。"

他看到舍人高善宝，大声叫道："高善宝，快把火种拿来。"高善宝取来火种，他一把夺了过来，奔向东阁竹殿，投入满藏古今图书的房中。他向着冲天而起的烟火，哈哈大笑：

"朕要教十四万卷图书化灰，化灰，化灰！"

"嗖"的一声，他抽出腰间一把寒光闪闪的宝剑，向一个大石墩上猛砍：

"断剑，断剑，朕要断剑！"

"啪"，"啪"，"啪"，接连数响，宝剑终于断了。

"哈哈，书已焚，剑已断，文武道尽，文武道尽！"

萧绎猛向宫外冲去。

"七叔，你好。"萧绎听见了一个很熟悉的声音，心里一惊，骤然停住了脚步。

"理孙（萧詧字），是你。"萧绎愣了一下，忽然又哈哈大笑道："文武道尽，文武道尽。"他夺路就走。

"这个人疯了，把他锁了，送到军营。这人罪恶滔天，我要好好消遣他。"萧詧对左右军人说。

于谨进入江陵城，看到城中房屋鳞次栉比，民户殷实，笑向新任荆州刺史长孙俭道：

"萧绎给了我们一块宝地。"

他突然眼睛一翻，煞光毕露，大声道：

"烦刺史传令下去，按新占领地方通例，城中百姓小弱者通通杀死，官吏、壮男、女子扫数没为奴婢，分赏六军。"

江陵全城霎时响起呼地抢天的哭声，马蹄的腾踏声。血水流过了一条街，又流过一条街。

于谨班师后，萧詧被迁到江陵。在他头上有一个太上皇，这就是西魏的荆州刺史。

劫后江陵，街巷无人，到处白骨。萧詧独处宫中，想起祖父萧衍、父亲昭明太子萧统、二哥萧誉、侄儿萧栋，还有萧纲、萧纶、萧绎、萧纪，他像在做梦。

"争强弱，较愚智，比狠毒，谁也没有比得过宇文泰。做皇帝，做皇帝，难道做皇帝就是血流成河，尸骨成山？"萧詧在想，在问。

四十一　狠毒又出陈霸先

钟山龙蟠，石城虎踞。

在秦淮河入江之处，耸立着一座城池，俯瞰大江。这就是被称为"虎踞"的石头城。

春来江水碧如蓝。石头城的新主人却没有春天的心情，他既痛心江陵被西魏攻陷与萧绎之死，又担忧齐主高洋乘梁之危，威胁建康。这新主人便是梁太尉、车骑大将军王僧辩。

石头城下走来一位将军，他是曾参与巴丘之战的现任秦州刺史徐嗣徽。守卫认识他，放他入城。王僧辩见他来了，劈头就问：

"江北消息如何？"

"齐使已到江北，要求晋见太尉。"

王僧辩目芒一闪，沉吟片刻，便道："请齐使过江相见。"

齐使进了石头城，将齐主高洋的一封信送给王僧辩。信中写的是："齐、梁和好十有余年，闻西魏宇文泰以诡计夺取益州与荆州，杀死梁主萧绎，十分震惊。齐愿与梁联盟共抗西魏。现派上党王高涣护送在齐的梁贞阳侯萧渊明至建康，望立之为帝，以结盟好。

萧渊明为梁武帝长兄萧懿之子。齐要求立萧渊明为梁主，是立疏。而当时梁元帝萧绎的第九子萧方智仍在，按传统，应立萧方智。王僧辩读完高洋的信，双眉紧皱，把信递给徐嗣徽，站起来在厅中走动不停。蓦然他停住了脚步，两道目光投向徐嗣徽：

"将军读了信，有什么看法和主张？"

"齐主胁迫我们立萧渊明，是对我们的侮辱。然而，在西魏用诡计取得荆益、节节进逼之下，联齐抗魏，实在是今日的必须。"

王僧辩眉头一松，淡然笑道："将军之言，正合我意，但立萧渊明，必定挨骂。"

徐嗣徽想了很久，才说："事有利弊，我们只能算其多者，如果利多于弊，便可去做。"

王僧辩道："我也在想，值此危急存亡之秋，立君宜长，而萧方智年才十四岁。立萧渊明，联齐抗魏，实为上策，至于挨骂不挨骂，为国家计，我也顾不得了。"

徐嗣徽道："只要是有头脑人，必然会拥护太尉的决策，但要预防宵小之辈，乘机中伤，甚至搞阴谋。"

王僧辩淡淡笑了一下，立即吩咐设盛宴招待齐使。席间谈妥梁立萧渊明为皇帝，同时立萧方智为太子。梁齐联合，互相策应，对付魏国。魏攻梁则齐攻魏，魏攻齐则梁攻魏。齐以礼送回陷在齐境的梁朝官民。

西魏的东进，被梁齐联盟遏止住了。

半岁过去，深秋又来临了。西风吹起长江千层浪，浪花卷过石头城，卷过京口北固。京口正在酝酿着一个重大的阴谋。

在京口南徐州刺史府的一间密室中，五个人围坐在案旁，案上的烛火，摇曳出昏暗的光芒。一个鹞目、鹰鼻、狮口的人在说：

"各位无须顾虑，霸先仔细想过，王僧辩与我情好甚笃，推心待我，他举荐我为镇北大将军，南徐州刺史，镇守京口，又为其子王顗向我提亲，我已将女儿嫁给王顗。他根本想不到我会图他，对我全无防备。王僧辩的大将王琳在湘州，韦载在义兴，杜龛在吴兴，鞭长莫及。近的只有一个徐嗣徽，很容易解决。至于北齐，我们可以联魏制齐。我做了皇帝，各位都是开国功臣，有福同享。"

说话的是在半途参加平侯景的前西江督护、高要太守陈霸先。他这样赤裸裸地说来，与他围坐一起的四人，都感到有点吃惊。

半日，四人中有个叫杜陵的才道："末将恐怕这样一来，江东又将大乱。"

一条手巾突然套住了杜陵的脖子，只一绞，舌头伸出，杜陵闷绝于地。

"嘿嘿，霸先已将图谋说出，在座的各位都已知道。有谁敢不与霸先同谋，便只有死。杜陵是个榜样。"

在始兴跟随陈霸先的侯安都突然拔剑击案，大声道："宝剑无情，谁敢不与主公同心，安都的剑就击向谁。"他一脸严峻之色，剑尖斜指。

在岭南便跟随陈霸先的周文育，望了望侯安都，微哂道："只要我们三人与主公同心，大事就成了一半。另一半是王僧辩死后，如何迅速安定局面的问题，未知主公有无考虑？"

陈霸先鹞目一闪，隐射出一缕狡谲的光芒。他道："我先可立萧方智做皇帝，他是萧绎的儿子，是帝位的法定继承人。用他做号召，王僧辩的将领就不敢动。谁要是反对我，谁就是反对皇帝，我可挟萧方智而讨之。百姓见立的是萧绎之子萧方智，也会接受。等到局面一定，我再废掉他，自己当皇帝，就不会再有阻力了。各位到时候都是王侯公卿。"他说来一点也不脸红。

没有讲话的徐度这时忽然发问："主公何时行动？"

"今天晚上就开始行动，由你和侯安都将军率领水军直趋石头，我与周文育将军率领马步军沿京口至建康的大路，与水军齐头并进。遇哨则云御齐。一到石头，则杀王僧辩。不得生擒，不得杀而不死。"陈霸先的脸容在烛光下显得十二分阴沉。

"好狠，好毒！"徐度忖道。

天上没有星光，船上没有灯光，马口套上罩子。水军上了船，侯安都来向陈霸先作最后的请示。陈霸先所骑的黑色大马，马头本来朝建康，见侯安都来了，他突然调转马头，向侯安都道：

"我忽然觉得有点怕，现在水陆未发，我想回头还来得及。"

一双鹞目，闪烁不定。

侯安都不知陈霸先是在考察他，徒以为陈霸先临行又后悔，不由又怕又急。他走到陈霸先坐骑旁，拉住马缰道：

"今日做贼，事势已成，生死须决。调转马头，欲何所望？进而失败，俱死，不进难道就能免死吗？"

陈霸先呵呵一笑道："能得侯将军这样几句话，我还有什么不放心的。"他重新调转马头，马鞭一扬道："走吧。"

水陆两路像两条黑色的魔影，向建康射去。风声凄厉，似乎在预告又一次浩劫，已经来临。

平明，侯安都水军到了石头城北，弃舟登岸。石头城北接冈阜，侯安都上了冈阜，翻上石头城堞，直扑王僧辩卧室。军队随之而入。同一个时刻，陈霸先领马步军突入了石头城南门。

王僧辩一早便在前厅处理事务。突然有人来报："后面（北面）有兵。"片刻，又有人来报："前面（南面）也有兵。"待至拔出佩刀，侯安都、陈霸先已率领兵将直入大厅。

"嘿嘿，王将军，想不到我会神不知鬼不觉到了石头城吧。"陈霸先一双鹞目，毒芒毕露。

"陈将军何故出此下策？"王僧辩尚在惊疑中。

"下策？"陈霸先桀桀一笑，"叫你死得明白，你是我做皇帝路上最大的障碍，你死了，我就稳坐皇帝的宝座了。哈哈哈哈哈。"笑声像夜枭长号。

王颁在旁按剑叱道："陈霸先，王陈联姻，永结百年之好，是不是你说的？"

陈霸先又怪声一笑："我把女儿嫁给你，是叫你父子不会怀疑我，我好杀你父子。放心，你死了，我女儿不会当寡妇。"

"好一个阴险狠毒的恶贼。"王颁拔剑就刺向陈霸先。陈霸先让开一剑，喝令左右下手。王僧辩宝刀泛起一片寒光，击杀多人。忽听王颁一声惨叫，回头见他伤在侯安都剑下。这一疏神，给了陈霸先一个乘隙而入的机会，王僧辩左胁中剑。这位名将终于不支死在乱刀之下。

王僧辩一死，陈霸先便废掉萧渊明，立了萧方智。发布文告，把自己打扮成擎天柱，咒骂王僧辩为篡臣逆贼。文告发布之日，他微笑向侯安都说：

"混淆是非，颠倒黑白，是我辈本色。人们既不明了情况，又有谁能不相信我们的话。王僧辩的故将会说我够阴毒，嘿嘿，不毒怎能争天下、当皇帝。"

当陈霸先正在欣赏自己阴谋成功，笑声绕梁之时，西魏太师宇文泰也在朗笑。他对于谨、杨忠等人说：

"我们正苦于梁齐合纵对付我们，想不到陈霸先杀了王僧辩，废了萧渊明。可以断定，齐必出兵攻打陈霸先，梁齐合纵不攻自破。在齐的攻击下，陈霸先必向我方求助，梁齐合纵将变成魏梁合纵，攻打高齐。这样一来，高齐不难平定。平定高齐之后，我再进兵南方，江南也是我们的了。"

说到这里，宇文泰眼中所显现的喜悦光芒，其浓烈程度，是于谨、杨忠等人从未见到过的。但是，宇文泰有一点没有算到，将来做南北大一统的皇帝的，不是他的子孙，而是大将军杨忠之子杨坚。这位大将军就坐在他面前。

秋色满关中，鸣镝响长安，宇文泰在练兵了。

四十二　烽烟遍地哀江南

在破岗渎往方山津的路上，走着两个妇女，一个背着一把筝，虽然已到中年，但眉若春山，眼含秋水，给人一种清秀爽朗之感。一个背着一个包袱，拿着一只笙。年纪二十出头，生得不高不低，不肥不瘦，肤比凝脂还白，脸比桃花更艳，眼比星光还亮，唇比樱桃还红。人都爱美，见着这两个妇女，哪个能目不斜视。即使是非礼勿视的君子，也要看上几眼。

"小玉，离开建康七个年头了，总算平定侯景，我们才能回来。但不知芳春院姊妹还剩几人？"

说罢未免唏嘘感叹，珠泪欲落。

"包阿姨，你又伤心了。建康已近，坐下来歇歇吧。"

原来已到中年的那一位，便是著名的音乐家包明月。年轻的那一位，便是红极一时的秦淮名妓霍小玉。

两人还未坐下来，忽然看到迎面黑压压似乎来了许多人，走近了才看清都是老百姓。他们扶老携幼，神色仓皇，像是在逃难。包明月不由赶上前去，拉住一位老人问：

"老人家，发生了什么事？"

"唉，陈霸先杀了王僧辩，秦州刺史徐嗣徽与齐兵联合打到建康，为王僧辩报仇。徐嗣徽占了石头城，齐兵从采石登岸，打到了玄武湖北。老百姓又遭殃啦，又逃难啦。"

包明月秀目光芒一闪，诧道："什么，陈霸先杀了平侯景的名将王僧辩。他为什么要杀王将军。"

老人叹道："还不是权力害死人，皇帝害死人。陈霸先，虽然立了一个小皇帝萧方智，但哪个不知过不了多久，小皇帝就要被他废掉，他自己就要当皇帝。"

包明月像是沉入了回忆之中，半晌，她喃喃道："萧正德要当皇帝，侯景要当皇帝，萧绎要当皇帝，萧纪要当皇帝，现在又有一个陈霸先要当皇帝。这七年有多少人要当皇帝啊！"她忽然秀目一睁，神光湛然，唤道：

"小玉，建康不去了，回头吧！"

一路有逃难的人做伴，倒也不寂寞。但茫茫天涯路，逃到哪里去呢？

才到丹阳境内，迎面又见许多人扶老携幼而来。小玉感到奇怪，刚好有位大娘带着一个小女孩走到她面前，她忙问：

"大娘，东边也逃难吗？"

"唉，陈霸先杀王僧辩，王僧辩的大将杜龛在吴兴起兵。义兴太守韦载、吴郡太守王僧智以郡响应杜龛。陈霸先派他的侄子陈蒨还有大将周文育来打，东边老百姓遭了殃，都往西边逃。怎么，你们是从西边逃来的吗？"

霍小玉星眼带煞，恨道："陈霸先正在建康与王僧辩的大将徐嗣徽还有齐兵大打出手，西边你们不能去了。"

"但是，你们东边也不能去啊。"大娘牵着小女儿进退失据，抬头茫然望着天空。

"呱呱。"一阵寒鸦飞过，向南而去。

"包阿姨，我们到哪里去呢？"小玉忧伤地问。

包明月望着寒鸦飞去的方向，怔怔道："向南边去吧。"

她们到了东阳，东阳有留异挡道。她们到了临川，临川有周迪逞兵。她们到了豫章，豫章有熊昙朗劫夺马仗与女人。

又是一个寒冷的冬季，长沙街头，走来了两个妇女，年轻的搀着年纪大的，年纪大的像是走不动了。微喘道：

"小玉，随便找间旅店歇息吧。明天，看哪座酒楼热闹，再卖唱去。"

"娘，就到街尾那家旅店去。娘太劳累了，身体不好，多歇几天，明天不要去卖唱。"

艰难的逃难生活把包明月、霍小玉二人紧紧拢在一起，她们已经认了母女，不能再分开了。

"小玉，娘造的那支新曲，你今天晚上再练练。早唱也可早一点抒发娘心头的郁闷，搬掉娘胸间的石头。"

一夜北风紧，酒楼虽然要冷清一些，但仍有轻裘公子、江湖豪客不断光临。午时未到，楼上走来一对母女，母亲拣了一个座位坐下，女儿偎在母亲身旁。母亲黛眉锁愁，女儿秋波含雾。母亲轻启贝齿说道：

"妾母女二人逃难来到长沙，衣食无着，抛头露面，卖唱为生。愿为坐上诸君，悲歌一曲，如有可取，请诸君赏脸。"

筝声一响，歌声忽起，音韵节奏、清浊低昂极为清晰。女儿轻舒歌喉唱道：

"侯景渡江来，建康化劫灰。房屋都烧尽，白骨无人埋。"

唱到此处，歌声忽变清冷激昂。

"湘州才打罢，荆益又交兵。忍见台城破，父皇死金陵。"

"这是骂元帝啊。"座客中有人在叹惜。

"招来西魏兵，攻破江陵城。老少都杀尽，妇女齐赏军。官吏变奴仆，低头长安行。"

歌声激荡，座下忽有人"哇"的一声大哭起来。

"爹，别哭，我们当初能逃出江陵，已是万幸。孩儿一定要替娘报仇，杀尽魏兵。"

歌声忽转欢愉，座客脸色一愣，眉头逐渐松开。

"巴丘堵侯景，幸有王将军。旌旗东指日，建康把贼平。"

歌声又转激扬。

"奸贼陈霸先，偷袭石头城。将军父子死，江南又遭兵。"

筝声突然发出变徵之音，歌声转趋急促、忧伤、愤懑：

"房屋火中烧，儿傍母尸泣。烽烟遍地起，干戈何时息？万里天涯路，风刀严相逼。繁华都已尽，欢笑何处觅？"

筝声歌声戛然而止。猛听"啪"的一声，是宝剑砍在案上的声音。

"我好恨也！"一个将军模样的人，怒目遥视窗外，手中宝剑犹砍在案上，深入寸许。

湘江上空，一阵乌云飘过，天暗了下来，像是要下雪了。

弹筝人对这位将军注视良久，突然移步过来施礼道："王将军，贱妾包明月有礼。"

这位将军蓦然一惊，目光移注包明月，忽道："王琳听音已疑夫人为先皇内人，果然不期与夫人在长沙相遇。此间非谈话之所，敢请夫人到刺史府畅谈。"

此人正是湘州刺史王琳。昔为王僧辩大将，平侯景元勋，功劳与杜龛俱为第一。陈霸先用敬帝萧方智之命，要他来建康做司空，骠骑大将军。他抗命正在湘州大造船舰，准备进攻建康。

王琳唤店家找来两乘轿子，将包明月母女抬到刺史府。就在当天晚上，王琳接到报告，陈霸先废了萧方智，自己做了皇帝。

"狐狸尾巴是藏不住的。奸贼面目毕竟暴露在光天化日之下。"王琳发出一声冷笑。

他来见包明月母女，告诉她们陈霸先已经称帝，他要起兵讨伐，并请她们母女二人安心住在长沙刺史府中，待建康平定，再回建康。

一个白雪皑皑的早晨，鼓角悲鸣，王琳率领湘州军队，分水陆两路出发了。包明月、霍小玉站在雪地里，与王琳施礼为别。王琳翻身上马，包明月母女怅望着王琳的背影上了一座高岗，逐渐淡薄、渺茫。

"唉！"包明月长长叹惜了一声，"小玉，回去吧！"

四十三　宠妃竟然是子高

盛暑，赤日行天，流金铄石。

滨江南皖城临川王陈蒨临时王府，树木葱茏，蝉声满耳。靠水的一个亭子里，有两个人正在下棋。一个三十开外，身材瘦长；一个只有十五六岁，生得眉清目秀，唇红齿白，姣如美女。瘦长汉子举着一枚黑子，漫不经心地放了下去，少年"扑哧"一笑：

"大王，你这着把自己的黑子给吃了。妾看你眼色不定，像有什么心事。"

大王便是陈蒨，他把棋子一抹，笑道："子高，不下了。我确实是在想心事。皇上病了，派人去长安，要求周主把世子陈昌送回建康。皇上一死，便是陈昌当皇帝。我的皇帝梦做不成了。卿卿也别想当皇后。"

少年叫韩子高，明人秦楼外史的《男王后》杂剧写作陈子高。他听了陈蒨的话，把头一低，露出了雪白的后颈。韩子高回眸一笑道：

"妾有一计。侯安都将军不是要来南皖吗，如果能得到他的帮助，赶在陈昌之前，回兵建康，皇帝还不是大王做。"

陈蒨皱眉道："侯将军是皇上的心腹大将，他能帮我不帮陈昌？"

韩子高笑道："你附耳过来，妾之计管保侯将军助你不助陈昌。"

陈蒨果然附耳过去，韩子高在他耳边细语了一阵。陈蒨先是苦笑，后是微笑，最后是大笑。

南皖临时王府设盛宴接待自江州过境回京的南豫州刺史侯安都。酒过半巡，陈蒨笑道：

"孤新近得了一个善跳天魔舞的美女，唤出为将军献舞侑酒。"他回头向一个正在斟酒的侍女说道："去唤舞娘出来。"

两个俏丫鬟扶着一个十五六岁的美女，莲步姗姗，自后堂走出。侯安都只觉得眼前一亮。金色耳环，金色手镯，金色足圈，几乎无一处不叫他目瞪口呆，恍疑天女下凡。

俏丫鬟抱过琵琶，弹起天魔舞曲。舞娘向侯安都福了一福，嫣然一笑，侯安都魂为之夺。等到他再定下心来，只见堂上已经舞起一片白光，旋转一满，白光倏然变成彩霞缤纷，一个绝色魔女就在这白光与彩霞中，时隐时现。侯安都完全被这个魔女征服了。

当天晚上，侯安都做了一个梦。他梦见天魔女飘入房中，自荐枕席。耳边私语："临川王有帝王之相，侯将军贵不堪言。二人合作，无往不利。"魔女要他对天盟誓："效忠临川王，永无二心"。他跪在窗前发了誓，魔女叫他熄了灯光，他这一夜，梦耶？真耶？幻耶？实耶？只有他自己知道。

看官大概已经猜到天魔舞女，是由韩子高装扮。那枕畔魔女呢，特别是灯光熄灭以后的魔女，是真是假呢？

陈蒨、侯安都回到建康的第二天，陈霸先便在榻畔见到他们。人们很难相信，一个枭雄，做皇帝只有一年多时间，便病骨支离，双目失神，说话有气无力。

"朕前年十月做皇帝，到今天虽然只有一年零八个月，但人间最尊的宝座，最大的权力，最美的寝宫，朕都享受到了，死而无憾。朕死后，求卿等保护昌儿，勿令他的帝位为别人篡夺。陈霸先只能出一个，不能出第二个了。"陈霸先两眼巴巴地看看他们，一副可怜相。

"为保护皇太子，臣等敢不竭股肱之力，效忠贞之节，继之以死。"陈蒨、侯安都话不由衷，心中都在暗笑："真是一厢情愿，陈霸先怎会就出一个？"

与陈蒨、侯安都看望陈霸先同一个时候，韩子高以陈蒨宠妃的身份，去皇后寝宫，看望皇后章要儿。章皇后手爪长五寸，色兼红白，年届花信，仍然美绝天人。然而，当她一看到女装的韩子高时，她傻了，不信世间竟有这等美色。她拉着韩子高看了又看，云鬓、柳眉、星眼、桃腮、樱唇……无一处放过，无一处不注目久之。

晚上，皇后留临川王妃同寝，正中韩子高下怀。但他知道，他是在冒险，弄不好要掉头。皇后倒很有风趣，笑着说：

"妹妹，我们同饮个交杯盏儿。"

两个饮过交杯盏，皇后拉着韩子高坐在床沿上……

突然，皇后幽幽道："想不到你是个男子，怎么说？"

"臣妾罪该万死，玷污了皇后贵体。"

"想活就天天晚上陪着我，我一天也不能没有你。"

"只是皇上……"

"别提那个病鬼，他没有多少日子好过了。"

"还有临川王。"

"这倒是个麻烦，我知道他少不得你。"

韩子高附在皇后耳边，说了一阵子话。皇后说："这倒是个好主意，也只有这样办了，好在陈昌不是我亲生。"

第二日，宫内传出皇上驾崩的噩耗。群臣在等待陈昌还朝继位，侯安都独持异议，主张立即拥立陈蒨。他向皇后上了一本，声言：

"今四方未定，何暇及远。临川王有功天下，须共立之。"

皇后立即召群臣到陈霸先灵堂璇玑殿议事。她出示了侯安都的奏文，而后缓缓问道："众卿家是否赞成侯卿主张，立临川王？"

殿中鬼气森森，空气窒闷，半晌不闻回答。侯安都突然按剑厉声道：

"今日之事，只能舍衡阳（陈昌）而立临川，后应者斩。"接着是一片嘈杂的声音。

"赞成。"

"我们不能舍近求远。"

"临川王与先王一起打天下，有大功，应立临川王。"

　　有位老臣颤巍巍走上前来奏道："臣以死请立临川王。"说着抽出一把匕首，就向咽喉刺去，被侯安都一把夺下。

　　有些人虽然想立陈昌，也只是狃于陈昌是陈霸先之子，陈蒨为陈霸先之侄。侯安都临之以威，老观念打了退堂鼓，只好同意。

　　"请临川王接玺。"皇后起身将皇帝玉玺交给了走上前来的陈蒨。接着又道："请陛下立即在先皇灵前正位称帝。"皇后退过一旁。

　　以侯安都为首的群臣一起俯伏在地。在一阵万岁声中，陈蒨做了陈朝的第二个皇帝——文帝。

　　韩子高呢，在外他是左卫美将军，在内他是侍奉汤药的贤妃子。

四十四　陈周何缘互结盟

新皇帝刚即位，毛喜就从长安回来了。陈朝文武百官似乎感到将有重大事件发生。

毛喜与陈霸先有旧。江陵陷落时，与陈蒨的弟弟陈顼、陈顼之子陈叔宝一同被魏军当作奴隶，解送长安，六年无消息。他一回来，陈蒨便设宴为他洗尘，侯安都以两朝重臣陪宴。席上，毛喜谈起：

"臣回来时，周冢宰宇文护要臣传达：周愿与陈结盟，对付两国共同的敌人北齐。为表示与陈友好，周将隆重奉送陈顼、陈叔宝父子回建康。"

"陈、齐打了很久，都不愿再打。陈愿与周、齐两国友好。可是……"陈蒨顿了一下。

侯安都目光一闪，笑道："近来周、齐两国打得不可开交，是周主碰到了困难，才来找我们结盟吧。周占了我们益州和荆州，野心最大，也最不可靠。送回陛下弟、侄，并不足以表示周的诚信与友谊。周如果真想与我们结盟。"他转向陈蒨道："臣倒有一个创议，请周主出兵与我们共同攻打郢州王琳。"

王琳自湘州打到郢州，立了萧庄为梁朝的皇帝，是陈朝的大敌。侯安都的创议立即得到了反响。

"周如能出兵帮助我们消灭王琳，陈愿与周结盟。"陈蒨说。

"臣一定将陛下的话，转达给周冢宰宇文护。"毛喜说。

侯安都的目光又闪了一闪，郑重地说道："陛下，结盟是大事，臣以为宜派大臣赴周，与冢宰宇文护商谈，盟约一定，永无更改。"

"卿认为谁可出使？"

"臣以为国子祭酒周弘正最为合适。"

事情就这样定下来了。世事往往阴差阳错，本要走进这间房，偏偏走进那间房。陈、齐、周三国以周为强，梁、齐已经决定联合对付西部强敌，陈霸先杀害王僧辩，将皇位夺到手上，陈、齐交恶，连年打仗，笑的是北周。但周要同时攻打陈、齐二国，力量有所不逮。周的主要敌人是齐，如能联陈攻齐，齐必可灭，而陈亦可亡。陈视拥立梁主萧庄的王琳为大敌，欲求外兵消灭内敌，而此外兵只能是周兵，陈周从而走上联合之路。

但是，周并不以联合陈国为满足。它要把陈变成它手上的卒子，任它驱策而又永不背盟，直到它把齐、陈灭亡。它把赌注下在陈顼身上。

且说周弘正、毛喜到了长安，与周冢宰宇文护谈定：周送回陈顼父子，出兵俯郢州王琳之背，断绝王琳西退之路；陈允许将汉江之地全部送给周国并与齐国断绝来往，周、齐交兵，陈出兵策应周国。

签约的当天晚上，宇文护在府中设私宴为陈顼饯行。宴会上只有他们两个人。三杯酒下肚，宇文护满面含笑说：

"明日一别，未知何日才能再逢，孤愿与君结为兄弟，未知君意下如何？"

陈顼有点受宠若惊，目光连闪道："顼本俘虏、奴隶，岂敢与大王称兄弟？"

"怎能这样说，君为陈朝国主的亲弟，回国后必封为王。孤长君几岁，称兄只恐高攀。"

"大王此言折煞我了，顼何幸承大王相爱，敢不以兄事之。"

宇文护点了三支香，插在窗口，回头笑道："兄弟，你我对天跪拜，此后你就是孤的义弟了。"

一轮明月正好照到窗口，宇文护、陈顼跪在窗口，同声念道：

"宇文护、陈顼愿结为异姓兄弟，有福同享，有难同当，生死不渝。"

宇文护重整筵席，又露笑容。如果陈顼能注意到他脸上肌肉牵动极不自然，当会为他这一笑吃惊不小。

"兄弟，你我既然已经是兄弟，为兄有话就无不可对弟说了。兄弟，你知你哥哥与陈朝的开国君主武帝是什么关系，又是怎样当上皇帝的吗？"

"我哥哥与先皇是叔侄，他是抢在先皇世子陈昌回到建康以前当皇帝的。"

"兄弟与现在的陈朝皇帝又是什么关系呢？"

"亲兄弟。"

"那兄弟你不是更有资格当皇帝吗？"宇文护的眼睛含着诡笑。

"这个……"陈顼嘴皮翕动着。

"嘿，做哥哥的有一句话想问你，兄弟你想不想当皇帝？无妨对哥哥我直说。"

"我亲兄已立嫡长子陈伯宗为皇太子，皇帝怎有我的份儿。"陈顼无可奈何地说。

"这不打紧，问题是兄弟你想不想当皇帝。如果想，哥哥我有二策。"宇文护不等陈顼回答，接着往下说道："一是要离间你亲兄和侯安都的关系，使你亲兄杀掉侯安都。侯安都是兄弟你做皇帝的最大障碍，此人自以为是两朝重臣，兵权在手，专横跋扈，甚至目无皇上，离间并不难。二是要把陈武帝的皇后现在的慈训太后章要儿拉到兄弟你一边。你把她拉过来，当皇帝就易如反掌。你们如何定计，就不需要我出主意了。贤弟你当上皇帝，可不能忘了我这个哥哥啊！"

陈顼素以俊美自负，宇文护这样一说，不由他不动心。

陈顼眼光闪了闪说："虽然如此，但还需要哥哥你支持。"

宇文护抢着就道："那你是同意做皇帝了，做哥哥的一定全力支持你。哥哥说的两个策略，很容易实行，你回去便照做，管保成功。等你做了皇帝，陈、周就能真正永世成为兄弟之国，代代友好下去。只是愚兄有一个要求。"

"哥哥有什么要求，只管说，兄弟我照办。"

宇文护笑道："也没有什么，说来这个要求还是为了陈朝，为了贤弟你。齐主不是侵占了陈朝的淮河以南长江以北的土地吗，做哥哥的希望你当了皇帝，出兵北伐，夺回淮南。这间接也帮了周的忙。"

陈顼听说是这样一件事，满口承应道："那还有什么问题，哥哥你不说小弟我也要出兵，岂能让齐霸占陈的土地。"

烛光摇曳，宇文护一脸得色。他知道一夕深谈，陈顼已经完全上钩。他觉得自己不愧足智多谋。可是他未想到自己在争夺皇权的斗争中，后来竟死于周武帝宇文邕之手，打了一个大败仗。

当王琳自郢州顺江东下，进兵建康的时候，北周以护送陈顼父子回国为名，出兵攻打郢州。王琳腹背受敌，败于芜湖。他的失败是梁朝的最后失败。

陈顼回朝之日，正是侯安都的权势发展到顶点之时。陈蒨封陈顼为安成王，并为陈顼回朝，宴请百官。侯安都在席上突然感觉到如果没有他侯安都，也就没有陈朝，没有在座的皇上、皇弟、文武官吏，没有眼前的盛会。他不由箕踞倾倚，眼中似乎没有皇帝、皇弟与公卿。酒酣，他突然举杯起立说：

"为梁朝最后一支力量萧庄、王琳的消灭，为我朝的最后稳定，为陈周结盟，为陛下，为安成王，为诸位大人，安都大胆敢请陛下、安成王、诸位大人与安都同干一杯。"

除陈蒨外，大家都举杯站起来，与侯安都干杯。

也许酒喝多了，侯安都乜斜着眼，向陈蒨问道：

"今日君臣兄弟同乐，未知陛下视今日何如作临川王时？"

陈蒨面孔涨得通红，幽幽说道："朕做皇帝，虽是天命，但也是明公之力。"

陈顼看在眼里，记在心里。

有一天，陈顼私自对陈蒨说："侍中、征北大将军侯安都未免太骄矜了。参加宴会，当着皇上面，居然东倒西歪，嚣张不守法度。这还犹可，酒未醉竟敢逼问天子，有意标榜自己的功劳。陛下如不采取措施，臣只恐会有司马昭之祸。"

陈蒨叹道："朕岂不感到来自侯安都方面的重压。但弟刚来，有所不知。侯安都手下死士便有一千多人，文武百官，很多也是他的部下。朝廷如果采取行动，弄得不好，适足以促成祸乱。"

"臣以为要除掉这个祸害，并不困难。陛下可以假借调动他的职务，设宴于便殿拿下。"

"这，……你陪朕到华林园散心，看怎样办才好。"

不久，建康忽然流传："新除征南大将军江州刺史侯安都，于嘉德殿饯行宴会上被收赐死。"有人问："罪名是什么？"有人笑着回答："震主之威嘛。"有人绘声绘色地说："侯大将军身经百战，武艺高强，撂倒了几十个收系他的卫士。亏得新从周国归来的皇上的弟弟安成王本领了得，一掌拍去，才把侯大将军制服，乖乖就缚。"似乎他也参加了嘉德殿的宴会，才看得那样逼真。

陈顼却在想："宇文护的第一个策略实现了，在自己称帝道路上的一个最大障碍，已被铲除。"现在他所要做的是尽一切可能，接近慈训太后章要儿，把她拉入自己的双臂之中。

宇文护听到侯安都被杀的消息，哈哈大笑道："陈从此无大将。一旦陈顼夺得皇位，周便可予取予求了。周陈结盟第一个回合，周既取得胜利，第二、第三回合，也一定可以取得胜利。"

四十五　侄儿称帝婶为援

如果说陈蒨称帝，是侄儿称帝婶为援，那么，陈顼称帝就更是侄儿称帝婶为援了。因为陈武帝皇后章要儿助陈蒨称帝，靠了韩子高。而陈顼称帝，则全出于侄儿与婶娘相欢。

且说章要儿听到陈顼于宴会上勇擒侯安都，心里忽然一动："哀家倒要看看陈顼是一个怎样的勇士。"她颁下懿旨，召见安成王夫妇及其子陈叔宝。

相见之下，章要儿为陈顼的粗眉大眼、虎腰猿臂吸引住了。心想："韩子高虽美，但毕竟是女性美；陈顼之美，却完全是男性美。韩子高怎能比得上他。"

陈顼之来，更是别有用心。他见章要儿丰满白皙，眼含荡意，尽在他身上打转。心想："只要下点功夫，不怕她不上我的钩。"

章要儿笑着说："想不到侄儿与侄媳尚这样年轻漂亮，哀家见了就喜欢。宫中略备酒食，宫人袁大舍略通辞曲，哀家命她代唱一曲乐府，以飨嘉宾。"

琴声乍起，有个十三四岁的少女轻启朱唇唱道：

"落日出前门，瞻瞩见子度。冶容多姿鬓，芳香已盈路。芳是香所为，冶容不敢当。天不夺人愿，故使侬见郎。举酒待相劝，酒还杯亦空。愿因微觞会，心感色亦同。绿揽迮题锦，双裙今复开。已许腰中带，谁共解罗衣？"

唱的是《子夜歌》，歌中有天从人愿，使侬见郎，灵犀已通，愿以身相许之意。袁大舍是代唱，意是章要儿之意，陈顼岂有不懂的道理。他正在咀嚼着袁大舍的唱辞，蓦然听到一声莺啼：

"请安成王致答词。"袁大舍在向他敛衽为礼。

古时宴会宾客，往往要互相酬唱，或引旧辞，或造新篇，以表宾主情意。袁大舍代慈训太后唱了，陈顼必须答唱，否则，就是不敬。陈顼想了一想说："你唱的是《子夜歌》，我以《子夜四时歌》作答吧。"

琴声又起，陈顼振声唱道：

"昔别雁集渚，今还燕巢梁。敢辞岁月久，但使逢春阳。（《春歌》）

春别犹春恋，夏还情更久。罗帐为谁褰，双枕何时有？（《夏歌》）

凉秋开窗寝，斜月垂光照。中宵无人语，罗幌有双笑。（《秋歌》）

果欲结金兰，但看松柏林。经霜不堕地，岁寒无异心。（《冬歌》）"

歌辞有今日逢卿，但愿双宿双飞，永不变心之意。陈顼的穿金裂石之声，已使章要儿着迷，怎能禁得起歌辞再来挑逗。

"哼，别以为我是乡巴佬，不懂得你们借曲辞传情。一个寡婶，一个侄子，真不要脸。"陈顼的妃子柳敬言气得脸在发青。但她只能闷在心里，口中却讲不出来。

这时的陈叔宝尚不到十岁，他却对袁大舍注了意，眼瞪瞪直瞧着她。

"大舍，你带王妃和叔宝到华林园去玩吧。"

陈叔宝巴不得与袁大舍在一起，拉着母亲就跟袁大舍走。他母亲却回头望着陈顼。"哀家想问问安成王长安的人情风俗，安成王在这里等候你母子。"章要儿又说道。

柳敬言只得走了。章要儿支开了宫女，莲步轻移，走到陈顼跟前，竟然将双臂搂住陈顼的颈子。机会难再，陈顼一只手搂定她的纤腰，真快也真够大胆。

章要儿低低唤道："想不到遇着你这个俏冤家。"

云雨既过，章要儿一阵沉吟。忽然，她眼睛一瞟，对陈顼哧哧一笑，呓道：

"我要你与我做长久夫妻。要做长久夫妻，你就得住在宫里，要住在宫里，你就得像你哥哥一样做皇帝。我曾帮你哥哥做皇帝，现在再帮你做皇帝，你说好不好？"陈顼想的由章要儿说出来了。

"你舍得我哥哥？"

"其实，我倒真是舍不得你哥哥。但你哥哥好男风，被韩子高迷住了，何曾将我放在心上。我别人都舍得，就是舍不得你。"

"太后，王妃母子快要回来了。"门外传来宫女的声音。

章要儿只得放开陈顼，恨声说："看来要长久做夫妻，天天做夫妻，只有下决心帮你做皇帝一法。"

陈顼觉得宇文护所料真准。他要把章要儿拉入怀抱的目的既已达到，下一步便是做皇帝。他没有想到这件事居然不是由他而是由章要儿提出，内心的狂喜，使他语无伦次。他抱住章要儿，叫道：

"我能做皇帝吗？我是做皇帝的料吗？不，我只要整天陪着你，跪在你脚下，做你的裙下之臣，我就满足了。"

章要儿觉得他很有趣，不禁放声荡笑。

台城的丧钟响了，皇上驾崩于有觉殿。韩子高在啜泣。

皇太子陈伯宗继位做了皇帝，遵照慈训太后的旨意，以安成王陈顼为司徒、录尚书、都督中外诸军事。不久，又进陈顼为太傅，领司徒，加殊礼。

就在陈顼进位太傅的当年，慈训太后章要儿下了一道命令，骂陈伯宗"凶淫""悖礼""忘德"，为祸乱的总根，废陈伯宗为临海郡王，赞美太傅安成王德与圣齐，刑礼兼设。先皇知子之不肖，曾有传弟之心。今特命百官奉迎安成王为帝，以慰先皇于地下。

"冤家，你到底做皇帝了。"章要儿含笑迎接来到慈训宫的新皇帝陈顼。

章要儿忽然又笑说："你那位皇后柳敬言，身长七尺二寸，手垂过膝，很美，只是太妒忌了一点。"

"她很感激你，说你对她对我太好了，还说不过问我们的事。只是先皇宠妃韩子高怎么办?"

"韩子高虽与我有情，但今非昔比，你要杀就杀。"章要儿格格浪笑。

陈顼突然一震，停止动作："今非昔比，你要杀就杀。将来爱弛，你会不会杀我呢?"他想。

陈顼做皇帝的消息传到了长安。周冢宰宇文护又是一阵哈哈大笑:

"周陈结盟的第二个回合，周又赢了。此后的陈主只能是周的傀儡。"

宇文护写了一封贺信，派人送往建康，向义弟陈顼表示最热烈、最诚挚的祝贺，并祝周陈联盟万古长青。信尾附了一句：请他不要忘记进兵淮南。

四十六　为谁出师向淮河

九月黄花送清芬。

寿阳城头，齐旗换了陈旗，在西风中猎猎飘扬。新任车骑大将军，豫州刺史吴明彻，在刺史府宴请武将文官，庆祝寿阳的克复。

觥筹交错、谈笑风生中，忽传圣旨到，吴明彻匆忙摆设香案接旨。

"着车骑大将军豫州刺史吴明彻即率众军渡淮进攻徐州，务期攻克，不得有误，钦哉谢恩。"

圣旨虽下，诸将对于渡淮作战，意见并不相同。有的以为我乘战胜之威，一鼓作气，必可打下徐州，有的则心怀犹豫，以为渡淮前途难料。吴明彻把随军参议五兵尚书毛喜请到内室商谈。

"我军光复淮南，进展极快，未知尚书公看法如何？"吴明彻问道。

"齐人以为淮南之失，同于蒿箭，无足轻重，故一直未派大军来援，并非我军有通天彻地之能。"毛喜道。

"齐人在淮北屯有大军，如尚书公之言，我军渡淮，齐人必与我力争淮北，前途确实难以预料。且适足以予周以可乘之机。"

"将军的顾虑是对的。陈、齐开战，我军进兵淮南，虽是为我，也是为周，为陈周联盟。但陈、齐均弱，实不宜长期打下去，为周所乘。为今之计，以守住淮河为上策。"

"圣旨已下，为之奈何？"

"我想我二人可以联名上奏，请皇上收回渡淮北进之旨。"

奏文送到建康，复旨下达寿阳："徐州本为前朝领土，渡淮作战前旨不变。"

吴明彻只有苦笑。

吴明彻率军十余万渡淮攻齐的消息传到长安，周武帝宇文邕马上召集柱国大将军韦孝宽、开府仪同三司伊娄谦等人商讨对策。宇文邕此人年才三十余岁，总是面带笑容，给人以好感。他笑着说：

"现在冢宰宇文护已经被诛，卿等自可畅所欲言。宇文护有才，可是专横跋扈，不让卿等讲话，连朕也须唯他之命是从，罪有应得。他所定周陈联盟之策，无疑是上策。现在，陈顼不以占领齐淮南之地为满足，命吴明彻率大军渡淮北进，陈、齐将要长期拼下去。朕想听听众卿意见，我应采取何策？"

韦孝宽双眉一轩道："陈如只占淮南，不打淮北，观衅而动，对陈来说，不失为上策。我亦不能责之为背盟。天幸陈顼好大喜功，以为既然轻而易举，夺得淮南，进而夺取徐州，自不在话下。殊不知在周、齐对峙下，淮南于齐为可守可弃之地，齐所必守的是淮北。吴明彻进攻淮北，等于抄了齐的后路。如果我于此时从正面进攻齐国，以齐之弱，无法正背两面迎敌。陈不足以灭齐，灭齐对我而言，此其时矣。"

伊娄谦接着道："臣与韦柱国同议。我乘陈进兵淮北，出兵攻齐，陈虽不欲为我犄角，也是我的犄角。且齐主高纬赖以折冲之将斛律明月已死，我军一出，必可亡齐。"

诸将几乎都认为应当乘吴明彻渡淮北进，立即攻齐。如不即时出兵，万一陈顼下令退军，齐无后顾之忧，就失去了两面夹击齐国的机会。最后，宇文邕作了决定：

"刻日出兵取道晋州攻打齐都邺城，灭掉齐国。抢在吴明彻之先，占领徐州。灭齐之后，向淮南挺进，占领长江北岸全部地区，为进兵江南，灭掉陈国，做好准备。"

中州平原已入冬季，北风怒吼，黄河南北，下了几阵雪。北周大军在宇文邕的亲自指挥下，冒着风雪东进，向北齐固守的咽喉重地晋州，发动了猛烈的进攻。齐主高纬既要应付背后的敌人吴明彻，又要应付正面的敌人宇文邕。他想："宁可在淮北吃败仗，也要阻遏正面敌人的攻势。"他亲自率军援救晋州，未至而晋州已陷。齐军包围了晋州，宇文邕又指挥大军八万多人包围了齐军，内外合击，齐军大败。周军以破竹之势，相继打下晋阳、邺城。北齐终于灭亡。

吴明彻在徐州吕梁之地，打过一个胜仗，歼灭了不少齐军。可是到他向徐州州城彭城进兵的时候，彭城城头已插上了周旗。

打还是不打呢？吴明彻犹豫了。可坐在建康皇帝宝座上的陈顼却不犹豫。既已进兵淮北，徐州在所必得。他命令吴明彻即向徐州进攻，而不管敌人是哪一个。他却没有想到这是与周为敌，不仅胜败未卜，而且给了北周一个借口：陈既然破坏了周陈联盟，周自然可以出兵攻打陈国。

吴明彻筑堰阻断流经徐州的清水，抬高了清水水位，列船舰于徐州城下，向城内发动进攻。周徐州总管梁士彦向皇帝宇文邕告急，宇文邕派上大将军王轨为行军总管，率军救徐州。临行，宇文邕对他说：

"将军不必去救州城，只需于清水流入淮河的河口上，横截水流，断绝吴明彻船只退路，陈军必败，徐州之围不救自解。"

再说吴明彻正在一艘大舰上指挥攻城，忽报周派王轨救徐州，王轨正在清水入淮之口，竖立大木，以铁链连贯车轮，锁断清水，断大军还路。吴明彻得报，暗道："完了！"但他毕竟是大将，神色不改，只命手下召大将萧摩诃议事。

"萧将军，现在徐州尚未攻下，王轨的救兵已到，拦断清水，阻我归路。我军是两面受敌，不撤退不行了。我步兵有三万多人，马军也有八千。我身为总督，必须断后。想请将军率马军先撤，步军乘船破堰，乘决水之势，或可进入淮河。"吴明彻的神气十分沮丧。

"难道不可一战？"萧摩诃须眉皆动。

"如果我们自己不破堰而出，等到敌人来破堰，我马步众军就都将成为瓮中之鳖。"

萧摩诃叹了一口气，半日不语。

吴明彻叹道："我们本来就不应打此一仗。退比不退为好。"

萧摩诃道："什么时候行动？"

吴明彻道："迟退不如早退，今晚立即撤离。"

当天晚上，萧摩诃率八千骑兵，由陆路向南急驰，天色未明，已到淮河，即刻南渡。幸好未遇故军。

步军的命运就不同了。吴明彻下令破堰，清水以汹涌之势冲过决口，向南流去。陈军众船齐发，乘水势突进。可是王轨已在清口分流，一到清口，水势已衰，船舰终为铁锁所阻。清口一战，陈步军被歼灭，吴明彻被俘往长安。

此战叫作"吕梁复军"。写《陈书》的唐人姚思廉在《宣帝纪》中评道：

"吕梁复军，大丧师徒，江左削弱，抑此之由。"

吕梁军败，吴明彻被俘，使陈顼如坐针毡，不知如何是好。可是，好消息又来了："周主宇文邕病死。"陈顼吐了一口长气。他这才发现，送进宫里来的午餐菜饭，都已冰凉。

然而，周军并不因为宇文邕之死，停止南进。当年陈顼从齐人手上夺回的淮南，又落到了周人手上。陈顼在惭恨、忧郁中死去，把因为吕梁复军而削弱的江左，留给了他的儿子陈叔宝。

四十七　青溪小姑降人凡

建康青溪中桥桥畔，有座青溪庙，庙中供奉着青溪小姑的神像，年可十八九，容色绝妙。或说青溪小姑，青溪神女也，为钟山神蒋侯的第三妹；或说陈后主妃张丽华，屈死于青溪中桥，人们为她立庙，青溪小姑，张丽华也；或说张丽华本青溪神女蒋侯第三妹下凡，死于青溪，复为青溪神女。这种传说，表明民间对张丽华的看法与正统派所谓妖姬亡陈，迥然不同。

言归正传。

且说皇太子陈叔宝来看母亲皇后柳敬言，走过龚良娣住处，忽见一个十来岁的少女端着一盆水，从门内走出来，长发垂地，色黑如漆，光可鉴人。比雪还白，比玉还润的双手，虽然端着一盆水，而进止闲华，恍若仙子凌波微步。比星星还亮，比秋水还明的双眼，瞻视眄睐，光彩四射。端的草木为之生辉，心魂为之飘荡。陈叔宝不由呆了。他这一呆不打紧，引得美人嫣然一笑。这一笑，容色之丽，有如三春桃花，烂漫开放。陈叔宝就不仅是发呆，而且眼也直了，腿也僵了。美人泼了水，又回头一笑，明眸一睐，陈叔宝如遭电击，人往前栽，魂灵儿已随美人而去。

"太子，你怎么了？"龚良娣又替他拍背部，又替他捏人中。

"我，我见到了一个仙女，我要跟她去仙宫。"

"什么仙不仙的，太子可是看见了我的使女张丽华？"

"丽华，美丽、秀丽、明丽、华丽、端丽、绮丽、清丽、华贵、华美，不，不，不，都不能形容。她是仙子，是西王母侍女。"

陈叔宝怔怔看着龚良娣："你说她是你的使女，那你，你是王母娘娘？"

龚良娣知道他精神失常，呆病发作了，如果不立即医治，很危险。但怎么医呢？叫张丽华出来见他吗，那更糟。"解铃还须系铃人"，龚良娣想了想道：

"是的，我是王母娘娘，你看见的那个仙子，是我的侍女。你既然想她，我就把她送给你吧！"

"真的？"陈叔宝一下子跳起来三尺多高，满面含笑。呆病好了一大半。

陈叔宝只有二十多岁，蜂腰猿臂，很像他父亲。龚良娣打量了他一下，瓠犀微露，嫣然笑道：

"当然是真的，但你怎样谢我呢？"

"怎样谢你？我没有办法谢，因为王母娘娘的侍女是神仙，是无价的。"

"什么王母娘娘、娘娘的，我的年龄与你差不多嘛。你想想，该怎样谢我。"

陈叔宝又变得呆呆的，龚良娣的嘴翘得可以挂葫芦，不屑道："好了，好了，别想了，今天晚上摆好香案，迎接仙女下凡。"

当晚，一乘小轿把张丽华送进了太子府。

春月溶溶，春风洋洋，春花恹恹，美人玉体宛然在抱，陈叔宝犹疑在梦中。

"卿卿真的是张丽华，不是巫山神女，不是洛水宓妃？"

"我家住在青溪，不在巫山，也不在洛水。"张丽华在笑，声音真比黄莺还要好听。"那你定是青溪小姑，要不，也是小姑下凡。"

"太子，你真的爱我，一生不变？"

"海枯石烂，此生不移。"

"那我告诉你，我是兵家女，父兄以织席子为职业。"

看官，你猜陈叔宝怎么说？他说：

"仙女总是下到穷人家里，出在穷人家里。你家越穷，越表明你是仙子下凡。富贵人家女儿，哪有几个仙胎。"

张丽华感觉他说得也对。

皇上陈顼死了，遗体安放在宣福殿。

皇太子陈叔宝俯伏在地上，哀哀啼哭，忽觉脑后风生。

"哎哟！"陈叔宝后颈中刀，昏厥于地。

陈叔宝的二弟陈叔陵满面杀气，两眼血红，立在陈叔宝后面，持刀的右手已被陈叔宝的奶娘乐安君吴氏捉住，刀尖在滴血。

"马上将太子抬到承香殿抢救。"柳太后惊骇非常。

陈叔宝被抬走了，陈叔陵被捆住了，柳太后怒向陈叔陵喝问道：

"你为什么要杀你哥哥？"

"嘿嘿，不杀掉他，我能当皇帝吗？"

"你杀了他也当不上皇帝。"

"嘿嘿，大家都当不成皇帝，才好呢！"

陈叔陵疯了。

"皇帝真是害人的东西。"柳太后在叹气。

在承香殿疗伤的陈叔宝，只要张丽华来照顾他。柳敬言以太后懿旨，宣张丽华进宫，护理有伤在身尚未正式即位的皇上。

张丽华坐在床边喂药。陈叔宝看着她，良久叹道：

"丽华，我还未当皇帝，叔陵就砍了我一刀。我当了皇帝，难保无人砍我。其实，对我来说，最重要的是你，不是皇位。等我好了，我们走吧！"

"你说傻话了，走到哪里去呢？你不当皇帝，争的人可就多了，岂不要大乱？还是安心养伤吧！"

"我知道我就是当皇帝，也当不好。如果这个皇帝注定要我来当，……"

陈叔宝不说话了，注视着张丽华，张丽华被他看得也忘了喂药。

陈叔宝双眼忽然闪出了异样的光彩，脸色显得很兴奋，正正经经说：

"丽华，你极聪明，读书过目不忘，做事有条不紊。别人不经心的事，你都能留意；别人忘了的事，你都能提起；别人料不到的事，你能料到。你对宫人也好得很，总是送暖问寒，从不恃宠凌人。宫人没有一个不讲你好的。你是我最好的内助。如果这个皇帝注定要我当，你一定要帮助我，有事我们两人共同决定。"

"这，怕不好吧，哪有女子参与政事的？"听到陈叔宝这样要求，张丽华未免心惊。

"这有什么，太后可以干政，皇后可以干政，你就不能干政吗？无才的人可以坐在庙堂上指手画脚，有才的人就不能参加庙堂决策吗？我不仅要你与我共同临朝，而且我要抱着你坐在大殿上，让那些臣子们看看究竟什么叫才女，什么叫爱情。"

"人家不讲你是个大邪人才怪。"张丽华被他的话激动了，明亮的眼波，蒙上了一层雾水。

"骂我大邪人还算客气，难保他们暗中不骂我一声昏君呢。我行我素，等他们去骂吧。"

在张丽华的细心照料下，陈叔宝伤好了，正式即位做了皇帝，他便是陈后主。张丽华被封为贵妃。

建康朝廷传出一桩异闻，被皇帝置于膝上临朝参决政事的张丽华，既被臣子们骂作妖精，又被臣子们奉为神明。人们真以为她是青溪小姑下凡呢。

一日上朝，尚书令江总条陈三事：一、高凉蛮俚冼夫子遣子冯仆来朝；二、西域丹丹国遣使送来牙像、画塔、火齐珠、古贝；三、遵旨，由户部拟定鳏寡孤老不能自存者，人各赐谷五斛。

陈叔宝看过表文，交给坐在膝上的张丽华。张丽华稍一过目，忽然目闪凌芒，斥道：

"江令，你知道吗，你的奏文有两处错误，一处含混不清，一处遗漏。"

江总一惊，跪奏道："臣不知，请明示。"

张丽华道："蛮人分布在五岭以北，高凉只有俚人，没有蛮人。洗夫人是俚人，不是蛮俚。蛮俚并称，含混不清。丹丹国在西南，为西南夷之一，不在西域。鳏寡孤老，孤就是寡，旨意本为鳏寡癃老，奏文误癃为孤，不可原谅。"

江总顿首道："臣该万死，请陛下降罪。"

张丽华突然将龙案一拍，站起来娇喝道："丹丹国究竟送来多少东西？"

殿上群臣连大气也不敢出。江总知道不实说过不了关。他连连顿首道：

"臣该斩，臣该斩，丹丹国使臣送来的东西还有一项香药，臣在奏文中未写上。犯了贪污罪。"

张丽华的脸色忽然变得很柔和，声音也放软了："你能当着朝臣的面，立即承认，表明你尚有悔过之心。办不办罪，请圣上裁定。"

陈叔宝一直在瞧着她责问江总，心里非常得意有这样一个好帮手。她讲了江总有悔过之心，办不办罪呢？陈叔宝想了一下说道：

"念汝有悔罪之意，着以尚书右仆射供职，以观后效。"

"谢圣上隆恩。"江总又磕下头去。

退朝后，人们纷纷赞道："贵妃博闻强记，洞察秋毫，恩威并用。真厉害，我算服了。"

有人问："她怎么会知道江令表上少了一项香药？"

有人笑答道："贵官大概还在睡大觉吧，近来宫内人化装出来参访外事的很多，防不胜防。做官的一言一事，贵妃没有不知道的。"

"哈哈，真是一个有才有识的奇女子，我现在倒很佩服皇上的勇气，敢把她请出来一同坐朝办事。只是坐在膝上，我还是看不惯。"

"这才是爱情。贵官知道后宫自皇后以下，美女多到万人，历来有哪个皇帝真正爱上了谁？像圣上这样忠于爱情的皇帝，贵官还能提出一两个吗？"

"待我想一想。有了，萧宝卷与潘玉儿差堪比美。"

这两个一问一答的人，向青溪中桥走去。他们大概是想去青溪小姑祠参拜吧。

四十八　玉树流光照后庭

春风轻拂花枝，明月双照丽影。

"陛下，袁大舍很有才。妾想可以在宫中设置女学士，教宫人读书，像袁大舍，便是女学士的人选。"张丽华一脸期求的容色，双眼有若天上闪烁的明星。

"好主意！宫中才女不少，不识字的也有。历朝皇帝不知在宫中办学堂，亏卿提出来。朕想我们不仅可以在宫中兴学，还可以在宫中成立诗会，把死气沉沉的后宫，搅得活跃起来。"陈叔宝显得十分兴奋。

"这个想法好。魏有西园诗会，晋有金谷诗会，成为佳话。梁朝的宫体诗挨骂，其实变风化雅，格调清新，情、形、声结合得很好，是梁朝的'永明体'。写美人写情就骂，未免太不公平。"张丽华不胜感叹，美目含雾。

"那些名教中人，背地里不知做了多少丑事，却对美的东西，对爱情，对新事新人特别仇视。宫体与乐府结合很紧，梁简文善造乐府。"陈叔宝说到这里，忽然停顿下来，深情地注视着张丽华，又说："朕有一个秘密。"

"什么秘密，妾能听吗？"

"朕造了一首《吴声歌曲·玉树后庭花》，写的是你。"

"写我？"张丽华眨了眨星眸，"那不是更应该说给我听吗？"

说着，已经走到张丽华的寝宫结绮阁，迎目光华点点，扑鼻檀香阵阵。原来此阁窗、壁、楣、槛，都用沉檀香木构造，嵌以宝珠、美玉。陈叔宝得意地说：

"此阁比齐朝潘玉儿的玉寿殿如何？"

"太奢华了，"张丽华幽幽地说，"不怕骂吗？"

"造此阁用的是皇帝库存木头、珠宝，工匠是雇借而来，偿付工值，用的也是皇帝库存的银钱，从未征发民夫，征调民物。让他们骂吧，在朕看来还远远比不上卿下凡前往的仙宫呢。"

"你又说傻话了，什么下凡不下凡的。"

二人来到阁中，张丽华展开花笺，陈叔宝将他近日为张丽华呕心沥血想的《玉树后庭花》曲辞写了出来。张丽华看过，一眨星眸说：

"妾何幸能得陛下如此称赞。只是此曲是用来唱的，并非私下赠妾。妾意第一句'结绮'二字，可改成'丽宇'，第五句'小姑'二字，可改成'妖姬'，这样就不是赞妾一人，妾可免获罪咎，后宫也都会感激陛下。"

也许是过于激动，陈叔宝猛然把张丽华拢抱过来，连连道：

"卿卿真是朕的好妃子。"

新声清商曲辞吴歌《玉树后庭花》上演。时间，三月三日晚上；地点，华林园曲水池畔；请的宾客有妃嫔、女学士、外朝宰相尚书令江总，都官尚书孔范等。

且说三月三日天一断黑，江总等人便来到了华林园外，自有宫人引入。一踏进华林园，他们便看见每棵树上，都点着几十盏玉色灯笼，流光与绿叶相映，把一个华林园装点得有如仙宫琼苑。宫人招待他们在曲水边的筵席上坐定，酒杯从上游激水推来，他们也忘了取杯饮酒，眼睛只顾东张西望，美景似乎应接不暇。

陈叔宝、张丽华来到了华林园，陈叔宝大笑说："朕与张贵妃共造了一支新曲《玉树后庭花》，请大家欣赏、批评。"他们先到百官那里问长问短，后又到妃嫔那嘘寒问暖。

琴筝笛笙齐奏，芳林深处一队队美貌宫人，像穿花似的，踏着舞步，走了出来。乐声一顿，只听她们唱道：

"丽宇芳林对高阁，新妆艳质本倾城。映户凝娇乍不进，出帷含态笑相迎。妖姬脸似花含露，玉树流光照后庭。"

一面唱，一面用舞蹈动作配合。歌声既清且艳，听的人似乎看到了许多清丽绝俗的女子，在玉树流光中凝娇不进，含态相迎，不知此时此刻身在何方，魂飞何处。

《玉树后庭花》后来成了建康歌楼酒馆最能招徕顾客的歌曲。唐时流行不衰。杜牧《夜泊秦淮》诗云：

"烟笼寒水月笼沙，夜泊秦淮近酒家。商女不知亡国恨，隔江犹唱后庭花。"

可见此曲的影响多么深远。它是民间喜闻乐见的新声歌曲。

诗会建立起来了。连尚书令江总也成了会员。

《玉树后庭花》演唱后不久，以"丽华"二字命名的诗会，就在华林园举行了第一次集会。那是一个明月之夜，树上仍旧挂着玉色灯笼。月光与灯光相映，人们几疑置身在水晶宫中。这次集会采用联句形式，当场联不出来的，罚以金谷酒数。规定好次序：江总、江修容、龚贵嫔、孔贵嫔、孔范、袁大舍、张丽华、陈叔宝。

江总笑着说："臣起个头。"他吟道："璧月夜夜有。"江修容接道："玉树朝朝新，珠光照绿苑。"龚贵嫔接道："丹华粲罗星，芙蓉发盛华。"孔贵嫔抢着接道："渌水清且澄，弦歌奏声节。"孔范想了一想，接道："仿佛有余音，碧玉上宫伎。"袁大舍笑接道："出入千花林，娉婷扬舞曲。""张丽华笑着接道："阿那曲身轻，朱桂结贞根。"陈叔宝微一沉吟，接道："枝叶永流荣，南有相思木。"该江总接了，江总急道："太快了，太快了，臣，臣，臣……"

"怎么臣，臣，臣的。"袁大舍在笑。

"臣不出来，罚依金谷酒数。"

"好，好，好，臣宁愿饮酒三斗。"他果然连饮三斗酒。

江修容笑接道："合影复同心，黄葛生烂漫。"龚贵嫔接道："谁能断葛根，怀情入夜月。"孔贵嫔笑道："好一个'怀情入夜月'。"她接道："含笑出朝云，新燕弄初调。"孔范接道："杜鹃竞晨鸣。"袁大舍笑道："月色正好，怎么就杜鹃晨鸣了呢？尚书公。"孔范笑道："你别打岔，我好容易想出这一句。"他续道："暮春正三月。"袁大舍接道："草木郁青青，攀荷不断藕。"张丽华笑道："好！"她道："莲心已复生，声弦传不绝。"

陈叔宝笑道："你这两句也好得不能再好了呢。前句见情，后句见声，我要总结也难。"他想了想道："诗会以你的名字命名，我就以'千载寄汝名'作结吧！"

江总拍手大笑道："今夜胜事，连同贵妃名字，必然千载流传。臣再干酒三斗。"不要人罚，他又连干了三斗酒。

月影暗移，诗会在继续。

后宫办学，宫人的文化程度越来越高了，才女也越来越多了，"丽华"诗会一天比一天兴旺发达，新辞新曲也一天比一天增多。然而"明媚鲜妍能几时，一朝飘泊难寻觅"。北方继周而起的隋朝大军，从江北压了过来。天要变了。

四十九　青溪中桥小姑血

　　隋军在长江北岸的广陵与横江集中的消息已由宫中派出的参访外事的人员，报到了陈叔宝与张丽华处。陈叔宝很忧虑，张丽华倒很坦然。她从容地对陈叔宝说：

　　"自古以来皇帝制度没有改变，做皇帝的哪个不想既保持又扩大自己权力所及的范围，战争免不了。战争的输赢看军事力量的强弱。战国时候，六国的经济文化状况比西部的秦国好，但军事力量比秦国弱，结果都被秦国灭了。自从江北为周占领，我们的力量显然远比北方要弱。杨坚夺了周静帝的皇位，之所以没有立即南进，是因为内部尚不稳定，北边还有一个突厥国捣乱。现在他做皇帝已有九年了，他已迫不及待要向江南进兵。我们虽然弱，当然不能束手待毙，需要加强沿江的防御，特别是采石与京口方面的防御。"

　　陈叔宝有点愁眉苦脸，他道："朕担心隋军打过来，我们挡不住，将玉石俱焚。"

　　张丽华星眼一闪，笑道："不会。杨坚口口声声骂妾是亡国妖孽，狐媚惑主。他的大臣高颎、苏威也在宣传女子有才有貌，不是好事。如果国家真有不幸。"她又笑了笑："殉国的恐怕第一个是妾呢。如能以妾的生命换陛下与官民的安全，妾将含笑……"

　　"不要说了，"陈叔宝黯然神伤，眼中已有泪光，"朕无论如何也要保护你。"

在隋朝大军压境的情况下，官吏都在为自己的身家性命作打算。陈叔宝原想调出水军一万人，加强采石与京口的防务，但官吏逃跑要船只装东西，中书舍人施文庆、沈客卿借口派出战船，反而会导致惊扰，水军终于没有派出去。长江等于无防，因此，隋军东西两路贺若弼与韩擒虎的军队，便很容易渡江占领京口与采石两个据点，分别向建康进兵。贺若弼打到钟山，击败了台军和参战的高丽、百济与昆仑人组成的军队，陈朝大势已去。大将任忠向打到秦淮河南的隋将韩擒虎投降，引韩擒虎自南掖门进入宫城。隋军异口同声要捉拿张丽华，嘈杂一片。

陈叔宝匆匆来到结绮阁，张丽华正在看书，抬头见是他来了，问道："军情如何？"

陈叔宝满面沮丧地说："隋军来得太快了，已经进入宫城。他们嚷着要捉你。朕想到景阳殿有一口胭脂井，离这里很近，你先到井里躲一躲，朕再派人把你送出宫去。"

张丽华不由一怔，说道："躲到井里？有此必要吗？井里藏得住吗？陛下不必为妾担心。"

陈叔宝急道："再不走就来不及了。"

张丽华正容道："妾不能为陛下丢人，妾不去。"

陈叔宝急得转来转去，突然抽出佩剑道："你不去，朕就先死在你面前。"说着就把剑往颈上横。

张丽华急忙上前夺剑，只听得一声"怎么啦"，剑已为来到结绮阁的孔贵嫔夺下。

"陛下的话，妾已听到。贵妃，陛下一片好心，你就先到胭脂井里去躲一躲吧，妾陪你去，井里也不寂寞。"

沉默片刻，张丽华才道："好吧，陛下命令，妾怎能不从。只是……"

孔贵嫔抢着道："不要只是了，走吧。"挽着张丽华就走。

张丽华一走，陈叔宝心里反而变得十分沉重。他原想不躲，留下来应付隋军。这时他又想到，不躲便必然要当俘虏，解送长安，重演江陵失陷故事，怎能从井中救出张丽华？这一别就要成为永别了。

也许是爱情战胜了皇帝的尊严，陈叔宝也躲到了胭脂井中。张丽华见他也下来了，幽幽道：

"井中是躲不住的，两人躲不住，三人更躲不住。你这一来，只能给隋军和后人以口实，以后有的挨骂了，胭脂井也将大大出名呢！"

陈叔宝却不答她的话，只是闭着眼睛，喃喃地说了两句话：

"在天愿作比翼鸟，在地愿为连理枝。"

张丽华一双美目，泪光莹然。

孔贵嫔叹了一口长气。

隋军元帅晋王杨广给元帅长史高颎下了一道紧急命令：不准伤害张丽华，即将张丽华送来元帅府；允许隋军对建康便宜行事。

高颎请贺若弼、韩擒虎到正殿商议。高颎先出示了杨广的命令，然后皱着眉头说：

"武王伐纣，只诛妲己，殷民安堵。我的想法正与晋王相反，建康官民可以一个不杀而必杀张丽华。我们绝不可使妲己出现在长安晋王府中。"

韩擒虎则有他的想法。他的军队已在建康杀了人，抢了东西，并且淫污了后宫宫人。他觉得还是允许军队对建康便宜行事为好。因此他说：

"我以为应当尊重元帅的意见，按照元帅的命令办事，将张丽华完完整整送往元帅府。允许军队在三日内对建康军民人等，自行采取行动。"

贺若弼却因为韩擒虎抢先占了台城，等于抢了头功，对韩擒虎不满，他站起来说：

"我支持元帅长史的意见，以张丽华的生命换建康全城军民人等的生命。"

韩擒虎一声冷笑："这样做恐怕不好向元帅交代吧？"

"好交代。"三个清澈的字音响过后，张丽华现身在正殿上。"张丽华愿意具结，以自己的死，换得建康全城军民的生。"她看了看高颎，又冷笑道："元帅长史不嫌妲己的比喻不伦不类吗？"

高颎、贺若弼、韩擒虎都被张丽华美目中闪出的神光逼住了。

张丽华转向韩擒虎，正色道："韩将军所说太欠思考。隋主不是以武王仁义之师自居吗？不是要拯江南人民于水火吗？韩将军怎能说出三日内任由军队对建康军民采取行动的话。再者将军想把我送往元帅府也是妄想，我不是人尽可夫的人。"她指了指被隋军一同送来的陈叔宝，又说："我的丈夫只有他一个，此生再不会有第二个丈夫了。"

陈叔宝的泪水已经垂到了脸上、胸前。孔贵嫔则已泣不成声。

高颎暗想："此女真美，真有才，真有胆识，也真危险，留下来将是隋朝的祸害。不行，要杀，不能按晋王命令办事。"但他也确怕晋王翻脸无情。他想了一想道：

"张丽华，你刚才说的具结，是否真心？"

"当然真心。"

"那，好。"高颎唤过卫兵，拿来纸笔，交给张丽华道："写下你愿以自己的死，交换建康军民生命的话。你死后，我们将为你营葬，并把你的愿望、请求转告晋王，相信晋王会为你高兴。"

建康城门与街头巷尾贴出了由隋军元帅长史高颎署名的布告：

"应贵妃张丽华自己的请求，今日午时于青溪中桥张丽华的诞生地，处斩张丽华。张丽华是以自己的生命换取全城的安全。元帅长史已经下令：隋军不准杀人，不准抢劫，不准奸淫妇女。仰建康军民人等一体知悉，不得骚动。"

张丽华死了，建康在哭泣。

一天，建康忽然遍传：青溪小姑庙被修葺得焕然一新，小姑女神像变得与张丽华一模一样，含笑迎人。从这天起，青溪小姑庙成了香火胜地。

好事者将《青溪小姑曲》"开门白水，侧近桥梁。小姑所居，独处无郎"刻在青溪小姑庙的墙壁上。人们说：张丽华小谪尘寰，现在又回到天上去了，所以"小姑所居，独处无郎"。

看官，关于张丽华，你们会不会以为作者这支笔写得太离谱了呢？不妨读读《南史》《北史》。

《张贵妃传》："聪慧……才辩强记。……后宫咸德之，竞言其善。……百司启奏，……贵妃并为疏条，无所遗脱。因参访外事，人间有一言一事，贵妃必先知白之。"可见张丽华在人们心目中是一个德、才、识都高的女子，并善于理政。

《文沈皇后传》："陈亡入隋。"《废帝王皇后传》："陈亡入长安。"《宣柳皇后传》："陈亡入长安。"《后主沈皇后传》："乃与后主俱入长安。"《陈宗室诸王传》则"与后主俱入长安""因从后主入长安""陈亡入长安""陈亡卒于长安""陈亡入隋""入隋""入隋卒""入隋卒于长安""隋大业中，为汶城令""隋大业中，为涪陵太守""隋大业中，为太府少卿"，等等，史不胜书。张丽华二子，太子陈深，隋大业中为抱罕太守。唐武德初为秘书丞。会稽王陈庄，入隋，大业中为昌隆令。《江总传》："陈亡入隋，拜上开府。"为什么独独张丽华被杀，而他们包括皇帝、皇后、王子、尚书令甚至张丽华二子都没有死呢？他们不死，正是张丽华用自己的生命换来的。

不仅如此，高颍之所以敢违元帅晋王之令杀张丽华，而未受到晋王的制裁，也正是因为张丽华是自请以自己的生命换取建康军民的生存。

再看《金陵览古》："《志》谓隋戮张丽华于青溪中桥，后人哀之，即其地立祠。祠中塑二女郎，其一孔贵嫔也。然在晋时乐府已有《青溪小姑箜篌歌》。"可见张丽华之死，世人哀之深矣。后人为张丽华立祠的传说并非空谷来风。

但正统派、名教中人怎容得有才有貌有识的女子，诋毁出自他们的口中。清除他们散布的迷雾，真正的张丽华便在我们眼前了。

正是：

众皆乐道胭脂井，我独心伤青溪血。

五十　天静寺中话帝家

话说，陈后主的皇后沈婺华，陈亡后，与后主俱入长安。隋炀帝杨广在广陵被杀，沈婺华自广陵过江，在江南路上，遇到一个看来只有五十多岁的尼姑，骨格清奇，眉目清秀。这尼姑注视沈婺华良久，问道：

"施主身着宫装，贫尼闻隋主携宫妃游广陵，为宇文化及所杀，施主是不是隋宫宫人，来自广陵。"

"正是。"

"敢问芳名？"

"沈婺华。"

这尼姑一怔，端容道："原来是先朝沈皇后，贫尼这厢有礼。"她打了一个稽首。

"圣尼能否以法号赐告？"

"贫尼俗名包明月，法号就叫明月。"

"原来是梁朝简文帝内人，妾慕名已久，今日何幸能得相见！"

"贫尼本想去广陵探听隋主被杀情形，既遇施主，可以不去了。此间非谈话之地，敢请施主到鄙天静寺长谈。"

沈婺华历经变乱，已经看破世情。当下满口承应道："能与圣尼寺中闲话，足慰平生。"

"走吧！"明月拉着沈婺华便走。

天静寺坐落在毗陵郡，离京口不远。寺外杂花生树，寺内清幽整洁。

明月将沈婺华请到一间静室，小尼端上了两杯苦水。

沈婺华想起包明月有个义女霍小玉，问道：

"圣尼不是有个义女吗？多才多艺，她呢？"

明月眼里闪出泪光，唏嘘道："她已在流离中病故。追根究底，她是死在皇帝的争夺战中。"她叹息了一声，又道："多才多艺世难容，张丽华不也是这样吗？"

沈婺华叹道："圣尼提起张丽华，这妮子在生，妾对她多有误解，也许是妒忌作怪吧。到她为救我们而死，我才知道她真是个奇女子，比起她来，妾差得太远了。"

明月道："听说那个杀张丽华的元帅长史高颖，到头来还是被杨广杀了，是不是真有其事？"

沈婺华道："一点不假。杨广此人荒唐透顶，连他父亲文帝的宣华夫人、陈宣帝之女，也想染指。据说他父亲是他派张衡拉死的，血都溅在屏风上，户外可听到冤痛的声音。"

明月淡然道："这没有什么奇怪的，帝王家本来如此。"

沈婺华道："杨广自己被宇文化及绞死，这也是报应吧！"

明月道："佛家虽谈因果，贫尼却信帝王制度下，刀来剑去，不可避免。"

沈婺华急于想知道陈亡以后江南的情形。她端起明月面前的水杯，送到明月嘴边道：

"圣尼请喝一口水，下面我想听你讲陈亡后，江南的情况呢。"

"不敢当。"明月接过水杯，呷了一口，放下杯子说：

"张丽华请死，确实挽救了江南人民的生命、财产，挽救了妇女免遭奸淫。但是江南并不平静。杨广之父杨坚想在江南推行苏威的五教，命民无长幼都要背熟《五教》，无非是叫江南人民死心塌地忠于隋朝皇帝，甘受隋朝宰割。却不知江南人民受陶渊明的影响很深。真如梁昭明太子所说：'论怀抱则旷而且真。'你想江南的乐府民歌，哪一首不是真情的流露。隋主要压制江南人的个性，强制推行《五教》，只能激起江南人民的反抗。陈亡后一年，婺州、越州、苏州、乐安、蒋山、晋陵、无锡、杭州、饶州、温州、泉州，都有人民起来反抗。他们逮住隋主派来的县令，刀砍斧剁说：'更能使侬诵《五教》邪！'他们虽然被杨素镇压下去，但《五教》的推行，不得不收场。后来，"

沈婺华听得很有兴趣，不禁问道："后来又怎样？"

明月道："你别打横。后来隋主又想在江南推行鲜卑魏人的均田制度，这种制度在北方捧上了天，可是，南方的工商业发达，奉行的是晋朝李重的主张：'王者之法不得制人之私'，不是《论语》上的王者'不患寡而患不均，不患贫而患不安'，因此又遭到反对，均田始终未在江南推行下去。"

沈婺华道："其实北方均田也不是真正把田拿来平均分配，而是在不动私有田地的基础上，通过土地买卖与赐给无主荒田，酌量平均。"

明月道："施主还想问什么呢？"

沈婺华道："圣尼对杨坚亡陈，杨广打高丽有什么看法？"

明月眼中神光一闪，道："你这个问题问得好。杨坚拼命吹嘘自己亡陈，是吊民伐罪，是救斯民于水火，其实当皇帝的无不想把自己手中掌握的无限制的统治权，扩大到境土以外，所统治的土地越大越好，人民越多越好。依靠的条件是一支强大的军队。杨广三次打高丽，或者倒过来高丽打隋朝，都可作如是观。一个手中握有强兵的高高在上的皇帝或可汗，不发动战争才怪呢。借口很多，挨打的抵抗没有错。"

沈婺华道："听圣尼一席话，正是胜读十年书，弟子这厢谢过。"她打了一个稽首。

明月似乎有点惊异，问道："施主怎么称起弟子打起稽首来了，莫非……"

沈婺华不等明月说完，便道："弟子早已看破世情，想随圣尼出家，请圣尼千万不要拒绝。"

明月嗟叹良久，说道："贫尼是过来人，了解你的心情，你就在寺里住下吧。"

沈婺华跪了下去，合掌喊了一声："师父！"

从此沈婺华即在天静寺为尼，法名观音。

正是：

多少帝王宫里事，说来焉得不心惊。

（全书完）

编后记

历时四载，经过大家的辛勤努力，《万绳楠全集》今天与大家见面了！

万绳楠（1923—1996），江西南昌人，安徽师范大学教授，著名历史学家。1942年万绳楠先生考入西南联合大学历史系，受教于翦伯赞、陈寅恪、吴晗等。1946年大学毕业后他考取清华大学历史研究所，师从陈寅恪教授。新中国成立后，先生先后任教于安徽大学、合肥师范学院、安徽师范大学，是安徽师范大学历史系创办者之一。

万绳楠先生在其近50年的治学生涯中，始终潜心育人，笔耕不辍，在魏晋南北朝史、宋史、区域经济社会史等诸多领域都作出了重要学术贡献，而于魏晋南北朝史研究用力最勤。先生著述宏富，发表专业论文近百篇，著有《魏晋南北朝史论稿》《魏晋南北朝文化史》《陈寅恪魏晋南北朝史讲演录》《文天祥传》《中国长江流域开发史》等著作。先生治学不因陈说，锐意创新，持之以恒，晚年生病住院期间，仍坚持写作，带病完成《中国长江流域开发史》等著作。除了在史学研究上的成就外，先生在人才培养方面也做出了杰出贡献，他于20世纪80年代即招收研究生，为史学界培养了许多杰出人才。

安徽师范大学历史学院历来注重学术传承，近年来先后整理了诸如胡澱咸、陈正飞、光仁洪、张海鹏、陈怀荃、王廷元、杨国宜等老一辈的文集十余种。2019年学院又组织专门力量，启动汇编《万绳楠全集》工作，通过整理先生著作，继承先生事业，光大师大史学，并为2023年纪念先生百年诞辰做准备。本次整理先生全集，除了汇编先生已经出版的论著外，我们还通过多方努力征集先生手稿，收集先生文稿，将先生发表在各种报刊、文集中的文章和尚未发表的40余万字成果编入全集中。先生治学功力深厚，著述宏富，因整理者学力不逮而导致的错漏在所难免，请读者批评指正，以俟来日修正。

借此机会，向指导和帮助全集整理和出版工作的汪福宝、卜宪群、陈力、马志冰、庄华峰、于志斌等表示诚挚的感谢！万先生文稿收集和全集编纂的具体工作由安徽师范大学历史学院庄华峰、刘萃峰、张庆路、林生海、康健等老师负责，尤其是刘萃峰老师，在协调和统校方面做了大量工作。参与收集、录入、校对工作的有蒋振泽、谭书龙、马晓琼、丁雨晴、白晓纬、姜文浩、李英睿、庞格格、罗世淇、王吉永、刘春晓、蔡家锋、谷汝梦、黄京京、吴倩、武婷婷、姚芳芳、刘曈玥、张丽雯、高松、张昕妍、宋雨薇、陶雅洁、王宇、郑玖如、冯子曼、程雯裕、包准玮、李静、李金柱、欧阳嘉豪、郭宇琴等师生。在此，对参与全集整理工作的师生们表示衷心感谢！

还要感谢安徽师范大学出版社的张奇才、戴兆国、孙新文、何章艳、蒋璐、李慧芳、翟自成、王贤等同志，他们对文稿的编校至勤至谨，付出很多。安徽师范大学档案馆提供了万先生手迹、照片等珍贵资料，庄华峰为全集书写了题签，在此也一并致以谢忱！

还要特别感谢万先生哲嗣万小青、女儿万小莉的无私授权和大力支持，使我们能够顺利完成全集的整理和出版工作。

2023年是万绳楠先生一百周年华诞，这部《万绳楠全集》的出版，是我们对先生最好的纪念！

安徽师范大学历史学院

2023年10月